Suite Française
Dolce

이렌 네미롭스키 선집 **3**

이상해 옮김

프랑스풍 조곡 2

돌체

Irène Némirovsky

SUITE FRANÇAISE
Dolce

레모

차례

편집자의 말

2차 대전이 종전된 지 올해로 84주년이 된다. 누군가 전쟁을 원하고 더러는 무력을 그리워하는 이때, 우리는 무엇을 해야 할까. 이 책의 편집자로서 나는 〈프랑스풍 조곡 Suite française〉 두 권을 읽자고 제안하고 싶다. 한 작가가 자신의 모든 것을 걸고 전쟁이 어떻게 모든 것을 파괴하는지, 삶은 어떤 식으로 계속되는지 써내려간, 끝내 완성하지 못한 이 이야기로 세상이 조금은 바뀌길 기대하면서.

러시아 출신 프랑스 작가 이렌 네미롭스키는 대하소설 〈프랑스풍 조곡〉을 기획했다. '몇 개의 소곡 또는 악장을 조합하여 하나의 곡으로 구성한 복합 형식의 기악곡'이라는 '조곡組曲'의 정의처럼, 네미롭스키는 베토벤 〈5번 교향곡〉을 모델로 삼아 리듬과 어조가 각기 다른 다섯 이야기로 구성된 1000페이지에 달하는 대작을 쓰고자 했다. 작가는 계획한 대로 1부와 2부에 해당하는 『6월의 폭풍Tempête en juin』과 『돌체Dolce』를 성실히 써냈지만, 작가가 아우슈비츠 수용소로 끌려가면서 3부 '포로'는 대략적인 줄거리만이, 4부와 5부는 '전투', '평화'라는 제목만이 남았다. 2014년 영화로 만들어져 사랑받은 〈스윗 프랑세즈〉는 두 번째 이야기인 『돌체』를 각색한 작품이다.

이렌 네미롭스키는 1903년 우크라이나 키이우의 부유한 유대인 집안에서 태어났다. 2017년 볼셰비키 혁명 후 아버지의 목에 현상금이 걸리자 도피 생활을 시작하여 핀란드와 스웨덴 등지를 전전하다 1918년 프랑스 파리에 정착했다. 소르본 대학에서 공부하며 열여덟 살부터 글을 쓰기 시작했다. '피에르 네르세이'라는 필명으로 짧은 소설들을 신문에 기고하던 작가는 스물여섯에 쓴 장편소설 『데이비드 골더David Golder』를 출판사에 투고하는데, 다른 정보 없이 남편의 성인 엡스타인(Epstein)이라고만 적어서 보냈다. 이 소설에 매료된 그라세 출판사의 대표가 신문에 광고까지 내서 이 미지의 작가를 찾아낸 이야기로 출판계가 떠들썩해지기도 했다. 이렇게 출간된 데뷔작 『데이비드 골더』

는 평단과 대중의 전폭적인 지지를 받았고, 이렌 네미롭스키는 1930년대를 대표하는 작가로 자리매김하며 왕성하게 소설을 써나간다.

　하지만 이 꿈 같은 시절은 십 년도 채 지나지 않아 악몽으로 변하고 만다. 2차 대전이 발발하고 파리가 독일군에게 점령되자 유대인인 작가가 자신의 이름으로 책을 출간할 길이 막혀버린 것. 은행에서 일하던 남편마저 직장을 잃자 1940년 5월, 박해와 생활고에 시달리던 작가는 어린 두 딸을 데리고 프랑스 중부의 이시레베크라는 작은 마을로 내려간다. 이곳에서 네미롭스키는 단지 유대인이라는 이유로 프랑스 경찰에 체포되기 전까지 가슴에 노란 별을 달고 생활했다. 발표할 지면을 잃었지만 집필을 멈출 수는 없었다. 1957년 봄에야 빛을 보게 된 『체호프의 삶La vie de Tchekhov』과 『가을의 불Les feux de l'automne』이 이 시기에 쓰였고, 대하소설 〈프랑스풍 조곡〉 집필에 착수한 것도 이때였다. 나치의 횡포가 극에 달하면서 작가는 이 대작을 끝낼 시간이 자신에게 남아 있을지 의심하기 시작한다. (체포되기 한 달 전의 상황이다.) 마지막이 얼마 남지 않았음을 직감한 작가는 소설 집필과 더불어 메모를 계속 작성해 나간다. '프랑스의 상태에 관한 메모'라는 제목을 붙인 메모의 첫 페이지에 그는 이렇게 적었다.

'그토록 무거운 무게를 들어 올리기 위해
시시포스, 너의 용기가 필요하리라.
작품에 대한 열성은 부족하지 않지만
목표는 멀리 있고 시간은 짧구나.'

그 메모들에는 사회를 위해 개인이 죽어야만 하는 공동체 시대에 대한 비판과 작가 자신의 글쓰기에 대한 신뢰와 자신감으로 가득 차 있다. 작가는 시간과 종이를 아껴가며 수용소에 끌려가기 전날까지도 빼곡하게 소설을 썼지만, 결국 프랑스 헌병들에게 체포되어 아우슈비츠로 이송된다. 그리고 1942년 8월 17일 살해된다. 죽음을 목전에 둔, 1942년 6월 2일의 메모에서 이렌 네미롭스키는 이렇게 힘겹게 글을 쓰는 목적을 분명하게 밝힌다.

'전쟁은 끝날 것이고, 역사의 한 부분도 모두 희미해지리라는 것을 잊지 말 것. 가능한 한 1952년 혹은 2052년에도 사람들의 관심을 끌 수 있는 무언가를, 논쟁을 만들어보려 애쓸 것.'

이렌 네미롭스키의 남편 미셸 엡스타인은 비시 프랑스(친나치 정권)의 수장인 필리프 페탱에게 편지를 보내 아내의 건강 상태를 설명하며, 아내 대신 자신을 수용소로 보내 달라고 애원한다. 하지만 비시 정부는 답장 대신 미셸마저 체포하고, 그 역시 아우슈비츠의 가스실에서 사망하고 만 다. 프랑스 헌병들은 여기서 그치지 않고 그들의 두 딸을 집 요하게 추적한다. 다행히도 자매는 후견인의 도움을 받아 피란길에 올랐고, 고된 피란길에도 어머니가 생전에 남긴 가방을 끝까지 지켜낸다. (이렌 네미롭스키는 자신이 곧 체 포될 것을 직감하고, 미리 딸들의 후견인에게 남기는 유언장 을 써두었다. 유언장에는 그저 담담히 갑자기 부모를 잃은 아 이들을 위한 구체적인 지침을 적었을 뿐 항의의 말은 없었다.) 그러나 전쟁이 끝난 후에도 차마 그 가방을 열어볼 엄두조 차 내지 못한다.

다시 세월이 한참 흘러 1990년대 초반이 되었다. 자매는 반세기 넘게 간직하고 있던 어머니의 가방에 든 모든 자료 를 '현대 출판물 기념관(IMEC)'에 맡기기로 결심한다. 자 료를 보내기 전, 큰딸 드니즈는 처음으로 어머니가 남긴 공 책을 열고, 커다란 돋보기를 든 채 빼곡하게 적힌 어머니의 글씨를 한 줄 한 줄 따라가며 해독하듯 읽는다. 내용을 확인 하지 않고 보낼 수는 없었기 때문이다. 어머니가 남긴 일기 일 것으로 짐작하고 차마 펼쳐보지 못했던 공책 속 글은 다 름 아닌 〈프랑스풍 조곡〉이었다. 원고를 타자로 쳐서 옮기는 데에만 2년 반에 걸렸다. (종이를 아끼기 위해 140쪽에 빼곡하게 잉크로 쓴 이렌 네미롭스키의 원고는 출간 당시 총 516페이지였다.) 하지만 자매는 어머니의 퇴고를 거치지 않은 원고를 출판하고 싶지 않았다. 그렇게 또 몇 해가 흘렀고, 드노엘 출판사의 집요한 설득 끝에 작가 집필 62년 만인 2004년 〈프랑스풍 조곡〉이 마침내 빛을 보게 되었다. 이렌 네미롭스키는 최초로 사후에 르노도상을 수상한 작가가 되었다. 〈프랑스풍 조곡〉은 출간 즉시 전 세계 40여 개 언어로 번역 출간되어 250만 부가 팔렸으며(번역서로서는 이례적으로 영어권에서 100만 부 이상 팔리는 대성공을 거두었다) 이렌 네미롭스키의 다른 작품들이 재조명되는 계기가 되기도 했다. 원고를 직접 타이핑한 드니즈는 당시 BBC와의 인터뷰에서 이렇게 밝힌다. "제게 가장 큰 기쁨은 많은 독자들이 이 책을 읽고 있다는 사실입니다. 나의 어머니가 살아 돌아온 것 같은 말로 형용할 수 없는 감정을 느낍니다. 이 책의 출간은 나치가 진정으로 어머니를 죽이지 못했다는 방증입니다. 이것은 복수가 아니라 승리입니다." 미래를 볼 수는 없지만, 우리는 알고 있다. 2023년에도 2052년에도 사람들은 이렌 네미롭스키의 소설을 읽을 것이다. 그의 예언은 이루어졌다.

　　레모에서 출간한 『6월의 폭풍』과 『돌체』는 프랑스판 출간 직후 번역한 원고를 18년 만에 번역자가 전면 재검토하여 새롭게 '이렌 네미롭스키 선집'으로 구성한 것이다. 시대가 달라지면 언어 또한 변하기 마련이기에, 오늘의 독자들이 편안하게 읽도록 원고를 세심하게 교정하고 편집하였다. 이렌 네미롭스키 선집의 첫 권 『무도회』에서 날카롭게 드러난 삶의 아이러니가, 전쟁이라는 참사 속 다양한 사회 계층의 인간 군상으로 구체화되는 과정을 살펴보는 것도 작가에게 다가가는 한 가지 방법이 될 것이다.

이제 독일 점령 치하의 1940년 프랑스로 떠나보자. 독일군이 몰려와 다양한 계층의 파리지앵들이 남쪽으로 피란을 떠난다. 독일군이 주둔하게 된 프랑스의 작은 마을에서는 운명적인 사랑이 싹튼다. 어쩌면 이들의 이야기 속에서 지금 우리의 모습을 찾을 수 있을 것이다. 책을 덮으며 작가가 쓴 이야기와 쓰지 못한 이야기를 떠올려보자. 보잘것없어 보이는 일상과 전쟁 앞에 선, 너무나 하찮아 보이는 사랑에 대하여. 1000페이지에 달하는 책을 쓰고자 했던 이렌 네미롭스키의 원대한 계획은 결국 아우슈비츠 수용소로 끌려가며 미완으로 남았다. 그리고 우리는 미완의 소설을 읽는 것으로 작가의 꿈을 완성한다.

돌체

Dolce

1

앙젤리에 가문의 부인들은 집안의 주요 문서와 은 식기와 책들을 금고에 넣고 열쇠로 잠갔다. 독일군이 뷔시로 들어오고 있었다. 마을이 독일군에게 점령되는 건 패전 이후 이번이 세 번째였다. 부활절 일요일, 대례 미사 시간이었다. 차가운 비가 내리고 있었다. 분홍색 꽃을 피운 작은 복숭아나무가 성당 문턱에 서서 처량하게 가지를 떨었다. 독일군은 8열 종대로 행진해 마을로 진입했다. 그들은 전투복 차림에 철모를 쓰고 있었다. 도무지 속을 알 수 없는 냉엄한 얼굴을 하고 있었지만, 눈으로는 순간적인 호기심을 번뜩이며 앞으로 자신들이 생활할 마을 건물들의 회색 벽을 흘낏거렸다. 창밖을 내다보는 사람은 아무도 없었다. 군인들

은 성당 앞에서 오르간 소리와 웅성거리는 기도 소리를 들
었다. 질겁한 신자 하나가 서둘러 성당 문을 닫았다. 독일군
의 군화 소리가 온 마을에 울려 퍼졌다. 첫 분견대가 지나가
자, 부사관 하나가 말을 타고 나타났다. 흰색과 회색 얼룩점
이 찍힌 마의(馬衣)를 걸친 그 아름다운 짐승은 한없이 느리
게 걸어야 해서 무척 화가 난 것 같았다. 말은 조바심이 나
서 힘이 잔뜩 들어간 발굽을 조심스레 땅에 내려놓으며 온
몸을 부르르 떨었고, 힝힝거리며 거만한 머리를 흔들어댔
다. 거대한 회색 전차들이 포석 깔린 길을 깔아뭉개며 지나
갔다. 이어서 이동식 포좌(砲座)에 장착된 대포들이 지나갔
다. 포좌 위에 병사가 하나씩 엎드려 표적을 겨냥하는 자세
를 취하고 있었다. 그들의 수가 너무 많아서, 성당의 둥근
지붕 아래에서는 신부의 설교가 이어지는 내내 천둥소리가
끊임없이 울려 퍼지는 것 같았다. 대포의 그르렁거림이 잦
아들자, 이번에는 오토바이를 탄 군인들이 사령관의 자동
차를 호위하며 나타났다. 그 뒤로는 둥글고 검은 빵을 넘치
도록 실은 트럭들이 적당한 간격을 두고 따라오며 마을 유
리창들을 뒤흔들어놓았다. 부대의 마스코트인, 비쩍 말라
늑대처럼 보이는 개 한 마리가 행렬 후미에서 기병들을 이
끌고 나타났다. 부대 내에서 특수한 그룹을 형성하기 때문
인지, 아니면 프랑스 사람들로서는 알 수 없는 어떤 다른 이
유가 있는지는 몰라도, 기병들은 다른 병사들보다 훨씬 자

유롭고 우호적인 분위기 속에서 행진했다. 서로 이야기를 나누며 웃기까지 했다. 그들을 지휘하는 중위가 만면에 미소를 띤 채, 찬바람을 맞으며 떨고 있는 복숭아나무를 쳐다보았다. 그가 가지 하나를 꺾었다. 주위의 창문들은 다 닫혀 있었다. 그는 자신이 혼자 있다고 믿었다. 하지만 닫힌 덧창들 뒤에서 칼날처럼 날카로운 노파의 눈이 그를, 정복자 군인을 엿보고 있었다. 보이지 않는 방 깊은 곳에서 목소리들이 신음하듯 말했다.

"별꼴 다 보겠네…."

"저놈이 우리 나무를 다 망쳐놓는구먼!"

이빨 빠진 입 하나가 속삭였다.

"저것들이 제일 나쁜 놈들 같아. 여기 오기 전에 별의별 짓을 다 했을 거야. 아이고, 큰일 났네! 저것들이 우리 시트를, 엄마한테 물려받은 시트를 다 빼앗아 갈 텐데, 이걸 어쩌나! 제일 좋은 걸로 내놓으라고 할 텐데, 아이고, 이 일을 어쩌나!" 한 여자가 말했다.

중위가 큰 소리로 명령을 내렸다. 병사들은 모두 아주 젊어 보였다. 하나같이 피부색이 붉고 머리칼은 금빛이었다. 게다가 잘 먹어서 살이 찌고 윤기가 자르르 흐르고, 거대한 엉덩이가 번들거리는 말을 타고 있었다. 병사들은 광장에 서 있는 전몰자 추모비 주변에 말을 묶었다. 그리고는 대열을 해산했다. 마을이 갑자기 군화 소리, 낯선 외국어, 박차

와 무기 부딪히는 소리로 가득했다. 부잣집에서는 서둘러 아름다운 천들을 숨겼다.

앙젤리에 가문 부인들은 — 포로로 붙잡혀 독일로 끌려간 가스통 앙젤리에의 어머니와 아내 — 막 정리 정돈을 끝낸 참이었다. 야위고 창백한 얼굴에 무뚝뚝해 보이는 앙젤리에 부인이 나지막한 목소리로 책 제목을 읽어보고 손바닥으로 장정을 경건하게 쓰다듬은 다음, 책 한 권을 직접 책장에 꽂았다.

"내 아들이 애지중지하던 책들이 독일 놈 손에 들어가는 걸 봐야 한다니! 차라리 몽땅 태워버렸으면 좋겠어." 앙젤리에 부인이 중얼거렸다.

"하지만 책장 열쇠를 내놓으라고 요구하면요?" 뚱뚱한 가정부가 떨리는 목소리로 말했다.

"요구해도 나한테 할 테니 자네는 염려 말아." 앙젤리에 부인이 이렇게 말하고는 몸을 일으키며 검은 모직 치마 안쪽에 꿰매놓은 주머니를 가볍게 두드렸다. 앙젤리에 부인이 늘 몸에 지니고 다니는 열쇠 꾸러미가 절그렁거렸다. "달라고 하면 줘야지 어쩌겠어." 앙젤리에 부인이 어두운 표정으로 덧붙였다.

앙젤리에 부인의 며느리, 뤼실 앙젤리에가 시어머니의 지시에 따라 벽난로를 장식하던 골동품들을 치우고 있었다. 뤼실은 재떨이는 그냥 두자고 했다. 앙젤리에 부인은 처음에는 반대했다.

"그러면 양탄자에 재를 마구 떨 텐데요." 뤼실이 지적하
자 앙젤리에 부인이 입술을 깨물며 그렇게 하라고 했다.

노부인의 얼굴은 바늘로 찔러도 피 한 방울 안 나올 것 같
이 희고 투명했으며, 머리칼은 눈처럼 희고, 입술은 칼날처
럼 얇고, 안색은 시들어가는 장미나 백합같았다. 앙젤리에 부
인의 목은 콩닥콩닥 뛰는 도마뱀의 목처럼 흥분으로 두근
거렸다. 옛 방식으로 살을 대어 받친 높다란 연보라색 모슬
린 목깃이 뾰족한 쇄골 위의 긴 목을 완전히 덮지 않고 살짝
가리고 있었다. 창문으로 독일군 병사의 발소리나 목소리
가 들려오면, 노부인은 뾰족한 편상화를 신은 작은 발끝부
터 고상한 머리띠를 맨 이마까지 온몸을 부들부들 떨었다.

"서둘러라, 서둘러. 병사들이 오고 있어." 앙젤리에 부인
이 말했다.

그들은 꼭 필요한 것들만 남겨두었다. 꽃 한 송이도, 방석
하나도, 그림 한 점도 없었다. 영성체하는 아델라이드 대고
모와 벌거벗은 채 방석에 앉아 있는 쥘 삼촌의 갓난아기 때
모습에 적의 불경한 눈길이 닿지 않도록 가족 앨범을 커다
란 벽장 속 시트 더미 밑에 감췄다. 장미 화환을 부리에 문
앵무새 모양을 한 루이 필리프 시대의 자기 화병 두 개는 어
느 친척의 결혼 선물이었는데, 이것도 따로 치워두었다. 친
척이 가끔 집에 찾아오기에, 기분 상할까 봐 감히 치워버리

지 못했었다. 언젠가 가스통은 "하녀가 청소하다가 저걸 깨
면 보수를 올려줄 거야"라고 말하기도 했다. 프랑스인의 손
으로 만들어졌고, 프랑스인의 눈이 바라보았고, 프랑스인
의 먼지떨이가 닿았던 물건들을 독일인이 더럽히도록 놔둘
수는 없는 일이었다. 그리고 침실 모퉁이, 소파 위에 있는
십자가! 앙젤리에 부인은 그것을 떼어 자기 가슴에, 세모난
레이스 숄 아래에 감췄다.

　"이젠 다 된 것 같아." 마침내 앙젤리제 부인이 말했다.

　앙젤리제 부인은 속으로 하나하나 점검해보았다. 거실의
가구는 다 치웠고, 커튼은 다 걷어냈고, 식량은 정원사가 연
장을 보관하는 헛간에 쟁여뒀고…. 재로 덮어 훈제해 걸어
둔 햄, 녹인 버터, 소금 간을 한 버터, 질 좋은 돼지비계가 든
항아리, 대리석 무늬가 있는 묵직한 소시지, 이 모든 것은
앙젤리제 부인의 재산이자 보물이었다. 포도주는 영국군이
됭케르크를 포기하고 철수한 날 이후로 지하 창고에 묻혀
잠자고 있었다. 피아노는 열쇠로 잠갔고, 가스통의 사냥총
은 아무도 모르는 곳에 감춰두었다. 모든 것이 정리되었다.
이제 정복자를 기다리는 일만 남았다. 앙젤리제 부인은 떨
리는 손으로 망자의 방처럼 덧창을 반쯤 닫아놓고 방을 나
섰다. 뤼실이 그녀를 따랐다.

　금발에 검은 눈의 뤼실은 아름답지만 말이 없고 소심한
젊은 부인이었다. 앙젤리에 부인은 뤼실이 가끔 '넋 나간 표

정'을 짓는다고 질책했다. 앙젤리에 부인은 집안 배경과 지참금 때문에 뤼실을 며느리로 맞아들였다. (뤼실은 그 지역 대지주의 딸이었다.) 그런데 뤼실의 아버지가 투기에 잘못 뛰어드는 바람에 땅과 재산을 모조리 날리고 말았다. 따라서 그 결혼은 성공적인 결혼이 못 되었다. 게다가 뤼실은 아이도 갖지 못했다.

두 여자는 식당으로 갔다. 식탁 위에 식기들이 놓여 있었다. 시간은 정오가 넘어 있었는데, 어쩔 수 없이 독일 시각을 기준으로 해야 했던 성당과 읍사무소의 시계로만 그랬다. 하지만 가정에서는 프랑스인의 명예만은 지키겠다는 듯 시계를 60분 늦춰두었다. 프랑스 여자들은 경멸감이 밴 어조로 이렇게 말하곤 했다. "우린 독일 놈들 시간에 맞춰 살지 않아." 이로 인해 하루 중에, 그러니까 일요일 미사가 끝나고부터 점심 식사가 시작되기까지의 죽을 만큼 지겨운 시간처럼, 하릴없이 빈둥대야 하는 텅 빈 시간이 생겨났다. 그들은 책을 읽지 않았다. 앙젤리에 부인은 뤼실이 손에 책을 쥐고 있는 것을 보면 깜짝 놀란 표정을 지으며 질책하듯 그녀를 바라보았다. "지금 책을 읽고 있는 거냐?" 앙젤리에 부인은 하프가 한숨짓는 것처럼 부드럽고 기품 있고 가냘픈 목소리로 물었다. "할 일이 그렇게도 없니?" 그들은 일도 하지 않았다. 부활절 일요일이었으니까. 그들은 이야기도 나누지 않았다. 두 부인 사이에는 모든 대화 주제가 가시

덤불이나 다름없었다. 함부로 입을 열었다가는 상처를 입
을 위험이 있었기 때문에 말 한마디 한마디가 극히 조심스
러웠다. 앙젤리에 부인은 며느리 입에서 나오는 단어 하나
하나를 통해 뤼실이 모르는 누군가의 죽음이나 집안 소송,
혹은 해묵은 앙심을 떠올렸다. 앙젤리제 부인은 입술 끝으
로 뭐라고 한마디 툭 던져놓고는 입을 다문 채 모호하고 고
통스럽고 놀랍다는 표정으로 며느리를 쳐다보았다. 마치
'남편이 포로로 끌려갔는데, 저 애는 어떻게 숨 쉬고, 움직
이고, 말하고, 웃을 수 있는 걸까? 정말 이해가 안 돼…'라고
생각하는 것처럼. 앙젤리에 부인은 대화에 가스통 이야기
가 오르는 것을 용납하지 않았다. 그녀는 뤼실의 말투 자체
가 못마땅했다. 앙젤리제 부인에게는 며느리의 말투가 지
나치게 슬프게 느껴졌다. '얘가 지금 죽은 사람 얘길 하나?'
여자의 의무는, 프랑스 부인들의 의무는 앙젤리에 부인 자
신이 결혼한 직후인 1914년부터 1918년까지 그랬던 것처
럼, 이별을 꿋꿋하게 견뎌내는 데 있었다. 하지만 뤼실이 위
로와 희망의 말을 속삭이면, 앙젤리에 부인은 끓어오르는
분을 삭이며 생각했다. '아, 쟤는 내 아들을 사랑하지 않는
게 분명해. 늘 의심스러웠는데 이제야 알겠군. 확실해… 억
양만 들어도 훤히 알 수 있어. 천성이 차갑고 무심한 아이
야. 쟤는 무엇 하나 부족한 것 없이 지내는데, 내 아들은, 불
쌍한 내 새끼는…' 그리고 포로수용소, 철조망, 간수, 보초

들을 상상했다. 그러고는 눈물을 글썽이며 목멘 소리로 말했다.

"그 애 얘긴 하지 말자…."

앙젤리제 부인은 사람들이 가스통이나 조국의 불행에 관한 얘기를 꺼낼 경우를 대비해 늘 핸드백에 넣어 다니는 깨끗하고 얇은 손수건을 꺼내 압지로 잉크 얼룩을 살짝 찍어내듯 아주 조심스럽게 눈물을 닦았다.

두 여자는 이렇게 불이 꺼진 벽난로 곁에 말없이 꼼짝도 하지 않고 앉아서 기다렸다.

2

독일군은 그들이 묵을 곳을 점유하고 마을을 둘러보았
다. 장교들은 고개를 꼿꼿하게 세운 채 혼자서 혹은 짝을 지
어서 돌아다니며 포석 위로 그들의 군화 소리를 울려 퍼지
게 했다. 병사들은 무리를 지어 하나밖에 없는 대로 이쪽 끝
에서 저쪽 끝까지 어슬렁거리거나, 광장의 오래된 십자고
상 주위로 몰려들었다. 그들 중 하나가 걸음을 멈추면 일행
이 모두 멈춰 섰고, 녹색 군복의 긴 줄이 농부들의 앞길을
막았다. 그러면 농부들은 모자를 더 깊이 눌러쓰고 슬그머
니 돌아서, 구불구불하고 좁은 골목길을 통해 들판으로 나
갔다. 지방 경찰은 부사관 둘의 감시를 받으며 마을의 주요
건물 벽에 벽보를 붙이고 다녔다. 벽보는 여러 종류였다. 어

떤 것에는 금발의 독일군 병사가 만면에 미소를 띠고 완벽
한 치아를 드러내며 프랑스 아이들에게 빵을 나눠주는 그
림이 그려져 있었고, 그 아래에는 '버려진 인민이여, 독일제
국의 병사들을 믿고 따르라!'라고 쓰여 있었다. 다른 것들
은 익살맞은 그림이나 도표를 이용해 전 세계에 뻗어 있는
영국의 지배력과 혐오스러운 유대인의 횡포를 보여주었다.
하지만 대부분은 베어보튼*이라는 단어로 시작되었다. 밤
9시부터 새벽 5시 사이의 통행이 금지되었다. 집에 총기를
감춰두는 것도, 탈출한 포로나 독일의 적국 국민 혹은 영국
군인에게 '은신처, 도움 혹은 구조의 손길'을 제공하는 것도
금지되었다. 외국의 라디오 방송을 듣는 것이 금지되었고,
독일 화폐를 거부하는 것이 금지되었다. 각 벽보 아래에는
검은 글씨로 똑같은 경고문을 두 번에 걸쳐 강조했다. '이를
어길 시 사형에 처함.'

　그사이, 미사가 끝났고 상인들이 가게를 열었다. 1941년
봄, 지방에는 아직 물자가 부족하지 않았다. 사람들은 잔뜩
비축해둔 직물, 신발, 생필품들을 내다 팔기 시작했다. 독일
군은 까다롭게 굴지 않았다. 상인들은 지난 전쟁 때의 물건
인 여성용 코르셋을 비롯해, 1900년대의 반장화, 작은 깃발
들과 에펠탑을 수놓은 천 제품(원래는 영국인 관광객을 노리

---

* Verboten, '금지'를 뜻하는 독일어.

고 만든 것이었다) 등, 유행이 지난 모든 상품을 그들에게 팔아치우려 들었다. 그들은 무엇이든 좋아했으니까.

독일군은 점령지 주민들에게 두려움과 존중심, 혐오감 그리고 독일군의 돈을 갈취하고, 그들을 이용해서 바가지를 씌우고 싶어하는 짓궂은 욕망을 심어주었다.

"어차피 우리 돈인데. 우리한테서 빼앗아 간 돈인데, 뭘." 한껏 아름다운 미소를 띤 채 침략군 병사에게 벌레 먹은 자두 한 파운드를 평소의 두 배 가격을 받고 팔며 식료품 가게 주인은 속으로 생각했다.

병사는 미심쩍다는 표정으로 물건을 살펴보았다. 바가지를 썼다고 느끼는 게 분명했지만, 시치미를 뚝 떼고 있는 주인의 표정에 압도되어 끝내 입을 열지 못했다. 이 부대는 이미 오래전에 파괴되어 텅 비어 있던 북부의 작은 도시에 주둔한 적이 있었다. 중부에 있는 이 부유한 지방에는 독일군이 탐낼 만한 것이 많이 있었다. 진열대를 들여다보는 그들의 눈은 욕망으로 이글거렸다. 소나무 가구, 남성용 정장, 장난감, 앙증맞은 분홍색 원피스는 그들에게 민간 생활의 부드러움을 일깨워주었다. 군인들은 주머니 속에 든 동전을 만지작거리며 꿈에 잠긴 듯하면서도 진지한 표정으로 상점들을 기웃거리며 돌아다녔다. 병사들의 등 뒤에서 혹은 그들의 머리 위에서, 창문들 사이로, 프랑스인들은 작은 신호들을 주고받았다. 눈을 들어 하늘을 올려다본다든지,

고개를 끄덕이거나 미소를 짓고, 빈정거림과 반항심을 담
아 인상을 찡그리는 등, 이런 역경의 시기에는 하느님께 도
움을 청해야 한다며, 아니면 하느님이 우리한테 해준 게 뭐
가 있느냐며…. 사람들은 이러한 몸짓을 통해 행동이나 말
은 그렇지 못해도 정신은 아직 자유롭다는 것을, 어쨌거나
그들이 주인이라 어쩔 수 없이 보이는 호의를 곧이곧대로
믿는 것으로 보아 독일군도 그리 똘똘하지는 못하다는 사
실을 확인했다. 마을 여자들은 증오와 욕망이 동시에 묻어
나는 눈길로 적군을 바라보며 '우리의 주인들'이라고 불렀
다. (적? 물론 그랬다. 하지만 그들은 남자였고, 젊었다….) 무
엇보다 그들에게 바가지를 씌우는 것은 크나큰 즐거움이었
다. '그들은 우리가 자기들을 좋아한다고 생각해. 하지만 우
리가 그들에게 잘해주는 건 통행증이나, 휘발유, 허가증 따
위를 얻기 위해서야.' 파리나 지방 대도시에서 이미 독일군
을 본 적이 있는 여자들은 이렇게 생각했다. 반면, 순박한
시골 여자들은 독일군과 눈이라도 마주치면 수줍은 듯 시
선을 내리깔았다.

　카페로 들어서는 병사들은 우선 허리띠부터 끌러 대리석
탁자 위에 던진 다음 자리를 잡고 앉았다. 부사관들이 회식
을 하려고 부아야죄르 호텔에서 가장 큰 방을 예약했다. 시
골 여인숙에 흔히 있는 깊고 어두침침한 방이었다. 안쪽 벽
에 걸린 거울 위에는 나치 문장이 새겨진 붉은 깃발 두 개

가 걸려 있었고, 깃발들은 큐피드와 횃불을 조각해 도금한 낡은 거울 테 윗부분을 가리고 있었다. 추위가 물러갔는데도 난로가 여전히 타고 있었다. 병사들은 의자를 난로 앞으로 끌고 와 멍청하고 노곤한 표정으로 몸을 녹였다. 벌겋게 달아오른 검은색 난로에서 때때로 매운 연기가 피어올랐지만, 그들은 전혀 개의치 않았다. 오히려 더 가까이 다가가 옷과 신발을 벗어 말렸다. 그들은 '볼 것이 참 많던데… 여긴 또 어떤지 한번 볼까…'라고 말하는 것 같은, 따분하면서도 살짝 불안한 눈길로 주변을 둘러보았다.

대개 나이가 많고 점잖은 병사들이었다. 어린 병사들은 잠시도 쉬지 않고, 바닥으로 통하는 뚜껑 문을 열고 지하 창고의 어둠 속으로 사라졌다가 한 손에는 작은 맥주병 열두 개를, 다른 손에는 발포성 포도주병으로 가득한 바구니를 들고 올라오는 종업원에게 추파를 던져댔다. ("제크트!* 프랑스 샴페인 좀 갖다줘요, 아가씨! 제크트!").

얼굴이 발그레하고 통통한 종업원은 탁자들 사이를 날렵하게 돌아다녔다. 병사들은 그녀에게 미소를 지어 보였다. 그러면 그녀는 미소로 답하고 싶은 욕망(그들은 젊은 청년이었으므로)과 구설에 오를지도 모른다는 두려움(그들은 적이었으므로) 사이에서 난감해하며 이맛살을 찌푸리고 입술

---

* Sekt, '샴페인'을 뜻하는 독일어.

을 깨물었다. 하지만 마음속의 기쁨을 드러내는 두 보조개
는 미처 감추지 못했다. 맙소사! 이렇게 많은 남자가, 이렇
게 많은 남자가 내 차지라니! 왜냐하면 다른 숙소에서는 집
주인의 딸들이 독일군의 시중을 들었다. 딸들이야 부모의
감시를 받겠지만, 그녀는…. 병사들은 그녀를 쳐다보며 입
술을 모아 '쪽' 하는 소리를 냈다. 종업원은 수줍은 마음에
그들의 부름을 못 들은 척했지만, 때로는 아무나 들으라는
듯 "가요, 간다고요! 보채지 좀 말아요!"라고 소리쳤다. 그
들은 그들의 언어로 그녀에게 말을 걸었다. 그러면 그녀가
도도한 표정을 지으며 대답했다.

"뭐라는 거야? 내가 너희 횡설수설을 어떻게 알아들어!"

하지만 열린 문들을 통해 녹색 군복의 물결이 끊임없이
밀어닥치자, 완전히 녹초가 된 그녀는 쏟아지는 뜨거운 추
파에 더는 앙탈을 부리지 못하고 마치 취한 사람처럼 희미
하게 웅얼거렸다. "나 좀 그냥 내버려둘래요? 오, 야만인
들!"

녹색 천 위에 당구공을 굴리는 병사들도 있었다. 층계 난
간과 창턱, 의자 등받이가 허리띠며 모자, 권총집, 탄띠로
장식되었다.

밖에서는 저녁 예배를 알리는 종소리가 울렸다.

3

앙젤리에 가문 부인들이 저녁 예배에 참석하려고 집을
나서는데, 그들 집에 묵기로 되어 있는 독일군 장교가 도착
했다. 그들은 문턱에서 마주쳤다. 장교가 군화 뒤꿈치로 바
닥을 차며 경례했다. 앙젤리에 부인은 창백하게 질린 얼굴
로 아무 말 없이, 어렵게 고개를 숙여 답례했다. 뤼실도 눈
을 들었다. 한순간 장교와 뤼실의 눈길이 마주쳤다. 그 잠깐
사이에 수많은 생각이 뤼실의 뇌리를 스치고 지나갔다. '가
스통을 포로로 만든 게 혹시 저 사람이 아닐까? 저 사람은
얼마나 많은 프랑스 사람을 죽였을까? 저 사람 때문에 얼마
나 많은 프랑스 사람이 눈물을 흘렸을까? 만약 이 전쟁에서
프랑스가 이겼다면, 가스통이 오늘 저 사람처럼 주인의 자

격으로 독일 가정에 들어갔을지도 몰라. 전쟁 탓이지 저 사
람 잘못은 아냐.'

  장교는 마른 체격에 손이 아름답고 눈이 커다란 청년이
었다. 그들이 지나가도록 그가 문을 쥐고 있었기 때문에, 그
녀는 그의 아름다운 손을 눈여겨볼 수 있었다. 바로 그때,
구름 사이로 한 줄기 햇살이 비쳤다. 햇살이 반지에서 진홍
빛 광채를 솟아나게 했다. 광채는 들판의 바람에 시달린, 과
수원의 아름다운 과일처럼 솜털이 보송보송한 청년의 불그
스름한 얼굴 위에서 노닐었다. 광대뼈는 강하고 섬세하게
돋을새김된 것 같았고, 꾹 다문 입은 거만한 인상을 주었다.
뤼실은 자기도 모르게 걸음을 늦췄다. 뤼실은 그의 가늘고
긴 손가락, 크고 섬세한 손에서 눈을 뗄 수가 없었다. (뤼실
은 그 손이 무거운 검은색 권총, 기관총, 수류탄 등, 무차별적
으로 죽음을 뿌리는 무기를 쥔 것을 상상했다.) 뤼실은 그의
녹색 군복(얼마나 많은 프랑스인이 밤잠을 이루지 못하고 나
무 밑 어둠 속에서 그 군복이 나타날까 봐 마음을 졸였던가…)
과 번쩍이는 군화를 보았다. 뤼실은 1년 전 후퇴하며 마을
을 거쳐 갔던, 더럽고 지친 모습으로 먼지를 일으키며 무거
운 군화를 질질 끌던 프랑스 병사들을 떠올렸다. 전쟁이란
그런 것이었다…. 적군 병사는 결코 한 개인으로, 타인과 마
주하는 하나의 존재로 보이지 않았다. 그는 수없이 많은 유
령을, 부재하거나 죽은 자의 유령들을 몰고 다녔다. 그에게

말을 거는 것은 한 인간이 아니라 보이지 않는 여럿에게 말을 거는 것이나 다름없었다. 사람들이 무슨 말을 내뱉든, 그것은 단순하게 말해지지도 또 그렇게 들리지도 않았다. 사람들은 늘 자신이 말이 없는 수많은 사람을 대신해 말하는 하나의 입에 지나지 않는다는 묘한 느낌을 받았다.

'그러면 저 사람은? 그는 무슨 생각을 할까? 그나 그의 동료들이 포로로 잡아간 탓에 주인이 부재한 이 프랑스 가정에 발을 들여놓으면서 그는 무엇을 느낄까? 우리를 불쌍히 여길까? 우리를 증오할까? 아니면 푹신푹신한 침대와 젊고 아리따운 하녀만을 생각하며 마치 여관에 들듯 여기 들어온 것일까?' 장교의 방문은 이미 오래전에 닫혔다. 뤼실은 시어머니를 따라갔다. 뤼실은 성당으로 들어갔다. 그러고는 자신의 기도대 앞에 무릎을 꿇었다. 하지만 뤼실은 그 장교를 잊을 수 없었다. 지금 그는 집에 혼자 있었다. 그는 출입문이 따로 있는 가스통의 서재를 배정받았다. 그는 밖에 나가 식사를 할 것이다. 뤼실은 그를 보지 못할 것이다. 하지만 그의 발소리, 목소리, 웃음소리를 듣게 될 것이다. 맙소사, 그는 웃을 수 있었다! 그에게는 그럴 권리가 있었다. 뤼실은 얼굴을 두 손에 묻은 채 꼼짝하지 않고 있는 시어머니를 쳐다보았다. 뤼실은 조금도 정이 가지 않는 이 여자가 처음으로 불쌍하다는 생각이 들면서 희미한 애정을 느꼈다. 뤼실이 시어머니 쪽으로 몸을 기울이며 부드럽게 말했다.

"우리, 가스통을 위해 묵주 기도를 올려요, 어머니."

노부인이 고개를 끄덕였다. 뤼실은 진심으로 열렬한 기도를 올리기 시작했다. 하지만 뤼실의 생각은 조금씩 자신을 벗어나, 참혹한 전쟁으로 단절된 탓에 가까우면서도 멀게 느껴지는 과거를 향해 달려갔다. 뤼실은 남편을, 돈과 땅 그리고 지역 정치에만 열정을 보였던 그 뚱뚱하고 따분한 남자를 떠올렸다. 뤼실은 한 번도 그를 사랑한 적이 없었다. 뤼실은 아버지가 원했기 때문에 남편과 결혼했다. 시골에서 나고 자란 뤼실은 파리에 사는 친척 할머니 집에 잠시 머문 것을 빼고는 바깥세상에 나가본 적이 없었다. 이 중부 지방에서의 삶은 풍요로우면서도 야생적이었다. 사람들은 자기 집과 자신들의 영역에서 살았고, 밀을 수확했고, 돈을 아껴 썼다. 저녁 내내 이어지는 푸짐한 식사와 사냥이 여가의 전부였다. 감옥처럼 커다란 문이 지키는 읍내의 무뚝뚝한 집들과 연료를 아끼기 위해 창을 늘 닫아놓는데도 서늘한 냉기가 도는, 가구로 가득한 거실들은 뤼실에게는 문명의 이미지 그 자체였다. 결혼과 함께 숲속에 있는 외딴집을 떠나게 되었을 때, 뤼실은 앞으로는 읍내에서 산다는 생각에, 자동차가 있고, 가끔 비시로 외식하러 간다는 생각에 가슴 벅찬 흥분을 느꼈었다…. 엄한 아버지 밑에서 정숙하게 자랐지만, 뤼실의 처녀 시절은 전혀 불행하지 않았다. 정원을 산책하고, 집안일을 돕고, 습기가 많아 책에 곰팡이가 슬

곤 했던 엄청나게 큰 서재를 몰래 뒤지는 것만으로도 즐거
웠으니까. 그러다가 뤼실은 결혼했다. 뤼실은 순종적이지
만 차가운 아내였다. 결혼 당시 가스통 앙젤리에는 겨우 스
물다섯 살이었다. 하지만 가스통은 집에만 틀어박혀 지내
는 생활, 저녁 내내 즐기는 기름지고 맛있는 음식, 시도 때
도 없이 마시는 포도주, 그리고 마음이 흔들리지 않는 안정
된 생활로 인해 조로한 장년의 모습을 하고 있었다. 가스통
의 몸속에는 뜨겁고 왕성한 젊음의 피가 들끓었지만, 그는
나이 든 남자의 습관과 생각만을 추종하는 심각한 겉늙은
이였다.

가스통 앙젤리에는 대학 시절을 보낸 디종을 사업차 드
나들다가 모자 판매점에서 일하는 옛 애인을 우연히 만났
다. 가스통은 또다시, 예전보다 더 격렬하게 그녀에게 빠져
들었다. 그들 사이에 아이가 태어났다. 가스통은 그녀에게
도시 변두리에 작은 집을 하나 마련해주었고, 온갖 구실을
내세워 한 해의 절반가량을 디종에서 보냈다. 뤼실은 모든
걸 알고 있었지만 소심함 때문에, 혐오감 혹은 무관심 때문
에 입을 다물었다. 그리고 전쟁이 터졌다….

그리고 이제 가스통이 포로로 잡혀간 지 1년이 되었다.
가엾은 사람…. 가스통은 고통을 당하고 있어. 묵주 알이 손
가락 사이에서 기계적으로 미끄러지는 동안 뤼실은 생각했
다. 가스통은 무엇을 가장 아쉬워하고 있을까? 푹신푹신한

침대, 푸짐한 저녁 식사, 애인…. 뤼실은 가스통이 잃어버린 모든 것을, 그가 빼앗긴 모든 것을 되돌려주고 싶었다. 그랬다. 모두, 심지어 그 여자까지도…. 그 감정은 진실했지만 뤼실의 마음은 텅 비어 있었다. 뤼실은 사랑으로든, 질투에 찬 혐오로든 마음이 충만했던 적이 없었다. 남편은 때때로 뤼실에게 잔인하게 굴었다. 뤼실은 가스통의 부정을 용서했지만, 가스통은 장인의 투기를 절대 잊지 않았다. 이미 여러 차례 따귀를 얻어맞은 듯한 느낌을 주었던 가스통의 말들이 뤼실의 귓가에 맴돌았다. "당신 아버님이 재산을 몽땅 날렸다는 걸 조금만 일찍 알았어도!"

뤼실은 고개를 숙였다. 천만에! 뤼실의 가슴 속에는 원망이 남아 있지 않았다. 패전 이후로 남편이 겪은 모든 것, 그러니까 마지막 전투, 후퇴, 체포, 강요된 행진, 추위, 배고픔, 주변의 주검들, 그리고 지금 가스통이 갇혀 있는 포로수용소가 그런 것들을 싹 지워버렸다. '돌아오기만 한다면, 가스통이 사랑한 모든 것을, 그의 방과 모피로 안감을 댄 실내화, 새벽 정원 산책, 과수원에서 막 딴 신선한 복숭아, 맛있는 음식, 타닥타닥 불꽃이 튀는 벽난로, 내가 모르는 그의 모든 쾌락과 내가 짐작하는 모든 쾌락을 가스통이 되찾기만 한다면! 나는 나 자신을 위해 아무것도 요구하지 않을 거야. 나는 가스통이 행복해하는 걸 보고 싶어. 나는, 나는?'

뤼실이 몽상에 빠져 있는 사이 묵주가 손에서 미끄러져

바닥에 떨어졌다. 뤼실은 그제야 사람들이 모두 일어서 있다는 걸, 저녁 예배가 끝났다는 걸 알아차렸다. 밖에서는 독일군이 광장을 가득 메우고 있었다. 그들의 제복에 달린 은빛 견장, 맑은 눈, 금발, 허리띠에 달린 금속 버클들이 햇빛을 받아 번쩍거리며, 높은 벽(옛 성벽의 유해)들에 에워싸인 먼지 자욱한 성당 앞 공간에 활기와 광채 그리고 새로운 생명감을 불어넣었다. 독일군은 말들을 산책시켰다. 그들은 야외에 식당을 설치했다. 그들은 목수가 관을 짜려고 남겨 둔 판자들을 들고 와 식탁과 의자로 만들었다. 그러고는 식사를 하면서 장난기와 호기심이 어린 표정으로 마을 주민들을 쳐다보았다. 열한 달에 걸친 점령 기간에도 아직 물리지 않은 듯, 첫날과 마찬가지로 기분 좋게 놀란 표정을 지은 채로. 그들은 프랑스인들이 재미있고 이상하다고 생각했다. 그들은 프랑스인들의 빠른 말에 도무지 익숙해지지 않았다. 그리고 이 패배자들이 자신들을 증오하는지, 어쩔 수 없이 받아들이는지, 아니면 좋아하는지 속을 떠보려고 했다. 그들은 젊은 여자들에게 멀리서, 슬며시 미소를 지어 보였다. 젊은 여자들은 별꼴 다 보겠다는 듯한 도도한 표정을 지으며 — 첫날이었으니까! — 지나갔다. 그러면 군인들은 그들을 에워싸고 있는 아이들에게로 눈길을 돌렸다. 읍내에 사는 아이란 아이는 모조리 그곳에 나와 있었다. 번쩍이는 제복, 말, 군화에 넋을 잃고 입을 다물지 못한 아이들은 엄마가 아무리 불러도 듣지 못했다. 아이들의 귀에는 아무 소리도 들리지 않았다. 아이들은 더러운 손가락으로 거친 군복 천을 슬쩍 만져 보기도 했다. 독일군은 손짓으로 아이들을 불러 그들의 손에 사탕과 동전을 푸짐하게 쥐여주었다.

읍내에선 평화로운 주일의 일상적인 모습이 유지되었다. 독일군이 풍경에 묘한 색채를 가져다주긴 했어도 바탕색은 여전히 똑같다고 뤼실은 생각했다. 얼마 동안 혼란이 있기는 했다. 어떤 여자들(앙젤리에 부인처럼 자식이 포로로 끌려간 어머니들이나 지난 전쟁 때 남편을 잃은 여자들)은 독일군은 꼴도 보기 싫다는 듯 서둘러 집으로 돌아가 창문을 닫고 커튼을 내렸다. 어두컴컴하고 작은 방에 틀어박혀 오래된 편지들을 다시 꺼내 읽으며 눈물을 흘리는 여자들도 있었고, 상장(喪章)과 삼색 약장(略章)으로 장식된, 누렇게 바랜 초상 사진에 입을 맞추는 여자들도 있었다. 하지만 젊은 여자들은 여느 일요일과 다름없이 광장을 거닐며 수다를 떨었다. 축제일 오후를, 모처럼의 여가를 독일군 때문에 망치고 싶진 않았다. 그들은 모두 새 모자를 꺼내 썼다. 부활절 주일이었으니까. 남자들은 독일군을 힐끔힐끔 쳐다보았다. 남자들이 무슨 생각을 하는지는 알 수 없었다. 농부들은 얼굴만 보고는 도무지 속을 헤아릴 수가 없었다. 독일군 하나가 그들에게 다가가 불을 빌려달라고 청했다. 남자들은

불을 빌려주었고, 생각에 잠긴 표정으로 병사의 인사에 답
례했다. 병사가 멀어지자, 그들은 황소 시세에 관한 이야기
를 다시 시작했다. 공증인은 여느 일요일과 다름없이 카드
놀이를 하려고 부아야죄르 카페로 갔다. 몇몇 가족들은 주
일마다 하는 묘지 산책을 즐기고 돌아오는 길이었다. 묘지
산책은 오락거리가 전혀 없는 이 고장에서는 거의 소풍이
나 다름없는 놀이였다. 사람들은 가족별로 묘지를 거닐며
무덤들 사이에서 꽃을 꺾었다. 청소년 선도회의 수녀들이
아이들을 이끌고 성당에서 나왔다. 그들은 무표정한 얼굴
을 하고 서둘러 비켜주는 병사들 사이를 뚫고 지나갔다.

　"저치들, 오래 있는답니까?" 세무원이 독일군을 가리키
며 읍 서기의 귀에 대고 속삭였다.

　"석 달 있을 거라고 합디다." 읍 서기가 같은 말투로 대답
했다.

　세무원이 한숨을 쉬었다. "물가만 잔뜩 올려놓겠군." 그
러고는 1915년에 폭탄 파편에 맞아 상처를 입은 손을 무의
식적으로 어루만졌다. 그들은 곧 다른 얘기를 시작했다. 저
녁 예배가 끝났음을 알리는 종소리가 잦아들고 있었다. 마
지막 땡그랑거림이 가냘프게 울리며 저녁 공기 속으로 흩
어졌다.

　앙젤리에 가문 부인들은 집으로 돌아가기 위해 뤼실이
돌멩이 하나까지 속속들이 알고 있는 구불구불한 길을 따

라서 걷고 있었다. 그들은 농부들의 인사에 고개를 숙여 답
례하며 말없이 걸었다. 이 고장 사람들은 앙젤리에 부인은
그리 좋아하지 않았지만, 뤼실에게는 큰 호감을 보였다. 포
로가 된 남편과 떨어져 지내는 젊고 아름다운 부인인 데다
전혀 거만하지 않았기 때문이다. 마을 여자들은 가끔 뤼실
을 찾아가 자식 교육이나 새 블라우스에 대한 의견을 묻기
도 했다. 독일로 보낼 소포가 있을 때도 그랬다. 그들은 적
군 장교가 읍내에서 가장 아름다운 앙젤리에 씨 댁에 묵고
있다는 사실을 알고 있었고, 아들이자 남편을 잡아간 적군
장교와 한 지붕 아래에서 지내야 하는 그들의 처지를 가엾
게 여겼다.

"마음고생이 심하시겠어요, 부인." 양장점 주인이 스쳐
지나가며 속삭였다.

"어쨌거나 하루빨리 돌아가기만을 바라야죠." 약사의 아
내가 말했다.

부드럽고 하얀 털로 뒤덮인 염소 한 마리를 앞세우고 종
종걸음을 치던 키 작은 노파가 발끝을 세우고 서서 뤼실의
귀에 대고 속삭였다.

"정말 사납고 나쁜 놈들이랍디다. 불쌍한 사람들을 그렇
게 못살게 군대요."

염소가 펄쩍 뛰어 독일군 장교의 긴 회색 망토를 뿔로 들
이받았다. 장교가 걸음을 멈추고는 껄껄 웃으며 염소를 쓰

다듬어주려 했다. 하지만 염소가 부리나케 달아났다. 겁에
질린 키 작은 노파 역시 서둘러 도망쳤다. 집 안으로 들어선
앙젤리에 부인은 문을 닫았다.

4

그 집은 고장에서 가장 아름다운 집이었다. 100년이나 된 길고 나지막한 이 건물은 햇빛을 받으면 노릇노릇하게 잘 구운 빵 색깔이 나는, 구멍이 숭숭 뚫린 돌로 지어졌다. 길 쪽으로 난 창문들은 덧창까지 빠짐없이 닫혀 있었고, 도둑이 들어올 수 없게 쇠창살이 설치되어 있었다. 창고로 쓰는 다락방(바로 그곳에 금지된 물품들이 들어 있는 병, 항아리, 담잔*이 숨겨져 있었다)의 둥근 천창은 길고양이들이 들어오지 못하게 끝이 백합 모양으로 생긴 굵은 쇠창살로 막혀 있었다. 푸른색으로 칠한 문에는 감옥에서나 볼 수 있을

---

* (주로 버들가지나 대나무 따위로 만든) 목이 가늘고 몸체가 큰 병.

법한 큼지막한 빗장이 걸려 있었고, 고요 속에서 한탄하듯
삐걱거리는 자물쇠가 달려 있었다. 집주인들이 계속 거주
하고 있었지만, 아래층에서는 사람이 살지 않는 집처럼 퀴
퀴하고 차가운 냄새가 났다. 벽지가 바래지 않게 하고, 가구
들을 보호하기 위해 공기와 빛을 철저히 차단했기 때문이
다. 깨진 포도주병 조각과 비슷한 색깔을 띤 현관문 창유리
를 통해 희미하고 음산한 빛이 들고 있었다. 낡은 궤짝, 벽
에 걸린 사슴뿔, 습기로 인해 탈색된 낡은 판화들이 희미한
어둠 속에 잠겨 있었다. 식당(난로를 피워놓은 곳은 그곳뿐
이었다!)과 저녁때만 가끔 살짝 불을 때는 뤼실의 방에서는
장작이 타는 부드러운 냄새와 연기 냄새 그리고 밤나무 껍
질 냄새가 났다. 거실의 문 앞에 정원이 펼쳐져 있었다. 이
계절에는 정원이 더없이 을씨년스러웠다. 배나무들이 십자
가형을 당하는 것처럼 철사 위로 피곤한 팔들을 뻗었고, 가
지를 쳐내 침통하고 까칠해 보이는 사과나무들은 남은 가
지들을 발톱처럼 세웠으며, 포도나무에는 헐벗은 가지들만
남았다. 하지만 따사로운 햇살이 며칠 더 내리쬐면, 성당 광
장의 마음 급한 작은 복숭아나무를 비롯한 모든 나무가 꽃
을 활짝 피울 터였다. 뤼실은 잠자리에 들기 전에 머리를 빗
으며 창문 너머 보름달로 훤히 밝혀진 정원을 내다보았다.
낮은 담 위에서 발정이 난 고양이들이 울어댔다. 정원 너머
로 온 고장이, 깊고 비옥하며 비밀스러운 숲으로 뒤덮인 골

짜기들이 달빛을 받아 부드러운 진주 빛 회색이 어린 채로 펼쳐져 있었다.

저녁이면 뤼실은 넓고 텅 빈 침실이 더없이 음산하게 느껴졌다. 예전에는 가스통이 거기서 잠을 잤다. 가스통은 옷을 벗고, 투덜거리고, 가구들을 이리저리 옮겨놓았다. 사랑하진 않았지만 그래도 가스통은 남편이었고 따뜻한 체온을 느낄 수 있는 인간이었다. 그런데 1년 전부터 그곳에 아무도 없었다. 소리 한 점 들리지 않았다. 바깥에는 만물이 잠들어 있었다. 그녀는 자기도 모르게 귀를 기울여 독일군 장교가 묵고 있는 옆방의 기척을 살폈다. 하지만 아무 소리도 들려오지 않았다. 아직 들어오지 않은 걸까? 아니면 벽이 두꺼워 소리가 들리지 않는 걸까? 그것도 아니면, 장교도 뤼실처럼 말없이 꼼짝하지 않고 앉아 있는 것일까? 잠시 후, 뤼실은 뭔가 가볍게 스치는 소리, 한숨 소리, 이어 희미한 휘파람 소리를 들었다. 뤼실은 그가 창가에 서서 정원을 내다보고 있다고 생각했다. 저 사람은 도대체 무슨 생각을 할까? 뤼실은 상상조차 할 수 없었다. 뤼실은 그가 여느 사람들과 똑같은 생각, 똑같은 욕망을 품고 있으리라고는 상상할 수 없었다. 뤼실은 그가 악의 없이, 무심한 눈길로 정원을 바라보거나, 이튿날 저녁상에 오를 잉어들의 은빛 그림자가 미끄러지는 양어지의 반짝거리는 수면을 바라보며 감탄할 거라고는 믿을 수 없었다. '저 사람은 쾌재를 부르고 있겠지. 자기가 거쳐온 전쟁터들, 지나간 위험들을 떠올리고 있을 거야. 이제 곧 독일에 있는 아내(아냐! 결혼했을 리가 없어. 아직 너무 젊잖아!), 어머니, 약혼녀, 혹은 애인에게 이렇게 편지를 쓸 거야. "난 지금 어느 프랑스 가정에 묵고 있어요. 우리가 헛고생을 한 건 아니었어요, 아말리아(그녀의 이름은 아마 아말리아, 혹은 퀴네공드, 혹은 게르트뤼드일 거라고, 뤼실은 일부러 조화롭지 못한, 괴상한 이름들을 떠올렸다). 왜냐하면 정복자가 됐으니까.'"

뤼실은 이제 아무것도 감지할 수 없었다. 독일군 장교는 꼼짝하지 않고 있었다. 그는 숨을 죽이고 있었다. '꾸륵', 어둠 속에서 두꺼비가 울었다. 낮고 부드러운 호흡의 음악적 발산, 떨리는 순수한 음, 맑은 소리를 내며 터지는 물방울이었다. '꾸륵, 꾸륵….' 뤼실은 눈을 살짝 감았다. 그러고는 이 고요한 밤의 슬프고 깊은 평화를 한껏 맛보았다. 하지만 가끔 뤼실의 내부에서 뭔가가 깨어나 반발하며 소리를, 움직임을, 세상을 요구했다. 삶을! 오, 주님, 저에게 삶을! 이 전쟁은 얼마나 더 계속될까? 얼마나 더 많은 세월을 이렇게 끔찍할 정도로 무기력한 상태에서, 폭풍우에 겁먹은 짐승처럼 웅크린 채 고분고분 지내야 할까? 뤼실은 라디오의 친근한 소음이 그리웠다. 하지만 독일군이 도착하자마자 라디오를 지하 창고에 감춰야 했다. 사람들은 독일군이 라디오를 압수하거나 부숴버린다고 말했다. 뤼실은 피식 웃었

다. '프랑스 사람들은 참 없이 산다고 생각하겠지.' 앙젤리
에 부인이 적군의 눈에 띄지 않도록 옷장들 속에 쑤셔 넣고
열쇠로 잠가버린 많은 물건을 떠올리며 뤼실은 생각했다.

뤼실이 저녁 식사를 하고 있을 때, 장교의 당번병이 작은
쪽지를 들고 식당으로 들어왔다.

브루노 폰 팔크 중위가 앙젤리에 가문의 부인들에게 안
부를 전하며, 이 쪽지를 전한 병사에게 피아노와 책장 열
쇠를 건네주시기를 간곡히 부탁드립니다. 피아노를 절
대 가져가지 않을 것이며, 책들을 절대 훼손하지 않겠다
는 것을 본인의 명예를 걸고 약속드립니다.

하지만 뜻밖에도 앙젤리에 부인은 이 농담 같은 부탁에
예민하게 반응하지 않았다. 앙젤리에 부인은 눈을 들어 하
늘을 쳐다보며 마치 짧은 기도를 올리듯 입술을 우물거리
고는 모든 것을 하늘의 뜻에 맡겼다. "힘이 권리보다 우선
이죠, 안 그래요?" 앙젤리에 부인이 이렇게 묻자, 프랑스어
를 이해하지 못하는 병사는 만면에 미소를 띤 채 여러 차례
고개를 아래위로 주억거리며 "야 볼*"이라고 대답했다.

"폰… 폰… 어쩌고(앙젤리에 부인은 입에 담기에 혐오스

---

* Ja wohl, '그렇고 말고요.'를 뜻하는 독일어.

럽다는 듯 말을 더듬었다) 하는 중위에게 당신이 주인이라
고 전해요."

앙젤리에 부인은 열쇠 꾸러미에서 요청한 열쇠 두 개를
빼내 식탁 위에 던졌다. 그러고는 비극적인 말투로 며느리
에게 속삭였다.

"틀림없이 바흐트 암 라인*을 연주할 거야…."

"저 사람들, 요즘은 다른 국가(國歌)를 불러요, 어머니."

하지만 중위는 아무것도 연주하지 않았다. 깊고 깊은 침
묵이 이어졌고, 이어서 저녁의 고요 속에서 마차가 드나드
는 문이 열리는 소리가 징 소리처럼 울려 퍼지며 두 부인에
게 장교가 외출했다는 것을 알려주었다. 그들은 안도의 한
숨을 내쉬었다. 그리고 이제 장교가 창가를 떠났다고 뤼실
은 생각했다. 장교가 방을 이리저리 거닐고 있어. 군화 소
리, 저 지긋지긋한 군화 소리…. 지나갈 거야…. 언젠가 점
령이 끝날 거야. 평화가, 축복받은 평화가 올 거야. 1940년
의 전쟁과 참화는 하나의 추억이 될 거고, 역사책의 한 페
이지, 학교에서 학생들이 외울 전투와 조약의 명칭에 지나
지 않게 될 거야. 하지만 나는, 나는 목숨이 붙어 있는 한 마
룻바닥을 두드리는 저 묵직하고 규칙적인 군화 소리를 기
억하게 될 거야. 왜 저 사람은 잠자리에 들지 않을까? 왜 민

---

* Wacht am Rhein, '라인강의 파수꾼'이라는 뜻으로, 독일의 옛 국가.

간인처럼, 프랑스 사람들처럼 실내화를 신지 않을까? 저 사람이 뭔가를 마시고 있어. (뤼실은 병마개를 따는 소리와 압축된 레몬수가 약하게 솟아오르는 '츠, 츠' 소리를 들었다.) 이제 책장을 넘기고 있어. 오, 내가 이따위 생각이나 하고 있다니…. 뤼실은 부르르 몸을 떨었다. 그가 피아노를 열었다. 뤼실은 피아노 뚜껑이 젖혀지며 부딪히는 소리와 의자가 빙그르르 돌아가며 삐걱거리는 소리를 들었다. 아냐! 이 한밤중에 피아노를 칠 생각은 아닐 거야! 시계가 밤 9시를 가리키고 있었다. 혹시 바깥세상에서 살아가는 사람들은 이렇게 일찍 잠자리에 들지 않는 것은 아닐까? 그랬다, 그가 피아노를 쳤다. 뤼실은 고개를 숙인 채 신경질적으로 입술을 깨물며 귀를 기울였다. 아르페지오라기보다는 건반이 내쉬는 일종의 한숨이자, 음들의 꿈틀거림이었다. 그는 음들을 가볍게 스쳐 지나듯 어루만졌다. 연주는 새의 노래처럼 가볍고 빠른 바이브레이션으로 마무리되었다. 그러고는 갑자기 조용해졌다.

　뤼실은 긴 머리카락을 어깨 위에 늘어뜨리고 손에 빗을 든 채 오랫동안 그렇게 꼼짝도 하지 않았다. 마침내 그녀가 한숨을 내쉬며 막연히 생각했다. '아, 아쉬워라!(고요가 너무 깊어서? 저 사람이 연주를 멈춰서? 그가 다른 사람이 아니라 침략자, 적군이어서?)' 뤼실은 숨조차 쉴 수 없을 정도로 무거운 공기층을 밀쳐내듯, 손으로 뭔가를 떨쳐버리는 신경질적인 작은 몸짓을 했다. 아쉬워라…. 뤼실은 텅 빈 침대에 누웠다.

5

마들렌 라바리는 집에 혼자 있었다. 그녀는 장마리가 몇 주 동안 지낸 방에 앉아 있었다. 마들렌은 장마리가 잠을 잤던 침대의 시트를 날마다 갈았다. 그것이 세실의 신경을 건드렸다. "그냥 둬! 아무도 거기서 안 자잖아! 기다리기라도 하는 것처럼 매일 깨끗한 시트로 갈아 끼울 필요 없어. 혹시 누구 기다려?"

마들렌은 대답하지 않았다. 그리고 아침마다 솜털이 가득 든 커다란 매트리스를 내다 터는 일을 계속했다.

마들렌은 젖가슴에 뺨을 기댄 채 젖을 빨고 있는 아기와 단둘이 있어서 행복했다. 반대쪽에 젖을 물리면, 젖꼭지 자국이 선연한, 버찌처럼 붉게 빛나는 축축한 뺨이 드러났다.

마들렌은 아기를 부드럽게 껴안았다. 마들렌은 다시 한번 이런 생각이 들었다. '아들이라 얼마나 다행인지 몰라. 남자들은 고생을 덜 하잖아.' 그러고는 난롯불을 바라보며 꾸벅 꾸벅 졸았다. 마들렌은 한 번도 잠을 푹 자본 적이 없었다. 할 일이 산더미처럼 쌓여 있어서 10시나 11시 전에는 잠자리에 든 적이 없었고, 가끔 영국 라디오 방송을 듣기 위해 한밤중에 일어나기도 했다. 아침에는 가축들 먹이를 주려면 5시에는 일어나야 했다. 불 위에서 끓고 있는 저녁거리, 다 차려놓은 식탁, 모든 게 정리된 상태에서 잠시 조는 것은 기분 좋은 일이었다. 비 내리는 봄날의 우중충한 빛이 부드러운 녹음과 흐린 하늘을 뿌옇게 밝히고 있었다. 마당에서 오리들은 부리를 부딪쳐 딱딱 소리를 내며 비를 맞고 돌아다니고, 헝클어진 작은 깃털처럼 보이는 암탉과 칠면조들은 헛간 처마 아래로 피신해 옹기종기 앉아 있었다. 마들렌은 개 짖는 소리를 들었다.

'벌써 돌아오나?' 마들렌은 혼자 생각했다.

브누아는 가족을 데리고 읍내에 나갔다.

누군가가, 브누아처럼 나막신을 신지 않은 누군가가 마당을 가로질러 오고 있었다. 남편이나 농장에 사는 사람의 것이 아닌 발소리를 들을 때마다, 저 멀리 낯선 그림자가 보일 때마다, 열에 들떠서 '장마리가 아니야. 그 사람일 리가 없어. 내가 미쳤지. 그 사람은 돌아오지 않을 거고, 설사 온

다고 해도 내가 이미 브누아와 결혼했는데 뭐가 달라지겠
어? 난 아무도 기다리지 않아. 난 오히려 주님께 장마리가
오지 않게 해달라고 빌고 있어. 남편에게 조금씩 익숙해질
테니까. 행복해질 테니까. 내가 지금 무슨 생각을 하는 건지
모르겠어. 난 지금 제정신이 아니야. 난 행복해'라고 생각
할 때도. 이렇게 생각하면서도, 분별없는 그녀의 가슴은 세
차게 뛰기 시작했다. 외부의 모든 소리를 뒤덮어버릴 정도
로, 그래서 브누아의 목소리도, 아기의 울음소리도, 문 밑으
로 새어 들어오는 바람 소리도 알아듣지 못할 정도로, 파도
에 뛰어들었을 때처럼 피의 고동 소리에 귀가 먹먹할 정도
로. 잠깐씩 마들렌은 반쯤 의식을 잃곤 했다. 그러다가 종자
카탈로그를 가져온 우체부(하필이면 그날 새 신발을 신은)나
땅 주인인 몽모르 자작을 보고 나서야 정신을 차리곤 했다.

"얘, 마들렌, 넌 인사도 안 드리니?" 농장 여주인 라바리
부인이 놀란 듯 말했다.

"하하, 내가 단잠을 깨운 모양이구려." 방문객이 이렇게
말하면, 마들렌은 희미한 목소리로 사과하며 이렇게 중얼
거렸다.

"예, 인기척에 더럭 겁이 나서⋯."

그래서 깼다고? 어떤 꿈에서?

이번에도 마들렌은 모르는 사람이 그녀의 삶으로 불쑥 들
어와(혹은 되돌아와) 일으키는 동요를, 내적 공황을 느꼈다.

마들렌은 의자에서 몸을 반쯤 일으키고는 문을 뚫어지게 쳐다보았다. 남자일까? 남자의 발소리와 가벼운 기침 소리가 들리고 질 좋은 담배 냄새가 났다! 문 걸쇠 위에 곱고 하얀 남자 손이, 이어서 독일군 군복이 나타났다. 나타난 사람이 장마리가 아닐 때면 늘 그렇듯, 마들렌은 아득한 실망감 때문에 잠시 넋을 잃었다. 상의 단추를 채우는 것도 잊어버린 채로. 스무 살도 채 안 된 독일군 장교는 눈썹과 머리칼 그리고 짧은 콧수염이 모두 밝게 빛나는 연한 금발이라 얼굴에 거의 색깔이 없어 보였다. 그는 드러나 있는 마들렌의 젖가슴을 힐끗 쳐다보고는 미소 지으며 지나칠 정도로 공손하게, 모욕을 느낄 정도로 공손하게 인사를 했다. 몇몇 독일군은 프랑스 사람들에게 약 올리나 싶을 정도로 깍듯하게 예의를 갖춰 인사하곤 했는데(울분에 차 굴욕감을 곱씹는 패배자들의 눈에만 그렇게 보였던 걸까?), 이는 같은 인간에 대한 예의라기보다는 방금 처형한 사람의 시신에 '받들어총'을 하는 것처럼 주검에 대해 보이는 정중함이었다.

"무슨 일로 오셨죠?" 한 손으로 황급히 가슴을 여미며 마침내 마들렌이 물었다.

"부인, 제가 노냉 씨 댁 농장에 묵으라는 명령을 받았거든요. 귀찮게 해드려 죄송하지만, 제 방을 좀 보여주시겠습니까?" 젊은이가 유창한 프랑스어로 대답했다.

"사병이 올 거라고 했는데…" 마들렌이 머뭇거리며 말

했다.

"저는 사령부에 근무하는 통역관입니다."

"여긴 읍내에서 꽤 먼데… 방이 마음에 드실지 모르겠네요. 한낱 시골 농장이라 수돗물도 전기도, 남자가 필요로 하는 무엇도 없어요."

젊은이는 집 안을 둘러보았다. 그는 군데군데 거의 분홍색으로 바래버린 붉은색 타일, 방 중앙을 차지하는 커다란 난로, 한쪽 구석에 놓인 침대, 그리고 물레(1914년 전쟁 이래로 창고에 처박아뒀던 것을 꺼내놓은 것이었다. 모직 천을 가게에서 구할 수 없게 되자, 고장의 모든 젊은 여자가 모직실 잣는 법을 배웠다)를 살펴봤다. 그는 또한 액자에 넣어 벽에 걸어놓은 사진, 농업경진대회에서 받은 상장, 예전에 어느 성녀의 조각상이 놓여 있었지만, 지금은 비어 있는 작은 알코브, 그리고 장식용 띠처럼 그것을 둘러싸고 있는, 반쯤 벗어진 은은한 도료를 유심히 들여다보았다. 그의 눈길이 아기를 안고 있는 시골 여자에게로 다시 돌아왔다. 그가 미소를 지으며 말했다.

"제 염려는 마십시오. 아주 좋을 것 같아요."

그의 목소리는 금속이 찌그러지는 소리를 연상시키는, 어딘지 모르게 거슬리는 묘한 음색을 띠었다. 조금의 동요도 없는 회색 눈, 깎아놓은 듯한 턱선, 철모처럼 반들반들하며 밝고 옅은 독특한 금발. 청년의 이국적인 외모는 마들렌의 눈에 큰 충격으로 다가왔다. 그의 생김새에는 인간의 존재보다는 기계를 떠올리게 하는 완벽하고, 정확하고, 번쩍거리는 뭔가가 있었다. 마들렌은 자기도 모르게 그의 군화와 허리띠 버클에 넋을 빼앗기고 말았다. 가죽과 강철이 눈부신 광채를 발했던 것이다.

"당번병이 따로 있어야겠네요. 당신 군화를 그렇게 반짝거리게 닦아놓을 수 있는 사람이 여긴 없으니까요."

그가 호탕하게 웃으며 다시 말했다.

"제 염려는 마십시오."

마들렌은 아들을 눕혔다. 침대 위쪽에 비스듬히 걸린 거울에 독일군의 모습이 비쳤다. 미소를 머금은 채 자신을 바라보는 그의 시선이 눈에 들어왔다. 마들렌은 두려움에 휩싸여 생각했다. '저 사람이 나한테 집적대면 브누아가 뭐라고 할까?' 마들렌은 독일 청년이 마음에 들지 않았다. 약간 무서웠다. 하지만 마들렌은 자신도 모르게 그가 장마리와, 남자로서의 장마리가 아니라 도시 사람으로서의 장마리와 어딘지 모르게 닮았다는 점 때문에 그에게 이끌렸다. 그들은 둘 다 말끔하게 면도했고, 좋은 교육을 받고 자랐으며, 하얀 손과 섬세한 피부를 가지고 있었다. 마들렌은 브누아가 이 독일군의 존재를 이중으로 견디기 힘들어하리라는 것을 깨달았다. 우선 그가 적군이기 때문에, 그리고 그가 자기 같은 시골 농부가 아니기 때문에, 특히 마들렌이 상류층에 대해 보이는 관심과 호기심을 브누아가 끔찍이 싫어했기 때문에. 브누아는 얼마 전부터 마들렌이 뒤적거렸던 패션 잡지를 빼앗아버렸고, 면도 좀 하라거나 셔츠 좀 갈아입으라고 잔소리를 하면 버럭 고함을 지르곤 했다. "촌년이면 촌년답게 굴어! 넌 땅 파먹고 사는 촌놈을 남편으로 택했어. 난 멋 부리는 것 따윈 할 줄 몰라." 그 고함에 너무나 깊은 앙심, 너무나 큰 질투가 배어서 마들렌은 브누아가 무슨 얘기를 들었다는 걸, 세실이 입을 나불댔다는 걸 충분히 짐작할 수 있었다. 마들렌을 대하는 세실의 태도 역시 예전 같지 않았다. 마들렌은 한숨을 내쉬었다. 이 저주스러운 전쟁이 시작된 이후로 너무나 많은 것이 변해버렸다….

"묵으실 방을 보여드릴게요." 그녀가 마침내 말했다.

하지만 그가 거절했다. 그는 의자를 집어 난롯가에 앉았다.

"허락하신다면, 이따가 보겠습니다. 우리 통성명이나 하지요. 성함이?"

"마들렌 라바리예요."

"저는 쿠르트 보네(그는 보네트라고 발음했다)라고 합니다. 보시다시피, 프랑스 성이죠. 제 조상이 루이 14세 치하 때 프랑스에서 쫓겨난 부인 동포들이었던 모양입니다. 독일에도 프랑스인의 피가 있고, 우리 언어에도 프랑스 단어들이 있죠."

"그래요?" 마들렌이 무관심하게 말했다.

마들렌은 아마 이렇게 대답하고 싶었을 것이다. '프랑스에도 독일인의 피가 있어요. 땅속에, 1914년 이후로.' 하지만 감히 그럴 수 없었다. 입을 다무는 게 더 현명했다. 묘한일이었다. 마들렌은 독일인들을 미워하지 않았다. 마들렌은 아무도 미워하지 않았다. 하지만 군복이 그때까지 자유롭고 떳떳했던 마들렌을, 앞에서는 살살거리며 비위를 맞추다가도 문이 닫히면 시어머니가 하듯 "다 뒈져버려라!"라고 욕을 하며 침을 뱉는 술수와 신중함, 두려움으로 가득한 일종의 노예로 만들어놓은 것 같았다. 적어도 그녀의 시어머니는 독일군 앞에서 자신의 마음을 속일 줄 몰랐고, 그들에게 다정한 척할 줄도 몰랐다. 마들렌은 자신이 부끄러웠다. 마들렌은 이맛살을 찡그려 지레 냉랭한 표정을 지으며, 자신이 그와 이야기를 나누고 싶지 않다는 것을, 그의존재가 자신에게 너무 부담스럽다는 것을 독일군에게 이해시키기 위해 의자를 뒤로 밀어서 물러나 앉았다.

그 와중에도, 독일군은 재밌다는 표정으로 그녀를 쳐다보았다. 어린 시절부터 엄격한 규율에 따라 생활한 대다수젊은이가 그렇듯, 보네는 자신의 내면을 오만함과 경직된겉모습으로 표현했다. 보네는 남자는 모름지기 무쇠처럼강인해야 한다고 믿었다. 그래서 폴란드와 프랑스에서 전쟁을 치르고 점령 생활을 하는 동안 그렇게 행동했다. 하지만 실제로 보네는 원칙보다는 무분별한 젊음의 충동에 따르고 있었다. (마들렌은 그를 스무 살쯤으로 봤지만, 보네는 그보다 더 어렸다. 그는 프랑스에서 전쟁하는 동안 열아홉 번째 생일을 맞았다.) 보네는 사물이나 사람에게서 받는 인상에 따라 친절하게 혹은 잔인하게 굴었다. 누군가에 대해 혐오감을 느끼면, 가능한 모든 방법을 동원해 집요하게 그 사람을 괴롭혔다. 프랑스군이 패주하는 동안, 그는 불쌍한 가축 떼 같은 포로들을 독일로 끌고 가는 임무를 맡았고, 이탈하거나 뒤로 처지는 포로에게는 사정없이 구타를 가하라는 명령을 받았다. 그 끔찍한 나날 동안, 보네는 인상이 마음에 들지 않는 포로들에게는 아무런 가책 없이, 심지어 쾌감을 느끼며 그렇게 했다. 반면, 호감이 가는 몇몇 포로에게는 한없는 선의를 보이며 기꺼이 도움을 주었다. 개중에는 보네에게 목숨을 빚진 사람들도 있었다. 보네는 잔인했다. 하지만 그것은 청소년기의 잔인함, 온전히 자신과 자신의 영혼을 향해 있는, 아주 왕성하고 섬세한 상상력에서 비롯된 잔인함이었다. 보네는 타인의 고통에 대해서는 연민을 느끼지 않았다. 보네는 그들을 보지 않았다. 오로지 자신만을 보았다. 보네의 잔인함에는 사디즘에 경도된 어떤 성향뿐만 아니라 나이에서 비롯된 약간의 가식도 들어 있었다. 예를 들면, 보네는 사람들에게는 냉혹하게 굴었지만, 짐승들에게는 더없이 큰 연민을 드러냈다. 몇 달 전에 내려진 칼레 사령부의 명령은 보네의 요청에서 비롯된 것이었다. 시골

장날, 보네는 농부들이 암탉의 다리를 묶어 거꾸로 들고 다니는 걸 본 적이 있었다. 그날 이후 '인간성의 보전을 위해' 그렇게 하는 것이 금지되었다. 하지만 농부들은 전혀 개의치 않았다. 그것이 '야만적이고 경박한' 프랑스인들에 대한 보네의 혐오감을 부채질했고, 프랑스인들은 그 황당한 공고문과 나란히 붙은, 태업 행위에 대한 벌로 농부 여덟 명이 처형되었다고 쓰여 있는 다른 공고문을 읽고는 격분했다. 보네가 그 북부 지방의 도시에서 친분을 맺은 프랑스인은 숙소 주인뿐이었다. 보네가 감기에 걸린 어느 날, 숙소 주인이 보네의 침대까지 손수 아침을 갖다주는 수고를 해줬기 때문이었다. 보네는 자신의 어린 시절과 어머니를 떠올렸고, 한때 포주 노릇을 하다 은퇴한 릴리 부인에게 눈물을 글썽이며 거듭 고맙다는 인사를 했다. 그 후로 보네는 온갖 종류의 허가증, 휘발유 교환권을 수시로 가져다주고, 그 늙은 여자와 마주 앉아 저녁 시간을 보내고(노인이 나이가 많은 데다 혼자고, 또 심심해하니까, 그는 이렇게 말했다), 임무차 파리에 갈 때마다 주머니를 털어(그는 돈이 많지 않았다) 싸구려 장신구를 사다주는 등, 그녀를 위해서라면 뭐든지 했다.

　이 호감은 때때로 음악적 인상이나 문학적 인상에서, 혹은 보네가 라바리 농장에 발을 들여놓은 그 봄날 아침처럼 어떤 회화적 인상에서 비롯되기도 했다. 보네는 교양이 아주 풍부했고, 모든 예술 분야에 재능을 보였다. 비 내리는 날이 조성하는 약간 습하고 어두컴컴한 분위기, 분홍색으로 바래버린 타일, 성모상이 놓여 있던 것으로 보이는 텅 빈 작은 알코브, 요람 위에 걸린 신성한 회양목 가지, 어슴푸레한 어둠 속에 놓여 있는 구리 난상기*의 반짝거림. 라바리 농장에는 플랑드르파의 '내밀함'을 떠올리게 하는 뭔가가 있었다. 낮은 의자에 앉아 있는 젊은 여성, 그녀의 품에 안겨 있는 아기, 반쯤 드러난 채 어둠 속에서 뽀얗게 빛나는 아름다운 젖가슴, 홍조를 띤 뺨, 새하얀 이마와 턱이 돋보이는 그 매력적인 얼굴은 그것만으로도 한 폭의 그림이 되기에 충분했다. 찬탄의 눈길로 그녀를 바라보고 있노라니, 보네는 뮌헨이나 드레스덴의 미술관에서 그가 세상 무엇보다 좋아하는 관능적이며 동시에 지적인 황홀감을 제공해주는 그림 하나를 홀로 감상하는 듯한 느낌이 들었다. 그 여자가 앞으로 그에게 쌀쌀맞게 굴거나 적의를 드러낼 수도 있을 것이다. 하지만 보네는 전혀 개의치 않을 것이다. 아니, 인식조차 하지 못할 것이다. 보네는 그녀와 그 주위 사람들이 자신을 위해 순수하게 예술적인 친절을 베풀어주기만을, 걸작의 광채를, 살결의 찬란함을, 배경의 부드러움을 간직해주기만을 요구할 것이다.

　그 순간, 커다란 괘종시계가 정오를 알렸다. 보네가 기다

---

* 숯불을 채워 침대를 따뜻하게 데우는 기구.

렸다는 듯 환하게 웃었다. 고물 기계에서 울리는 약간 금이 간 듯한 묵직하고 깊은 소리를, 네덜란드 화가의 그림들을 감상하면서, 그림 속의 주부가 만든 신선한 청어 요리의 구수한 냄새나 녹색 유리창 너머에서 들려오는 거리의 소란을 상상하면서 가끔 들어본 듯했기 때문이었다. 그 어두컴컴한 그림들에는 늘 비슷한 괘종시계가 그려져 있었다.

보네는 마들렌에게 말을 걸고 싶었다. 노래하는 듯한 풋풋한 목소리를 다시 듣고 싶었다.

"여기 혼자 사세요? 남편이 포로로 잡혀갔죠, 아닌가요?"

"천만에요." 마들렌이 급히 대답했다.

그런데 브누아가 포로로 잡혀갔다가 도망쳐 왔다는 걸 떠올리자, 마들렌은 다시 더럭 겁이 났다. 갑자기 이 독일군이 그 사실을 알아차리고 남편을 잡아갈지도 모른다는 생각이 들었다. '이 무슨 바보 같은 짓이야!' 마들렌은 생각했다. 그녀는 본능적으로 말투를 누그러뜨렸다. 정복자에게는 상냥하게 굴어야 했다. 마들렌은 순진하고 유순한 목소리로 물었다.

"우리 집에 오래 계실 건가요? 사람들 말로는 석 달이라고 하던데."

"우리도 모릅니다. 군인 생활이라는 게 원래 그래요. 장군들의 명령이나 변덕, 아니면 전쟁의 우연에 달려 있죠. 우린 유고슬라비아로 가는 길이었어요. 그런데 거긴 이미 다 끝나 버렸거든요." 보네가 설명했다.

"예? 다 끝나다니요?"

"시간문제죠. 어쨌거나 승리를 거둔 후에나 우리가 도착할 겁니다. 제 생각엔 갑자기 아프리카나 영국으로 발령이 나지 않는 한, 여기서 여름을 나게 될 것 같아요."

"그래서… 좋으세요?" 마들렌이 일부러 순진한 표정을 지으며, 하지만 마치 식인종에게 "인육을 좋아한다던데, 사실이에요?"라고 묻는 것처럼 감출 수 없는 혐오감으로 살짝 몸서리치며 물었다.

"남자는 전사가 되기 위해 태어나죠. 여자가 전사의 여흥을 위해 태어나듯이." 보네가 이렇게 대답하고는 웃었다. 순박한 프랑스 시골 여자에게 니체를 인용하는 것이 재미있게 느껴졌기 때문이었다. "남편분도 젊다면 똑같이 생각할 거예요."

마들렌은 대답하지 않았다. 사실 마들렌은 브누아와 함께 자랐으면서도 그가 무슨 생각을 하는지 거의 몰랐다. 브누아는 과묵했고, 남자, 농부, 프랑스 사람이라는 신중함의 세 겹 갑옷을 입고 있었다. 마들렌은 브누아가 무엇을 증오하고, 무엇을 사랑하는지 몰랐다. 다만 브누아가 사랑과 증오를 품을 수 있는 사람이라는 것만은 알았다.

'제발 그가 이 독일군 때문에 난리를 피우지 않았으면 좋으련만.'

마들렌은 보네의 말을 듣고는 있었지만, 길에서 들려오
는 소리에 귀를 기울이느라 거의 대답하지 않았다. 수레들
이 지나갔다. 성당들이 종을 울려 저녁기도 시간을 알렸다.
시골의 종소리들이 연이어 들려왔다. 처음에는 은방울처럼
가벼운 몽모르의 작은 예배당 종소리, 이어 읍내에서 들려
오는 묵직한 종소리, 그리고 날씨가 나쁠 때, 언덕 꼭대기에
서 바람이 불어올 때만 알아들을 수 있는 생마리 수녀원의
다급하고 희미한 차임벨 소리까지.

"가족이 곧 돌아올 거예요." 마들렌이 웅얼거렸다.

마들렌은 식탁에 물망초가 가득 꽂힌 크림색 단지를 올
려놓았다.

"식사는 여기서 안 하실 거죠?" 마들렌이 불쑥 물었다.

보네가 마들렌을 안심시켰다.

"아뇨, 아닙니다. 식사는 읍내에 나가서 하기로 되어 있
습니다. 아침에 카페오레만 좀 부탁드리죠."

"그 정도야 물론 해드려야죠."

이 고장 특유의 화법이었다. 사람들은 웃으며 애교가 섞
인 어조로 자주 이 말을 했다. 거기에는 아무런 의미도 담겨
있지 않았다. 그저 예의상 내뱉는 표현일 뿐 정말 그렇게 해
주겠다는 의미는 아니었다. 말하자면 예절에 불과했다. 약
속을 이행하지 못했을 경우, 또 다른 상투적인 표현이 준비
되어 있었다. 유감과 사과의 뜻이 담긴 어조로 이렇게 말하

는 것이다. "아, 원한다고 다 해줄 수 있는 건 아니잖아요."
하지만 독일군은 마들렌의 대답에 크게 기뻐했다.

"여기 사람들은 다들 정말 친절하군요." 보네가 순진하
게 말했다.

"그렇게 생각하세요?"

"제 커피를 침대로 가져다주실 거죠?"

"그건 환자들한테나 하는 거죠." 마들렌이 놀리는 표정
으로 말했다.

보네가 마들렌의 손을 잡으려 했다. 마들렌이 황급히 손
을 뺐다.

"남편이 왔어요."

아직은 아니지만, 브누아는 곧 도착할 터였다. 마들렌은
길에서 나는 암말의 발굽 소리를 알아들었다. 마들렌은 마
당으로 나갔다. 비가 내리고 있었다. 지난 전쟁 이후로 방치
했다가 손을 봐서 자동차 대용으로 사용하는 고물 사륜마
차가 마당으로 들어섰다. 브누아가 몰고 온 것이었다. 여자
들은 흠뻑 젖은 우산 아래 웅크리고 있었다. 마들렌이 남편
을 향해 달려가 목을 껴안았다.

"보슈*가 와 있어." 마들렌이 브누아의 귀에 대고 슬쩍 흘
렸다.

---

* boche, 독일 사람을 낮잡아 부르는 말.

"우리 집에 묵는대?"

"응."

"제기랄!"

"왜, 잘만 대해주면 나쁜 사람들은 아냐. 돈도 잘 내고."
세실이 말했다.

브누아가 암말을 풀어 마구간으로 끌고 갔다. 독일군 때
문에 주눅이 들긴 했지만, 주일에만 꺼내 입는 원피스와 모
자, 비단 스타킹 차림의 세실은 자신이 잘 차려입었다는 사
실을 의식하고는 도도한 걸음걸이로 집 안으로 들어갔다.

6

부대가 뤼실의 창문 아래로 지나갔다. 병사들이 노래를 불렀다. 그들은 우렁차고 멋진 목소리를 냈다. 하지만 진중하고 위협적이면서도 어딘지 모르게 슬픈, 전투적이기보다는 종교적인 분위기를 띤 합창은 프랑스 사람들을 놀라게 했다.

"저 작자들 지금 기도하는 거야?" 여자들이 물었다.

부대는 야간 군사훈련을 마치고 돌아오는 길이었다. 너무 이른 아침이라 마을 전체가 아직 잠들어 있었다. 깜짝 놀라 잠에서 깨어난 여자들이 팔짱을 낀 채 밖을 바라보며 웃었다. 정말 부드럽고 상쾌한 아침이야! 수탉들이 밤의 추위에 쉬어버린 목소리로 꼬끼오, 하고 울어댔다. 고요한 대기

속에 장밋빛과 은빛이 어른거렸다. 그 순결한 빛은 행진하는 남자들의 행복한 얼굴 위에서 반짝였다(이리도 아름다운 봄날에 어찌 행복하지 않을 수 있겠는가?). 강인한 얼굴, 조화로운 목소리, 훤칠하고 체격 좋은 청년들, 여자들은 오랫동안 눈으로 그들을 쫓았다. 사람들은 병사들을 알아보기 시작했다. 그들은 이제 첫날 보았던 이름 모를 군인들이 아니었다. 파도가 자기만의 모습을 갖지 못하고 앞서거나 뒤따라오는 파도들과 뒤섞이는 것과 비슷하게, 서로 전혀 구별되지 않는 똑같은 모습으로 꾸역꾸역 밀려들던 녹색 군복의 물결이 아니었다. 이제 병사들은 이름을 가지고 있었다. "나막신 가게 주인집에 묵는 저 조그만 금발 녀석 말이야, 자기네들끼리 부르는 거 들어보니까 이름이 빌리래, 빌리. 달걀 여덟 개를 푼 오믈렛을 주문하는 저기 저 적갈색 머리 녀석은 코냑 열여덟 잔을 연거푸 마시고도 취하거나 앓아눕질 않더군. 뻣뻣하게 서 있는 저 어린 녀석은 통역관이야. 독일군 사령부가 저 녀석 혀끝에서 놀아난대. 저기 앙젤리에 씨 댁에 묵는 장교도 오는군." 주민들은 이렇게 말했다.

몽모르 가문의 농토를 부쳐서 먹고살았던 소작인들의 후손인 우체부가 오늘날 몽모르의 오귀스트라 불리는 것처럼, 예전에 농부들에게 그가 살아가는 영지의 이름을 붙여줬던 것처럼, 독일군들은 그들이 묵고 있는 집 주인의 호적을 물려받은 거나 마찬가지였다. 주민들은 그들을 '뒤랑네의 프리츠, 라 포르주네의 에발트, 앙젤리에 씨 댁의 브루노'라 불렀다.

앙젤리에 씨 댁의 브루노는 기병대를 지휘하는 장교였다. 힘을 주체할 수 없어 빙빙 돌며 펄쩍펄쩍 뛰어오르고, 안달이 난 도도하고 아름다운 눈으로 사람들을 쳐다보는 그 짐승들은 농부들에겐 찬탄의 대상이었다.

"엄마! 봤어요?" 꼬마들이 소리쳤다.

중위의 말은 새틴 광택이 나는, 금빛으로 물든 갈색 마의를 걸치고 있었다. 중위와 말 둘 다 여자들이 내지르는 탄성과 외침에 무관심한 것처럼 보였다. 그 멋진 짐승은 목을 활처럼 구부리고는 답답한 듯 재갈이 물린 입을 격렬하게 흔들어댔다. 장교는 가볍게 웃었고, 이따금 입술로 쓰다듬는 듯한 소리를 내서 말을 통제했다. 그 작은 소리는 채찍질보다 더 큰 효과를 발휘했다. 창문 너머로 중위를 바라보고 있던 한 아가씨가 "저 보슈, 그래도 말은 정말 잘 다루네"라고 외치자, 중위는 장갑 낀 손을 모자에 갖다 대며 정중하게 인사했다.

그 아가씨 뒤에서 누군가가 다급하게 속삭였다.

"그렇게 부르면 저들이 싫어한다는 거, 너도 잘 알잖아. 너 미쳤니?"

"아 참, 그렇지! 깜빡했어요." 아가씨가 버찌처럼 발갛게 달아오른 얼굴로 변명했다.

　광장에서 기병대가 해산했다. 그들은 요란스런 군화와 박차 소리를 내며 각자 숙소로 돌아갔다. 여름 태양을 연상시키는 뙤약볕이 내리쬐고 있었다. 병사들은 마당에서 몸을 씻었다. 벗어젖힌 상체는 들판의 공기에 붉게 그을리고, 땀으로 흠뻑 젖어 있었다. 한 병사가 나뭇가지에 걸어놓은 작은 거울을 뚫어지게 들여다보며 면도했다. 또 다른 병사는 차가운 물이 담긴 커다란 양동이에 머리와 맨팔을 담갔다. 또 다른 병사가 젊은 여자에게 외쳤다.

　"날씨 참 좋네요, 부인!"

　"어라, 우리말, 할 수 있어요?"

　"조금."

　사람들은 마주 쳐다보며 웃었다. 여자들이 우물로 다가가 삐걱거리는 긴 사슬을 늘어뜨렸다. 짙은 푸른색 하늘을 반사하며 출렁이는, 얼음처럼 차가운 물로 가득한 두레박이 모습을 드러낼 때쯤이면, 늘 병사 하나가 황급히 달려가 무거운 두레박을 대신 끌어 올려주었다. 어떤 이들은 비록 독일인이지만 예의 바르다는 것을 보여주기 위해, 또 어떤 이들은 타고난 착한 마음씨 때문에, 또 다른 이들은 야외 훈련을 통해 얻은 일종의 신체적 충만함 때문에 그렇게 했다. 기분 좋은 피로와 휴식에 대한 기대가 그들에게, 강한 자들과 뒤엉켜 사납게 싸웠던 만큼 약한 자들에게는 부드럽게

대해주고 싶은 충동(봄이 되면 수컷 짐승들이 자기들끼리는
서로 싸우면서도, 암컷 앞에서는 먼지를 일으키며 깡충깡충
뛰며 장난을 치게 만드는 바로 그 충동)을 불어넣었고, 마음
이 힘으로 충만하고 고양되게 만들었다. 젊은 병사 하나는
여성을 그녀가 사는 집까지 바래다주기도 했다. 그는 진지
한 표정으로 그녀가 막 우물에서 길어 올린 백포도주 두 병
을 들어서 옮겨주었다. 들창코에 눈은 밝은색이었고 팔은
근육질인 아주 젊은 병사였다.

　"참 예쁘다. 그거, 참 예쁘다, 부인⋯." 그가 여자의 다리
를 바라보며 말했다.

　그녀가 돌아서며 입술에 손가락을 갖다 댔다.

　"쉿⋯ 내 남편⋯."

　"아, 남편, 브조*⋯ 사나워." 그가 아주 무섭다는 시늉을
하며 외쳤다.

　여자의 남편은 닫힌 문 뒤에서 귀를 기울이고 있었다. 그
는 아내를 철석같이 믿었기 때문에 분노 대신 일종의 자부
심을 느꼈다. '그래, 나한테는 예쁜 마누라가 있어.' 그날 아
침, 그는 매일 마시는 백포도주가 유달리 맛있다고 느꼈다.

　병사들이 나막신 가게로 들어갔다. 가게 주인은 지난 전
쟁의 상이용사로, 자기 작업실을 가지고 있었다. 가게에서

---

* böse, '나쁜, 불쾌한'을 뜻하는 독일어.

는 코를 파고드는 신선한 목재 냄새가 났다. 최근에 벤 소나무에서는 아직도 송진이 흘러나왔다. 진열장 위에는 키메라, 뱀, 황소 머리로 장식된 나막신들이 나란히 놓여 있었다. 한 켤레는 돼지 주둥이 모양을 하고 있었다. 병사 하나가 감탄의 눈길로 그것들을 둘러보며 말했다.

"멋진 작품이다, 이거."

병약하고 과묵한 가게 주인은 아무 대답도 하지 않았지만, 식탁을 차리고 있던 그의 아내는 궁금해 묻지 않을 수 없었다.

"독일에서는 뭐 했어요?"

병사는 당장 알아듣지 못했지만, 잠시 후 열쇠공이었다고 대답했다. 가게 주인의 아내가 잠시 생각하다 남편의 귀에 대고 속삭였다.

"부서진 찬장 열쇠 한번 보여줘봐요. 고쳐줄지도 모르니까…."

"그만둬." 남편이 인상을 찌푸리며 말했다.

"당신들? 점심?" 병사가 꽃무늬 접시 위에 놓인 흰 빵을 가리키며 말을 이었다. "프랑스 빵, 가볍다. 먹어도… 아무것도…."

그는 빵이 썩 맛있어 보이지 않는다고, 영양가가 그리 높지 않다고 말하고자 했다. 하지만 프랑스인 부부는 그들이

즐겨 먹는 음식 중 하나인 그 금빛 미슈*가, 그 왕관 모양의
큰 빵(사람들 말로는 곧 밀기울과 저질 밀가루로 대체될 거라
고 했다)이 얼마나 맛있고 몸에 좋은지 모를 정도로 미친 사
람이 있다는 사실을 믿을 수 없었다. 도저히 믿을 수가 없었
다. 그래서 그들은 독일군의 말을 칭찬으로 여겼고, 뿌듯함
을 느꼈다. 가게 주인도 찡그리고 있던 표정을 누그러뜨렸
다. 그는 가족과 함께 식탁에 앉았다. 독일군들은 나무 의자
에 따로 앉았다.

"여기 마음에 들어요?" 아내가 물었다.

원래 사교적인 성격을 타고난 그녀는 과묵한 남편을 둔
탓에 늘 입이 심심했다.

"예, 아름답다…."

"당신네는? 거기도 여기랑 비슷해요?"

그녀가 다른 병사에게도 물었다.

가벼운 떨림이 병사의 얼굴 위를 돌아다녔다. 자기 고장
과 그곳의 홉밭 또는 깊은 숲들을 묘사할 단어들을 찾느라
고심하는 기색이 역력했다. 하지만 아무 단어도 떠오르지
않는 듯, 그는 양팔을 벌리는 것으로 만족했다.

"넓다. 땅 좋다…."

그가 잠시 망설이다가 한숨을 내쉬었다.

---

* 둥그스름하게 생긴 커다란 빵.

"하지만 멀다….."

"가족은 있어요?"

그가 고개를 끄덕였다.

가게 주인이 아내에게 버럭 소리를 질렀다.

"뭐가 좋다고 그렇게 신이 나서 지껄여대!"

여자는 창피했다. 그녀는 입을 다문 채 커피를 붓고, 아이들에게 빵을 잘라주며 할 일을 계속했다. 밖에서 쾌활한 웅성거림, 웃음소리, 무기 부딪히는 소리, 발소리, 병사들의 목소리가 들려왔다. 왜인지는 모르지만 다들 마음이 가벼운 것 같았다. 쾌청한 날씨 때문이었을까? 너무나 푸른 하늘이 지평선에서 부드럽게 허리를 굽혀 대지를 쓰다듬는 것처럼 보였다. 암탉들이 먼지 속에서 꾸벅꾸벅 졸았다. 그들은 때때로 잠에 취한 꼬꼬 소리와 함께 깃털을 흔들어댔다. 지푸라기, 솜털, 손에 잡히지 않는 꽃가루가 허공을 날아다녔다. 새들이 둥지를 트는 계절이었다.

너무 오랫동안 남자들의 자리가 비어 있어서 침략자들이 그들 자리를 차지하는 것처럼 보였다. 그들도 그것을 느꼈고, 편안하게 누워 일광욕을 즐겼다. 포로로 잡혀가거나 전투 중에 사망한 아들을 둔 여자들은 낮은 목소리로 그들의 머리에 대고 저주를 퍼부었지만, 젊은 여자들은 그들에게서 눈을 떼지 못했다.

7

읍내와 그나마 규모가 큰 인근 농장의 부인들이 매달 열
리는 포로들에게 소포 보내기 행사를 위해 사립학교의 한
교실에 모였다. 이 모임은 그 지역에 거주하는 생활보호 대
상 아동들을 맡아 보살펴왔다. 이 자선 단체의 의장을 맡은
몽모르 자작 부인은 청중 앞에서 연설을 할 때마다 안절부
절못하는 소심하고 못생긴 젊은 여자였다. 자작 부인은 아
무리 마음을 다잡아도 말을 더듬었고, 손이 축축하게 젖었
고, 다리가 후들거렸다. 귀족이라도 사람들 앞에 서면 떨리
는 건 마찬가지였다. 하지만 자작 부인은 그것이 자신의 의
무라고, 자신은 그 읍내 부인들과 농촌 아낙들을 계몽해야
할 임무를, 그들에게 나아가야 할 길을 제시하고 그들의 마

음에서 좋은 씨앗이 싹트게 도와야 할 임무를 타고났다고
여겼다.

"내 말 알겠어요, 아모리?" 자작 부인이 남편에게 설명했
다. "난 그들과 나 사이에 본질적인 차이가 있다고는 생각
하지 않아요. 그들이 아무리 날 실망시켜도(여자들이 얼마
나 천박하고 쩨쩨하게 구는지!) 난 포기하지 않고 계속 그들
에게서 빛을 찾을 거예요." 자작 부인이 눈물이 가득 맺힌
눈을—그녀는 걸핏하면 눈물을 흘렸다—들어 남편을 쳐
다보며 덧붙였다. "그래요, 그 여자들 마음속에 뭔가가 없
다면, 주님께서 그 영혼들을 위해 목숨을 버리지는 않으셨
을 거예요. 하지만 무지는, 그들이 빠져 있는 무지의 늪은
끔찍할 정도예요. 모임이 열릴 때마다 왜 그들이 벌을 받고
있는지 이해시키기 위해 내가 짤막한 연설을 하는데(웃으
려면 웃어요, 아모리), 난 가끔 그들의 두툼한 뺨에서 깨달
음의 광채를 봐요. 난 후회가 돼요. 내 소명을 따르지 않은
게 후회돼요. 난 사바나나 원시림으로 떠나는 선교사의 오
른팔이 되어 헐벗은 사람들에게 복음을 전하고 싶었어요.
하지만 이제 그 생각은 그만할래요. 주님께서 우릴 보내신
바로 이곳에 우리의 임무가 있으니까." 자작 부인이 생각에
잠긴 표정으로 말을 맺었다.

자작 부인은 이제 사람들이 서둘러 악보대를 치워놓은
학교 교실의 작은 연단 위에 서 있었다. 모범생 중에서 선발

된 여학생 열두 명에게 자작 부인의 훈화를 듣는 기회가 주어졌다. 학생들은 나막신으로 바닥을 긁어대며, 차분하고 큰 눈으로 연단 쪽을 멀뚱멀뚱 쳐다보고 있었다. '눈망울이 암소들 같군.' 신경이 곤두선 자작 부인은 생각했다. 그녀는 그들을 주 대상으로 삼아 연설하기로 마음먹었다.

"친애하는 학생 여러분, 여러분은 어린 나이로 조국의 불행을 고통스러워…."

여자아이 하나가 연설에 집중하다가 앉아 있던 의자에서 떨어지고 말았다. 다른 열한 명의 학생이 킥킥거리며 앞치마로 터져 나오는 웃음을 틀어막았다. 자작 부인은 이맛살을 찌푸리며 더 큰 목소리로 말을 이었다.

"여러분은 여러분 나이에 걸맞은 장난에 열중하죠. 여러분은 아무 걱정이 없는 듯 보이지만, 마음은 슬픔으로 가득합니다. 여러분은 전능하신 주님께서 도탄에 빠진 우리의 소중한 조국을 불쌍히 여기시도록 아침저녁으로 열렬한 기도를 올려야 합니다!"

자작 부인이 연설을 멈추고 막 교실로 들어선 공립학교 교사에게 차갑게 인사를 했다. 그 교사는 미사에도 참석하지 않고, 죽은 남편을 종교의식 없이 매장하게 한 사람이었다. 학생들 말로는 그녀가 세례조차 받지 않았다고 했다. 그것은 마치 어떤 사람이 물고기 꼬리를 달고 태어났다고 말하는 것처럼 충격적이다 못해 사실로 받아들이기조차 힘든 이야기였다. 그 여자의 행실은 흠잡을 데가 없었다. 그런 만큼 자작 부인은 그녀를 더욱더 증오했다. 자작 부인은 남편에게 이렇게 하소연했다. "술을 마시거나 이 남자 저 남자 만나고 다닌다면, 신앙심이 없어서 그런 거라고 설명이라도 하겠는데, 이거야 원 꼬투리를 잡을 게 없으니. 아모리, 잘못된 길을 들어선 사람들이 덕을 행하는 것을 보고 평범한 사람들이 얼마나 큰 정신적 혼란을 겪을지 생각을 좀 해봐요."

자작 부인은 그 교사만 보면 그만 속이 뒤틀려서, 적의 출현으로 가슴에 끓어오른 불같은 투지를 자신의 목소리에 쏟아부었고, 연설은 점점 뜨거운 웅변으로 변해갔다.

"하지만 기도와 눈물만으로는 충분치 않습니다. 이것은 여러분만 들으라고 하는 말이 아닙니다. 여러분의 어머니들께 드리는 말입니다. 우리는 자선을 베풀어야 합니다. 그런데 어떻습니까? 아무도 그렇게 하질 않습니다. 아무도 자신을 잊고 다른 사람들을 위해 헌신하지 않습니다. 제가 여러분께 요청하는 것은 돈이 아닙니다. 안됐지만 이젠 돈으로도 할 수 있는 게 별로 없습니다." 그녀는 자신이 지금 신고 있는 구두값으로 무려 8백 50프랑을 냈다는 걸 떠올리며 한숨 쉬듯 말했다. (다행스럽게도 자작이 읍장이었기 때문에 배급되는 신발 교환권은 얼마든지 구할 수 있었다.) "아닙니다, 돈이 아닙니다. 제가 요청하는 것은 시골의 풍부한 물자, 우리 포로들에게 보내는 소포에 넣을 물품입니다. 여러분 각자는 늘 수용소에 갇혀 있는 남편, 아들, 형제, 아버지를 생각합니다. 그들을 위해서라면 아무것도 아끼지 않죠. 버터, 초콜릿, 설탕, 담배를 아낌없이 보내줍니다. 하지만 가족이 없는 사람들은? 아, 여러분, 편지 한 통, 소포 하나 받지 못하는 그 불행한 사람들의 처지를 생각해보세요! 그들을 위해 여러분은 무엇을 할 수 있습니까? 저는 여러분이 기부하는 것을 모두 모아 적십자로 보낼 겁니다. 자, 이제 의견이 있으시면 누구든 말씀해보세요."

침묵이 이어졌다. 농장 여자들은 읍내의 부인들을 바라보았고, 읍내 부인들은 입술을 깨물며 농부의 아내들을 쳐다보았다.

"그럼, 저부터 시작하죠." 자작 부인이 부드러운 어조로 말했다. "제 생각은 이렇습니다. 다음에 보낼 소포에는 저 아이들이 쓴 편지를 한 통씩 동봉하는 겁니다. 아이들이 단순하고도 가슴 뭉클한 언어로 고통스러운 심정을, 애국심을 털어놓을 편지를 말이에요." 자작 부인이 떨리는 목소리로 말을 이었다. "생각해보세요, 고향의 영혼이 담긴 편지를 읽고, 어느 시인이 말했듯이 위대한 내 나라를 더욱 사랑하게 만드는 소중한 고향과 거기서 살아가는 남자와 여자와 아이들, 나무와 집들을 떠올리게 해줄 그 편지를 읽고 불쌍한 포로들이 느낄 기쁨을 생각해보세요. 특히, 얘들아, 너희들 심정을 있는 그대로 털어놔. 너무 잘 쓰려고 애쓸 필요 없단다. 멋지게 쓰는 것보다는 마음을 전하는 게 중요하니까." 자작 부인이 눈을 게슴츠레 감으며 말했다. "아, 마음 없이는 아름다운 것도, 위대한 것도 나오지 않는단다. 규정에 어긋나는 일은 아닐 테니 편지에 소박한 들꽃 몇 송이를 동봉하는 것도 좋겠구나. 데이지, 노란 앵초… 내 발상이 너희 마음에 드니?" 자작 부인이 우아한 미소를 띤 채 머리를 옆으로 약간 기울이며 물었다. "자, 자, 저는 할 만큼 했으니, 이젠 여러분 차례예요."

콧수염이 자라 코밑이 거뭇거뭇하고 성질이 사나워 보이는 공증인의 부인이 불만 섞인 어조로 말했다.

"우리에게 부족한 건 피붙이나 다름없는 포로들에게 뭔가를 보내주고자 하는 마음이 아닙니다. 우리 가난한 읍 주민들이 도대체 뭘 할 수 있겠습니까? 우린 가진 게 아무것도 없습니다. 자작 부인처럼 넓은 영지가 있는 것도 아니고, 시골 지주들처럼 아름다운 농장이 있는 것도 아닙니다. 하루하루 먹고사는 것도 여간 힘든 일이 아닙니다. 얼마 전에 출산한 제 딸아이는 아기 먹일 우유조차 구하지 못해 쩔쩔매고 있습니다. 달걀 한 알 값이 이 프랑이나 하고, 그거라도 사려고 해도 구경조차 할 수 없습니다."

"아니 그럼, 우리가 무슨 암거래라도 한다는 말이에요?" 청중 속에 앉아 있던 세실 라바리가 발끈해 물었다. 세실은 화가 나면 칠면조처럼 목이 부풀어 올랐고, 얼굴이 퍼렇게 질렸다.

"그런 뜻이 아니라…."

"자, 자, 여러분…." 낙담한 자작 부인이 분위기를 진정시키기 위해 이렇게 말하며 생각했다. '정말 어쩔 도리가 없군. 이 여자들은 뭘 느끼지도, 이해하지도 못해. 그저 천박한 영혼들이야. 내가 뭐라고 지껄였지? 영혼? 아니, 저들은 말할 줄 아는 뱃가죽에 불과해.'

세실이 어깨를 으쓱하며 말을 이었다. "듣자 하니 정말 너무하네요. 원하는 건 뭐든지 다 가지고 있는 집들이 못 살겠다고 아우성을 쳐대니. 이것 보세요, 당신들 창고에 없는 게 없다는 걸 세상 사람들이 다 알아요. 알아들어요? 다 안다고요! 누가 고기를 싹쓸이했는지 사람들이 모른다고 생각해요? 누가 집집마다 돌아다니며 고기 배급권을 샀는지? 다 알아요, 한 장당 오 프랑씩 준 거. 돈 있는 사람들이야 부족할 게 없지만, 우리 불쌍한 농부들은…."

"우리도 고기는 먹어야 하니까요, 아가씨." 속으로는 이틀 전에 자신이 정육점에서 양 넓적다리 고기를 들고나오는 걸(그 주 들어 벌써 두 번째였다) 혹시 누가 보지 않았을까 불안해하면서도 공증인의 부인은 당당하게 말했다. "그래도 우린 돼지를 잡진 않아요! 우리 부엌에는 햄, 돼지비계 덩어리, 소시지가 걸려 있진 않아요. 당신들이 벌레 먹는

걸 두고 볼지언정 불쌍한 도시 사람들에겐 나눠주지 않는
것들 말이에요!"

자작 부인이 한숨을 쉬며 말했다.

"자, 자, 여러분, 프랑스를 생각하세요, 좀 넓게 생각해보
라고요. 진정들 해요! 별것도 아닌 것으로 옥신각신하지 말
고 우리가 처한 상황을 좀 생각해봐요! 프랑스가 무참하게
패했어요. 우리에겐 단 하나의 희망밖에 없어요. 친애하는
페탱 원수님 말이에요…. 그런데 달걀이나 우유, 돼지 같은
것을 운운하다니! 먹을거리가 뭐가 그렇게 중요해요? 제발
좀 천박하게들 굴지 마세요! 우리에겐 안 그래도 슬퍼해야
할 다른 일들이 너무나 많으니까. 제가 여러분께 부탁드린
게 뭐죠? 조금만 서로 돕고, 조금만 너그러워지자는 겁니
다. 지난 전쟁 때 참호 속의 용사들이 그랬듯이, 지금 우리
의 친애하는 포로들이 수용소 철조망 뒤에서 그러고 있듯
이(전 추호도 의심치 않아요), 우리도 하나로 뭉칩시다."

묘한 일이었다. 그때까지 사람들은 자작 부인의 말을 전
혀 귀담아듣지 않았다. 자작 부인의 연설은 주일마다 무슨
말인지도 모르면서 그냥 듣는 신부의 설교와 비슷했다. 하
지만 독일 수용소의 철조망 뒤에 갇혀 있는 포로들의 이미
지가 그들의 마음을 움직였다. 그 억세고 둔감한 여자들 모
두가 거기서 그들이 사랑하는 존재의 모습을 보았다. 그들
은 그 존재를 위해 일했고, 절약했으며, 마침내 돌아온 그에

게서 "정말 장하네, 우리 마누라"라는 말을 듣기 위해 돈을 땅에 파묻었다. 다들 부재하는 단 한 남자, 자기의 남자를 떠올렸다. 그들은 그 남자가 잡혀 있는 장소를 저마다 상상했다. 어떤 여자는 소나무 숲을, 또 어떤 여자는 차가운 방을, 또 어떤 여자는 요새의 높은 벽을 떠올렸다. 하지만 모두가 결국에는 한결같이 남자들을 에워싸고 그들을 세상과 분리하는, 수 킬로미터에 걸쳐 뻗어 있는 철조망을 떠올렸다. 읍내 부인들과 시골 아낙들의 눈에 눈물이 고였다.

"제가 뭘 좀 가지고 올게요." 누군가 말했다.

"저도 뭐가 있나 한번 찾아보죠." 또 하나가 한숨을 쉬며 말했다.

"저도 어떻게 해볼게요." 공증인의 부인도 약속했다.

몽모르 자작 부인은 서둘러 기부 물품 목록을 작성하기 시작했다. 자리에서 일어난 여자들이 하나씩 회장에게 다가가 그녀의 귀에 대고 뭐라고 속삭였다. 마음이 짠해 자식과 남편뿐만 아니라 모르는 사람, 생활보호를 받는 아이를 위해 기꺼이 뭔가를 내놓고 싶긴 했지만, 그들은 서로를 불신했다. 그들은 실제보다 많은 것을 가진 것처럼 보이고 싶지 않았다. 그들은 고발이 두려웠다. 사람들은 저마다 재산을 감췄다. 엄마와 딸이 서로 염탐하고 고발했다. 주부들은 난로 위에서 지글지글 익는 돼지비계, 금지된 고기 조각, 금지된 밀가루로 만든 케이크 냄새가 새어 나가지 않도록 식사 때마다 부엌문을 닫았다. 몽모르 자작 부인이 목록을 적어 내려갔다.

로슈 농장의 브라슬레 부인, 말리지 않은 소시지 두 개, 꿀 한 단지, 리예트* 한 통… 루에 농장의 조제프 부인, 뿔닭 두 마리, 소금 간을 한 버터, 초콜릿, 커피, 설탕….

"여러분만 믿어요." 자작 부인이 다시 말했다.

정신을 차린 시골 여자들이 놀란 눈으로 자작 부인을 쳐다보았다. 자신들이 엄청난 약속을 했다는 걸 그제야 깨달았다. 그들이 인사를 했다. 그들은 겨울 추위 때문에, 그리고 가축을 돌보고 빨래를 하느라 쩍쩍 갈라진 붉은 손을 자작 부인에게 내밀었다. 자작 부인은 촉감이 거칠고 께름칙한 그들의 손을 잡느라 약간의 노력을 기울여야 했다. 하지만 자작 부인은 기독교 정신과 상반되는 그 감정을 억눌렀다. 그러고는 고행을 하는 심정으로 엄마를 따라온 아이들을 안아주었다. 아이들은 새끼 돼지들처럼 통통하고 발갛고 더러웠다.

마침내 교실이 비었다. 교사가 학생들을 데리고 나갔고, 농장 아낙들도 하나둘씩 자리를 떴다. 자작 부인은 피로가

---

* 돼지, 거위 따위의 고기로 만든 스프레드.

아니라 역겨움 때문에 한숨을 내쉬었다. 인간이란 얼마나 추하고 역겨운지! 슬픈 영혼들 속에 사랑의 빛이 비치게 하는 게 얼마나 힘든 일인지⋯. '어휴!' 자작 부인은 속으로 외쳤다. 하지만 그녀의 고해 신부가 권한 대로, 자작 부인은 그날의 피로와 수고를 주님께 바쳤다.

8

"프랑스 사람들은 이번 전쟁의 결과가 어떨 거라고 생각
합니까?" 보네가 물었다.

여자들은 못 들을 걸 들었다는 표정으로 서로를 바라보
았다. 그것은 함부로 입에 담는 말이 아니었다. 사람들은 이
번이든 지난번이든 전쟁에 대해서는, 페탱 원수와 메르스
엘케비르*와 프랑스의 쪼개진 모습과 점령군, 그리고 그 외
중대한 사안에 대해서는 결코 독일군과 이야기하지 않았
다. 그들에게 취할 수 있는 태도는 단 하나, 차가운 무관심

---

* Mers-el-Kébir, 알제리의 항구. 프랑스가 독일에 항복하고 페탱 원수의
비시 정권이 수립되자, 프랑스 함대가 주둔했던 이 항구에서 영국군과 프
랑스군 사이에 갈등이 빚어진다.

을 가장하는 것밖에 없었다. 브누아가 적포도주를 가득 채
운 잔을 들며 바로 그런 어조로 대답했다.

"신경도 안 써요."

저녁이었다. 순수하고 얼음처럼 차가운 석양이 밤 동안
얼음이 얼 것을 예고하고 있었다. 하지만 이튿날은 분명 날
씨가 눈부시게 좋을 터였다. 보네는 종일 읍내에 나가 있다
가 잠을 자러 돌아왔다. 보네는 자기 방으로 올라가기 전에
약자들에 대한 호의인지, 마음에서 우러난 선의인지, 아니
면 잘 보이고자 하는 욕심, 혹은 불가에서 잠시 몸을 녹이고
싶은 마음에 식당에서 잠시 지체했다. 저녁 식사가 끝나가
는 중이라, 식탁에 앉아 있는 사람은 브누아뿐이었다. 벌써
식사를 끝낸 여자들은 방을 치우거나 설거지를 하고 있었
다. 독일군은 아무 쓸모 없이 놓여 있는 커다란 침대를 신기
한 듯 살폈다.

"여기선 아무도 안 자는데 이게 왜 여기 있죠? 재미있네
요."

"가끔 자요." 마들렌이 장마리를 떠올리며 말했다.

마들렌은 아무도 자신의 속마음을 짐작하지 못할 거라고
생각했다. 그런데 브누아가 이맛살을 찌푸렸다. 지난여름
에 있었던 일을 연상시키는 말이 나올 때마다 브누아는 빠
르고 정확하게, 화살이 가슴에 꽂히는 것을 느꼈다. 하지만
그것은 그의 문제였다…. 오로지 그만의. 브누아는 세실이

작게 빈정거리는 것을 눈빛으로 제지하며 독일군에게 아주
정중하게 대답했다.

"당신한테 유용할 수도 있어요. 모르는 일이니까요. 예를
들어서, 그러니까 제가 바라는 일은 아니지만, 혹시라도 당
신에게 무슨 일이 닥친다면 말이죠. 프랑스 사람들은 저런
침대에 시신을 눕히거든요."

우리 속에서 이빨을 가는 야수를 바라보며 느끼는 가소
로움과 연민이 뒤섞인 표정을 지으며 보네가 재미있다는
듯 브누아를 바라보았다. '저 인간이 일하느라 집에 잘 없어
서 다행이야. 여자들이 훨씬 사근사근하고 좋지.' 보네는 이
렇게 생각하며 웃었다.

"전시에는 우리 중 누구도 침대에서 죽길 바라진 않아
요."

그사이, 마들렌이 정원으로 나갔다가 벽난로를 장식할
꽃들을 꺾어 돌아왔다. 아직 개화하지 않은 가지 끝에 파릇
파릇한 작은 꽃봉오리들이 맺혀 있고, 아래쪽은 활짝 피어
향기 그윽한 다발을 이루는, 눈처럼 하얀 그해의 첫 백합이
었다. 보네가 꽃다발에 창백한 얼굴을 묻었다.

"정말 아름다워요… 꽃을 아주 잘 다루시는군요…"

그들은 잠시 아무 말 없이 나란히 서 있었다. 브누아는 마
들렌이(자신의 아내, 자신의 마들렌이) 꽃을 고르거나, 손톱
을 다듬거나, 그 고장 여자들과는 다른 방식으로 머리를 하

거나, 이방인에게 말을 하거나, 책을 읽는 등, 도시의 부인들이 하는 일을 할 때면 늘 생기가 넘치는 것 같았다고 생각했다. '고아는 아내로 삼지 말아야 해. 출신을 알 수가 없잖아.' 브누아는 이런 생각을 한두 번 한 것이 아니었다. '출신을 알 수가 없잖아'라고 생각하면서 브누아가 상상한 것은, 아니, 브누아가 두려워한 것은 알코올 중독자나 도둑의 습성이 아니었다. 그것은 "아, 시골 생활은 따분해…" 혹은 "난 예쁜 것들이 좋아…"라고 말하면서 마들렌을 한숨짓게 만드는 부르주아의 피였다. 낯선 사람일지라도, 심지어 적일지라도 신사이기만 하면, 깨끗한 속옷과 하얀 손을 갖고 있기만 하면 막연한 동질감으로 그녀를 그들과 이어주는 피.

브누아는 의자를 거칠게 밀치고 밖으로 나갔다. 가축을 우리에 가둬야 할 시간이었다. 브누아는 어둡고 따뜻한 축사에서 오랫동안 머물렀다. 지난밤 새끼를 낳은 암소가 커다란 머리와 너무 가늘어 후들거리는 다리를 가진 새끼송아지를 부드럽게 핥아주었다. 한쪽 구석에서는 다른 암소한 마리가 나지막하게 숨을 쉬고 있었다. 브누아는 깊고 차분한 그 숨소리에 귀를 기울였다. 그러고는 앉은 자리에서 집의 문이 열려 있는 것을 바라보았다. 그림자 하나가 문턱에 나타났다. 누군가 브누아를 걱정하며 찾고 있었다. 엄마일까, 마들렌일까? 아마 엄마일 거야. 쳇, 날 걱정해줄 사람이 엄마밖에 더 있어? 브누아는 독일군이 자기 방으로 올라갈 때까지, 그의 방에 불이 켜질 때까지 거기 그러고 있을 작정이었다. 제 주머니에서 전기 요금이 나가는 게 아니니까 틀림없이 불을 켤 거야. 아니나 다를까, 잠시 후 보네의 창에 불이 들어왔다. 동시에 밖을 살피던 그림자가 더없이 가벼운 발걸음으로, 문턱을 떠나 브누아에게로 달려왔다. 브누아는 오래전부터 자신의 가슴을 억누르고 있던 어떤 보이지 않는 손이 갑자기 치워진 것처럼 마음이 풀어지는 것을 느꼈다.

"브누아, 거기 있어?"

"그래, 여기 있어."

"뭐 해? 나 무서웠어."

"무서워? 뭐가?"

"나도 모르겠어. 빨리 와."

"기다려. 잠깐만 기다려 봐."

브누아가 마들렌을 끌어당겨 안았다. 마들렌이 몸부림을 치며 웃는 척 했다. 하지만 브누아는 마들렌의 몸이 경직되는 것을 느꼈고, 이를 통해 마들렌이 웃고 싶은 마음이 없다는 것을, 자신의 장난을 즐기지 않는다는 것을, 마들렌이 자신을 사랑하지 않는다는 것을 알아차렸다. 그랬다, 마들렌은 브누아를 사랑하지 않았다…. 마들렌은 브누아와 함께 있는 걸 즐거워하지 않았다. 브누아가 무겁고 낮은 목소리로 말했다.

"싫은 거야?"

"아냐, 좋아. 하지만 여기서, 이런 식으로는 싫어, 브누아. 창피해."

"누구한테? 널 바라보는 저 암소들한테?" 브누아가 거친 말투로 말했다. "꺼져, 꺼져버려!"

마들렌이 브누아에게 한탄하는 불평을 늘어놓았다. 브누아는 울고 싶으면서 동시에 그녀를 죽여버리고 싶은 기분이 들었다.

"말하는 것 좀 봐! 가끔 보면 마치 날 원망하는 것 같아. 도대체 뭣 때문에 그래? 혹시 세실이…"

브누아가 손으로 마들렌의 입을 막았다. 마들렌이 손을 뿌리치며 말했다.

"그 애가 말도 안 되는 소릴 지껄인 거지?"

"그런 적 없어. 게다가 난 내 눈으로 직접 본 게 아니면 안 믿어. 하지만 내가 너에게 다가갈 때마다, 네가 늘 '기다려. 다음에. 오늘 밤 말고, 아기 때문에 너무 피곤해'라고 말한다는 건 알아. 도대체 누굴 기다리는 거야? 누굴 위해 그렇게 몸을 사리는 거야? 응? 응?"

브누아가 갑자기 언성을 높였다.

"이거 봐! 아프단 말이야!" 마들렌이 외쳤다. 브누아가 그녀의 팔과 허리를 너무 세게 쥐었기 때문이었다.

브누아가 너무 힘껏 밀치는 바람에 마들렌은 문에 이마를 찧고 말았다. 그들은 아무 말 없이 잠시 서로를 노려보고 있었다. 그가 쇠스랑을 집어 짚단을 미친 듯이 파헤쳤다. 마침내 마들렌이 입을 열고는 달래는 목소리로 속삭였다.

"그러지 마. 브누아, 내 가엾은 브누아⋯ 쓸데없는 생각 좀 하지 마. 난 당신 아내야. 내가 가끔 차갑게 구는 건 아기 때문에 피곤해서 그러는 거야. 그것뿐이야."

"됐어. 가서 잠이나 자자." 브누아가 불쑥 말했다.

그들은 이미 텅 비어 있는 어두운 부엌을 가로질렀다. 하늘과 나무 꼭대기는 아직 훤했지만, 땅과 집, 들판, 그리고 모든 것이 이미 서늘한 어둠 속에 잠겨 있었다. 그들은 옷을 벗고 침대에 누웠다. 그날 밤, 브누아는 마들렌을 품으려 들지 않았다. 그들은 머리 위에서 들려오는 독일군의 숨소리, 그가 누워 있는 침대가 삐걱거리는 소리에 귀를 기울이며 꼼짝하지 않은 채 누워 있었다. 마들렌이 어둠 속에서 남편의 손을 더듬어 꼭 쥐었다.

"브누아!"

"왜 그래?"

"갑자기 생각났는데⋯ 당신 총, 숨겨야 해. 읍내에 나붙은 공고문 읽어봤어?"

"그래, 베어보튼, 베어보튼. 사형. 그 식인귀들은 입만 열면 그런 말뿐이야."

"어디다 숨기지?"

"그냥 놔둬. 아무 일 없을 테니."

"브누아, 고집 좀 부리지 마! 이건 심각한 문제야. 독일군 사령부에 무기를 자진 반납하지 않았다고 해서 총살당한 사람이 얼마나 많은지 당신도 잘 알잖아."

"그래서 그들에게 내 총을 갖다주라고? 그건 겁쟁이들이나 하는 짓이야! 난 그들이 두렵지 않아. 내가 작년 여름에 어떻게 도망쳐 왔는지 몰라? 그때 두 놈을 없앴어. 찍소리도 못하더군! 앞으로도 얼마든지 없애주지." 브누아가 울분에 찬 목소리로 이렇게 말하고는 어둠 속에서 보이지 않는 독일군을 향해 주먹을 쥐어 보였다.

"갖다주라는 게 아니라 숨기라고. 숨길 곳은 곳곳에 널렸잖아."

"안 돼."

"왜?"

"손 닿는 곳에 놔둬야 해. 내가 여우나 다른 더러운 짐승들이 우리한테 다가오는 걸 내버려둘 거 같아? 저기 위에 성 주변에는 그런 짐승들이 우글댄다니까. 자작은 겁쟁이야. 잔뜩 겁에 질려서 잡을 생각조차 안 해. 바로 그자가 독일군 사령부에 총을 갖다 바친 사람 중 하나지. 멋들어진 인사와 함께 말이야. '자, 받으시죠. 본인은 영광스럽게도 어쩌고저쩌고….' 밤마다 나랑 내 친구들이 그 사람 영지에서 사냥을 하니까 그나마 다행이지, 안 그랬으면 이 고장이 벌써 짐승들 천지로 변해버렸을 거야."

"총소리가 들릴 텐데?"

"들리면 어때서! 거기가 얼마나 넓은데. 거대한 숲이나 다름없어."

"자주 가? 난 몰랐는데."

"그것 말고도 네가 모르는 게 많지. 거기 가면 토마토, 무, 채소, 과일 같은, 자작이 팔지 않는 것들이 널려 있어. 자작은⋯."

브누아가 입을 다물고는 잠시 생각에 잠겨 있다 덧붙였다.

"그 인간은 천하에 몹쓸⋯."

라바리 가문은 대대로 몽모르 가문의 영지에서 소작인 노릇을 했다. 그들은 대대로 서로를 증오했다. 라바리 사람들은 몽모르 사람들이 가난한 사람들에게 몰인정하게 굴고, 거만하고, 정직하지 못하다고 말했고, 몽모르 사람들은 소작인들이 '나쁜 정신'에 물들어 있다고 비난했다. 몽모르 사람들이 어깨를 으쓱하거나 눈을 들어 하늘을 올려다보며 나지막한 목소리로 내뱉는 이 '나쁜 정신'이라는 말에는 몽모르 사람들이 스스로 생각하는 것보다 훨씬 더 큰 의미가 깃들어 있었다. 이는 가난, 부, 평화, 전쟁, 자유 그리고 소유권의 개념을 받아들이는 하나의 방식이었다. 소유권의 개념만 놓고 볼 때, 몽모르 사람들의 생각보다 덜 합리적이지는 않지만, 불과 물처럼 대립되었다. 이제 거기에 또 다른 불만들이 더해졌다. 자작이 보기에, 브누아는 40년 전쟁의 병사였다. 몽모르 자작은 프랑스가 패배한 이유가 병사들의 군기 문란과 애국심 결핍, 그들의 '나쁜 정신'에 있다고 생각했다. 반면 브누아는 몽모르를 지난 6월 자동차에 가문의 여자들과 가방들을 실은 채 편하게 스페인 국경을 향해 달아났던, 노란 각반을 찬 멋진 장교 중 하나로 알고 있었다. 게다가 몽모르는 '대독 협력자'였다….

"그 인간은 독일군 군화를 핥고 있어." 브누아가 어두운 표정으로 말했다.

"조심해. 당신은 생각을 너무 떠벌려. 그리고 저 위에 있는 독일군한테도 함부로 굴지 마."

"너한테 치근거리기만 해봐, 내가 그냥…."

"미쳤어!"

"나도 눈이 있어."

"이젠 저치한테도 질투를 하는 거야?" 마들렌이 소리쳤다.

마들렌은 그 말을 입 밖으로 내뱉자마자 후회했다. 질투에 빠진 사람의 망상에 빌미가 될 실체를 제시하는 게 아니었다. 하지만 둘 다 뻔히 알고 있는데 입을 다문들 무슨 소용이 있겠는가. 브누아가 대답했다.

"나한테는 두 놈 다 마찬가지야."

매일 면도하고, 깨끗하게 씻고, 말만 번지르르하게 하는

놈들, 여자들이 수작을 걸어주니까 그저 좋아하는, 여자들
이 자기도 모르게 쳐다보게 되는 그런 놈들, 이것이 브누아
가 말하고자 하는 바라고 마들렌은 생각했다. 브누아가 알
았다면! 피에 젖은 군복을 입은 채 흙투성이에다 지친 모습
으로 들것에 누워 있는 모습을 처음 봤을 때부터 장마리를
사랑했다는 것을 브누아가 의심이라도 했다면! 그랬다, 그
녀는 그 어둠 속에서, 가슴속 비밀스러운 곳에서, 스스로 천
번 만 번 반복해 말했다. '난 장마리를 사랑했어. 그래, 난 아
직도 장마리를 사랑하고 있어. 이건 어쩔 수 없는 일이야.'

새벽을 꿰뚫는 수탉의 첫 울음소리에, 밤새 잠을 이루지
못하던 그들은 둘 다 일어났다. 그리고 마들렌은 커피를 끓
이러, 브누아는 가축들 먹이를 주러 갔다.

9

　뤼실 앙젤리에는 책 한 권과 자수를 가지고 벚나무 그늘
에 앉았다. 정원에서 오직 그곳에만 수확과 상관없이 나무
와 풀들이 마구 자라고 있었다. 벚나무에도 열매가 거의 열
리지 않았다. 한창 꽃이 필 시기였는데도 그랬다. 세브르산
자기처럼 귀한 도자기에서나 볼 수 있는, 풍부하면서도 찬
란하며, 순수하면서도 결코 변질되지 않는 쪽빛 하늘 위로,
눈꽃으로 뒤덮인 듯한 가지들이 둥실 떠다니고 있었다. 5월
의 어느 날, 가지를 흔드는 바람은 아직 차가웠다. 꽃잎은
아주 부드럽게 자신을 보호했다. 금빛 암술이 달린 가슴을
땅을 향해 드리우며, 손으로 바람을 막아주고 싶을 정도로
우아하게 몸을 웅크리면서. 햇빛이 꽃잎 몇 개를 관통하자,

창백한 꽃잎 위로 얼기설기 뒤얽힌 섬세한 잎맥들이 드러
났다. 그 잎맥들이 연약하고 비물질적인 꽃에 생생하게 살
아 있는 뭔가를, 거의 인간적인(인간적이라는 단어가 허약
함과 저항력을 동시에 가리킨다는 의미에서) 어떤 것을 더해
주었다. 바람이 어떻게 그 매력적인 피조물들을 파괴하지
않고, 추위에 떨게 하지도 않으면서 그것들을 흔들 수 있는
지 뤼실은 깨달았다. 꽃잎들은 꿈꾸듯 바람에 몸을 실었다.
곧 떨어질 것처럼 보였지만, 빛을 반사하는 딱딱하고 가느
다란 가지들을 단단히 붙들고 있었다. 가지들은 회색과 자
주색 광택을 발하며 곧게 뻗은 늘씬하고 반질반질한 줄기
와 마찬가지로, 금속과 같은 무언가를 지니고 있었다. 하얀
꽃들 사이로 길쭉한 작은 잎들이 모습을 드러냈다. 그늘에
서는 은빛 털로 뒤덮여 연한 녹색을 띠었지만, 볕을 받으면
분홍색으로 보였다. 정원은 작은 집들이 서 있는 시골 골목
길을 따라 나 있었다. 독일군이 그곳에 화약고를 설치했다.
보초 하나가 붉은 경고문 아래를 쉬지 않고 오락가락했다.
경고문에는 굵은 글씨로,

베어보튼

그리고 그 아래에는 프랑스어로 조그맣게 이렇게 적혀
있었다.

접근 금지구역, 경고를 어길 시 사형에 처함

병사들은 휘파람을 불며 말들에게 먹이를 주었다. 말들은 어린나무의 새순을 먹었다. 길에 인접한 정원마다 남자들이 평화로운 표정으로 일하고 있었다. 그들은 셔츠와 코르덴 바지 차림으로 머리에는 밀짚모자를 쓴 채 가래질을 하고, 벌레를 잡고, 물을 주고, 씨를 뿌리고, 나무를 심었다. 가끔 독일 병사가 그 작은 정원 중 하나의 울타리를 밀고 들어가 담뱃불이나 신선한 달걀 혹은 맥주 한 잔을 청했다. 정원을 가꾸던 남자는 병사가 원하는 것을 주고는, 가래에 기댄 채 돌아가는 병사를 물끄러미 바라보았다. 그러고는 너무나 복잡하고, 심원하며, 심각하고도 이상해서 그로서는 딱히 표현할 낱말을 찾을 수 없는 생각들에 빠졌다가, 곧 어깨를 으쓱하고는 하던 일을 계속했다.

뤼실은 놓고 있던 자수를 대충 마감하고 내려놓았다. 머리 위의 벚꽃들이 말벌과 일벌들을 끌어들였다. 벌들은 이 꽃 저 꽃 부지런히 돌아다니다 마음에 드는 꽃을 찾으면 그 안으로 들어가서는 머리를 처박은 채 희열에 온몸을 떨며 달콤한 즙을 게걸스레 들이켰다. 그사이, 마치 부지런한 일꾼들을 비웃듯, 금빛 뎅벌 한 마리가 해먹 위에서 낮잠을 즐기는 사람처럼 바람의 날개 위에 올라앉아 빈둥거리면서

금빛으로 물든 평화로운 노래를 불러 대기를 가득 채웠다.

뤼실은 앉은 자리에서 창문을 통해 그 집에 묵고 있는 독일군 장교를 볼 수 있었다. 장교는 며칠 전부터 부대의 마스코트 개를 데려와 함께 지냈다. 그는 가스통 앙젤리에의 방에, 가스통의 루이 14세풍 책상에 앉아 있었다. 장교가 예전에 앙젤리에 부인이 아들을 위해 뜨거운 차를 따라 주던 푸른 잔에 담뱃재를 떨었다. 그러고는 무심결에 탁자를 떠받치는 금박 입힌 청동 장식들을 발뒤꿈치로 툭툭 치고 있었다. 개는 장교의 다리 위에 주둥이를 올려놓고 있었다. 개가 짖으며 목줄을 끌어당겼다. 그러자 장교가 프랑스어로, 뤼실이 들을 수 있게 제법 큰 소리로 개에게 말했다. (고요한 정원에서는 모든 소리가 잔잔한 공기에 실려 다니는 듯, 오랫동안 소리가 떠 있었다.)

"안 돼, 부비, 산책은 안 돼. 그랬다간 네 녀석이 저 부인들 샐러드를 모조리 먹어치우고 말 테니까. 그러면 마음이 상한 부인들이 우리가 교육도 제대로 못 받은 상스러운 군인들이라고 말할 거야. 그러니까 가만히 앉아서 아름다운 정원이나 감상하렴, 부비."

'어쩜, 말투가 아이 같아!' 뤼실은 생각했다. 미소 짓지 않을 수가 없었다. 장교가 말을 이었다.

"속상하지, 안 그래, 부비? 땅에 코를 파묻고 온통 헤집고 다녔으면 좋겠지? 이 집에 어린아이가 있다면 아마… 우리한테 나오라고 손짓을 했을 거야. 우린 아이들과 늘 잘 통했으니까. 그런데 이 집에는 아주 심각하고 말이 없는 두 부인밖에 없단다. 그러니… 여기 그냥 있는 게 나아, 부비!"

장교가 잠시 기다렸다. 그는 뤼실이 입을 다물고 있어서 실망한 듯 보였다. 장교가 창문 밖으로 몸을 내밀고는 깍듯한 인사와 함께 정중하게 물었다.

"저희가 나가서 화단에 있는 딸기를 좀 따도 큰 실례가 안 되겠는지요, 부인?"

"댁의 집이나 다름없으니 좋을 대로 하세요." 아이러니가 느껴지는 목소리로 뤼실이 대답했다.

장교가 다시 인사를 했다.

"저 때문이라면 감히 이런 청을 드리진 않았을 겁니다, 부인. 그런데 이 녀석이 딸기를 하도 좋아해서요. 게다가 프랑스 개라는 사실을 알려드리고 싶군요. 전투 중에 노르망디의 한 마을에 버려져 있는 걸 제 동료들이 데리고 왔죠. 결국, 동포에게 딸기를 나눠주는 일이니 불쾌하게 생각하진 마세요."

'사람이나 개나 우린 다 멍청이들이야.' 뤼실은 생각했다. 그리고 짧게 대답했다.

"개를 데리고 나오셔서 마음껏 따 드세요."

"감사합니다, 부인." 장교가 쾌활하게 외치고는 곧 개를 이끌고 창문을 훌쩍 뛰어넘었다.

장교와 개가 뤼실에게 다가왔다. 장교가 미소를 지었다.

"예의 없이 굴어서 죄송합니다, 부인. 하지만 저를 너무 욕하진 마세요. 이 정원과 벚나무들이 불쌍한 군인에게는 천국의 한 모퉁이처럼 보여서요."

"프랑스에서 겨울을 나셨나요?" 뤼실이 물었다.

"예, 북부 지방에서요. 날씨가 워낙 안 좋아 막사에 틀어박혀 커피만 마시며 보냈죠. 잠을 잔 곳은 어느 불쌍한 여자의 집이었어요. 결혼한 지 이 주 만에 남편이 동원되어 전선에 나갔다가 포로가 되어버렸죠. 그 여자는 복도에서 저랑 마주치면 눈물부터 글썽였어요. 그래서 저 스스로가 범죄자처럼 느껴졌죠. 제 잘못은 아니지만… 그리고 저 역시 결혼했고, 전쟁 때문에 아내와 떨어져 지낸다고 말해줄 수도 있었는데…."

"결혼하셨어요?"

"예, 놀라셨나요? 사 년 전에 결혼했는데, 그 사 년을 군대에서 보냈죠."

"무척 젊어 보이시는데!"

"스물네 살입니다, 부인."

그들은 입을 다물었다. 뤼실이 자수틀을 다시 집어 들었다. 장교가 한쪽 무릎을 꿇고 딸기를 따기 시작했다. 그가 딸기를 손바닥에 올려놓자, 부비가 달려와 축축하고 검은 주둥이를 묻었다.

"모친과 두 분이 사세요?"

"시어머니예요. 남편이 포로로 잡혀갔죠. 부엌에 가서 접시를 달라고 하세요."

"아, 그게 좋겠군요. 감사합니다, 부인."

장교는 잠시 후 커다란 푸른색 접시를 들고 돌아와 딸기 따는 일을 계속했다. 장교가 접시를 내밀자, 뤼실은 몇 개만 집고 나머지는 그에게 먹으라고 권했다.

장교는 벚나무에 등을 기댄 채 뤼실 앞에 서 있었다.

"집이 참 예쁘네요, 부인."

하늘은 베일처럼 가벼운 증기로 가려졌고, 그로 인해 햇살은 한결 누그러졌다. 햇살 아래 집은 달걀 껍데기 색깔을 연상시키는, 거의 분홍색에 가까운 황토색을 띠었다. 뤼실은 어릴 적에 그런 달걀을 갈색 달걀이라 불렀다. 그리고 갈색 달걀은 다른 달걀보다, 대부분의 암탉이 낳는 눈처럼 흰 달걀보다 훨씬 맛있어 보였다. 그 추억이 그녀를 살며시 웃게 했다. 그녀는 이 집을, 푸르스름한 청석 슬레이트 지붕을, 봄 햇살에 벽지가 바래지 않게 덧창을 살짝 열어놓은 열여섯 개의 창문을, 박공에 걸린 채 더는 울리지 않는 커다란 녹슨 종을, 하늘이 반사되는 유리 차양을 바라보았다. 뤼실이 물었다.

"집이 마음에 드세요?"

"발자크의 소설에 등장하는 인물이 사는 집 같아요. 아마도 지방 도시에 살던 어느 부유한 공증인이 시골로 은퇴하면서 이 집을 짓게 했을 겁니다. 저는 제가 묵는 방에서 밤마다 금화를 세는 그를 상상해요. 그는 자유사상가였지만, 그의 아내는 아침마다 첫 미사에, 그러니까 제가 야간 훈련을 마치고 돌아올 때 듣게 되는 그 미사에 참석했죠. 그 여자는 분명 금발에 얼굴이 통통하고 붉었을 거고, 커다란 캐시미어 숄을 걸치고 있었을 겁니다."

"누가 이 집을 지었는지 시어머니께 한번 여쭤보죠. 제 남편의 부모님은 지주였지만, 19세기에는 이곳에도 공증인이나, 소송대리인, 의사들이 있었을 거예요. 그리고 그전에는 농부들이 있었을 테고. 백오십 년 전에는 이 터에 그들의 농장이 있었다는 건 저도 알아요." 뤼실이 말했다.

"물어보신다고요? 모르고 계셨어요? 그런 것에는 관심이 없으신 모양이죠, 부인?"

"몰라요. 하지만 제 고향 집에 대해서라면 언제, 누가 지어졌는지 말해드릴 수 있어요. 전 여기서 태어나지 않았어요. 단지 살고 있을 뿐이죠."

"그럼 어디서 태어나셨습니까?"

"여기서 그리 멀지 않은 다른 지방에서요. 숲속에 있는 집에서… 나무들이 거실 바로 옆에서 자라 여름에는 수족관처럼 모든 게 그 녹색 그늘 속에 잠겼죠."

"제 고향에도 우거진 숲이, 어마어마하게 넓은 숲이 있어

요. 그래서 사람들이 종일 사냥을 하죠. 수족관이라… 부인
말씀이 맞아요." 장교가 잠시 생각에 잠겨 있다 덧붙였다.
"거실의 거울들이 모두 짙은 녹색으로, 물처럼 출렁거렸죠.
여기저기 연못도 있어서 야생오리 사냥을 하기도 했어요."

"휴가를 얻으면 고향으로 돌아갈 수 있을 텐데, 휴가는
아직 멀었나요?" 뤼실이 물었다.

장교의 얼굴이 기쁨으로 환해졌다.

"휴가가 열흘 후, 다음 주 월요일로 잡혀 있습니다. 전쟁
이 시작된 후로는 일주일이 채 못 되는 짧은 크리스마스 휴
가만 바라보며 산답니다! 희망에 부풀어 하루하루 손꼽아
기다리죠! 그리고 마침내 고향에 도착하면 사람들이 예전
이랑 똑같은 언어로 말하지 않는다는 것을 알게 되죠."

"가끔은 그렇죠." 뤼실이 속삭였다.

"늘 그래요."

"부모님은 아직 살아 계시나요?"

"예, 제 어머니도 지금 아마 부인처럼 책 한 권과 자수를
들고 정원에 나와 앉아 계실 겁니다."

"부인은요?"

"제 아내도 저를 기다리고 있어요. 아니 그보다는 사 년
전에 떠나 결코… 완전히 똑같은 모습으로 돌아오지 않을
누군가를 기다리고 있죠. 부재(不在)란 정말 묘한 현상이에
요!"

"맞아요." 뤼실이 한숨 쉬듯 말했다.

뤼실은 가스통 앙젤리에를 생각했다. 떠날 때와 똑같은 남자를 기다리는 여자도 있지만, 떠날 때와는 달라진 남자를 기다리는 여자도 있다고 뤼실은 생각했다. 하지만 둘 다 실망하긴 마찬가지였다. 그녀는 1년 전부터 자신과 떨어져 지내는 남편을, 고통 속에서 그리움으로(가스통이 그리워하는 것은 자신일까, 아니면 디종의 모자 판매원일까?) 하루하루를 보내는 남편을 상상해보려고 애썼다. 뤼실은 문득 자신이 잘못을 저지르고 있다고 느꼈다. 가스통은 그 많던 재산을 잃은 아픔을, 패배의 굴욕을 곱씹고 있을 텐데…. 뤼실은 갑자기 이 독일 사람의 모습을(아니! 독일인 그 자체가 아니라, 그의 군복을, 회색에 가까운 그 독특한 연녹색을, 그의 외투를, 군화의 번쩍거림을) 견딜 수가 없었다. 뤼실은 할 일이 있다는 핑계를 대고 서둘러 집 안으로 들어갔다. 그녀는 자기 방에서 장교를 바라보았다. 장교는 꽃으로 뒤덮인 가지를 길게 뻗고 있는 배나무 사이로 난 좁은 통로를 오락가락하고 있었다. 정말 좋은 날씨야…. 빛이 서서히 약해졌고, 벚나무의 가지들이 푸르스름하고, 분이 잔뜩 든 분첩들처럼 가볍게 변했다. 개가 얌전하게 장교를 따라다녔고, 때때로 주둥이 끝을 그의 손 위에 올려놓았다. 장교가 개를 여러 차례 부드럽게 쓰다듬어주었다. 장교는 모자를 쓰지 않았다. 그의 금발이 햇빛을 받아 번쩍였다. 뤼실은 장교가 집

쪽을 바라보는 것을 보았다.

"똑똑하고 예절 바른 사람이야. 하지만 저 사람이 머지않
아 떠나게 되어서 다행이야. 가엾은 시어머니가 아들 방을
차지하고 있는 그를 볼 때마다 괴로워하니까. 열정적인 사
람들은 정말 단순해. 시어머니는 저 사람을 증오해. 다른 말
이 필요 없지. 가식도, 에두름도, 뉘앙스도 없이 사랑하고
증오할 수 있는 사람들은 얼마나 행복할까. 그건 그렇고 저
사람이 산책을 즐기려는 통에 이 좋은 날 내가 방에 처박혀
있게 됐잖아!"

뤼실은 창문을 닫았다. 그러고는 침대에 엎드려 독서를
계속했다. 뤼실은 저녁 식사 시간이 될 때까지 버텨보려고
했지만, 낮의 열기와 광채에 지쳐 책 위에 엎드려 반쯤 잠이
들고 말았다. 뤼실이 식당에 들어서자, 시어머니는 늘 앉는
자리, 예전에 가스통이 앉았던 빈 의자 맞은편 자리에 이미
앉아 있었다. 앙젤리에 부인이 너무 창백하고 뻣뻣하게 굳
어 있어서, 흐느껴 운 기색이 너무나 역력해서 뤼실은 깜짝
놀랐다. 뤼실이 물었다.

"무슨 일 있으세요?"

"생각 중이다…" 손톱이 하얗게 질리는 게 보일 정도로
힘껏 두 손을 모아 쥐며 앙젤리에 부인이 대답했다. "네가
가스통과 결혼한 이유를 생각하고 있어."

인간에게 분노를 표출하는 방식만큼 한결같은 건 없다.

앙젤리에 부인의 방식은 보통은 살모사의 쉭쉭거림처럼 희미하고 섬세했다. 뤼실은 그처럼 거칠고 갑작스러운 공격을 결코 견뎌낸 적이 없었다. 뤼실은 화가 치밀기보다는 마음이 아팠다. 그리고 문득 시어머니가 얼마나 고통스러워하고 있는지를 깨달았다. 뤼실은 늘 쓰다듬어달라고 앓는 소리를 내던, 그러다 손길을 잠시만 멈추면 가르랑거리며 발톱을 세워 할퀴던 위선적인 검은 고양이를 떠올렸다. 언젠가 새끼들이 모조리 물에 빠져 죽은 날, 그 고양이가 달려들어 눈을 할퀴는 바람에 가정부가 눈이 멀 뻔한 적이 있었다. 그 고양이는 그날 어디론가 사라져 버렸다.

"제가 뭘 잘못했나요?" 뤼실이 낮은 목소리로 물었다.

"어떻게 감히 이 집에서, 포로로 잡혀 그 야만인들한테 학대를 당하고 있을지도 모르는 그 아이의 집에서, 병들어 죽어가고 있을지도 모르는 그 아이의 창문 아래에서, 어떻게 감히 독일군과 웃음을 흘리며 시시덕거릴 수 있단 말이냐! 이건 도저히 있을 수 없는 일이야!"

"그 사람이 정원으로 내려와 딸기를 따도 되겠냐고 물었어요. 전 거절할 수가 없었어요. 지금은 그 사람이 이 집 주인이라는 사실을 잊으셨나요? 그 사람은 예의에 어긋나는 행동은 조금도 하지 않았어요. 마음에 들면 가지고, 들어가고 싶으면 들어가고, 원하면 우릴 밖으로 내쫓을 수도 있는데 말이에요! 그 사람은 깍듯이 예절을 지켜가며 정복자의 권리를 행사했어요. 어떻게 그것까지 미워해요? 전 그 사람이 옳다고 생각해요. 여긴 전쟁터가 아니잖아요. 마음속 깊숙한 곳에는 무슨 감정을 품고 있든, 적어도 겉으로는, 어째서 친절하고 상냥하게 대하면 안 되죠? 이 상황에는 뭔가 비인간적인 게 있어요. 왜 그걸 그렇게 과장하시죠? 그건… 그건 합당치 않아요, 어머니." 뤼실은 스스로 놀랄 정도로 격한 어조로 외쳤다.

"합당? 그 말 한마디만으로도 네가 남편을 사랑하지 않는다는 게, 네가 남편을 한 번도 사랑한 적이 없었다는 게, 네가 그 아이를 그리워하지 않는다는 게 증명돼! 네가 보기엔 내가 합당한지 아닌지 따지는 것 같니? 난 그 장교를 보고 있을 수가 없어! 그놈 눈을 후벼 파고 싶어! 그놈이 죽는 꼴을 보고 싶어! 이런 마음은 정당하지도 인간적이지도 기독교적이지도 않겠지. 하지만 난 어미야. 난 내 아들 없인 못 살아. 난 내게서 아들을 뺏어간 놈들을 증오해. 네가 진정한 여자라면, 그 독일군이 곁에 있는 걸 참아내지 못했을 거야. 천박하고, 막돼먹고, 우스꽝스럽게 보이는 걸 조금도 두려워하지 않았을 거야. 넌 즉시 일어나 그놈 곁을 떠났을 거야. 오 하느님! 그 군복, 그 군화, 그 금발, 그 목소리, 그리고 그 건강하고 행복한 표정, 반면 내 불쌍한 아들은…."

앙젤리에 부인이 말을 멈추고 흐느껴 울기 시작했다.

"진정하세요, 어머니…."

하지만 앙젤리에 부인의 분노는 배가되었다.

"네가 왜 내 아들과 결혼했는지 모르겠구나!" 앙젤리에 부인이 다시 소리쳤다. "아마 돈 때문에, 재산 때문에 그랬겠지. 그렇다면….'

"아니에요, 그렇지 않아요! 그렇지 않다는 걸 어머니도 잘 아시잖아요! 전 아무것도 모르는 철부지였기 때문에, 아빠가 '좋은 청년이야. 널 행복하게 해줄 거야'라고 말했기 때문에 결혼했어요. 가스통이 결혼식 다음 날부터 디종의 모자 판매원과 바람을 피울 줄은 상상도 못 했어요!"

"그게 무슨 소리냐? 그게 도대체 무슨 얘기야?"

"제 결혼 생활 얘기요." 뤼실이 비통한 말투로 말했다. "바로 이 순간에도, 디종에는 가스통을 위해 스웨터를 짜고, 그를 위해 과자를 만들고, 그에게 소포를 보내고, 그리고 아마 '오늘 밤 텅 빈 침대에 홀로 누워 있자니 너무 외로워, 자기'라고 편지를 써서 보낼 여자가 있어요."

"그 아이를 사랑하는 여자라…" 앙젤리에 부인이 중얼거렸다. 그녀의 입술이 철사처럼 가늘어지며 시든 수국 색을 띠었다.

'지금 당장이라도 날 내쫓고 그 모자 판매원을 들여앉히고 싶을 거야.' 뤼실은 생각했다. 그러고는 아무리 착해도 여자라면 누구나 갖는 사악한 복수심으로 인해 은근한 목소리로 암시했다.

"그이가 그 여자를 아끼는 건 사실이에요. 그것도 아주 많이…. 그 사람 수표책 원부만 봐도 알 수 있어요. 그 사람이 떠났을 때 책상을 정리하다 발견했죠."

"그 여자가 가스통에게서 돈을 뜯어낸다고?" 질겁한 앙젤리에 부인이 외쳤다.

"예, 그래요. 저야 아무래도 상관없지만."

이어 긴 침묵이 흘렀다. 저녁나절의 친숙한 소리가 들려왔다. 그것은 이웃집 라디오에서 흘러나오는, 아랍 음악이나 매미 울음소리처럼 단조롭고 날카로운 탄식조의 음들(그 소리는 어둠 속 독일군이 쏜 방해전파에 의해 흐려진 영국 BBC방송이었다), 정원 어디선가 바람을 타고 전해지는 정체를 알 수 없는 속닥거림, 비를 애원하며 목메어 우는 두꺼비의 집요한 꾸륵거림이었다. 식당 안에서는 낡은 구리 갓 전등이 몇 세대에 걸쳐 닦고 문지르는 바람에 붉은 기가 도는 광채를 잃고 달의 창백한 금색으로 변한 채 식탁과 두 여자를 비추고 있었다. 뤼실은 슬픔과 후회에 시달리고 있었다.

'내가 왜 그렇게 흥분했을까? 그냥 질책만 듣고 입을 다물어야 했어. 이제 점점 더 난리를 피울 텐데. 아들을 변호하고, 우릴 화해시키려 할 텐데… 아, 어떡하지?'

식사하는 내내 앙젤리에 부인은 입도 뻥긋하지 않았다. 식사를 끝내고 거실에 앉아 있는데, 가정부가 몽모르 자작 부인의 방문을 알렸다. 평소 자작 부인은 읍내의 부르주아들 집에 드나드는 법이 없었다. 그리고 자신의 소작인들 말고는 아무도 자기 집에 초대하지 않았다. 하지만 뭔가 부탁할 일이 생기면, 그야말로 '귀족의 피를 타고났다'라는 것을 증명이라도 하듯 다짜고짜, 스스럼없이, 뻔뻔스럽게 집으로 찾아와 당당하게 말했다. 자작 부인은 침실 하녀 같은 차림으로, 한때 유행했던 꿩 깃털이 달린 조그만 붉은색 펠트 모자 하나만 달랑 쓴 채로 마치 이웃 사람처럼 불쑥 찾아왔다. 부르주아들은 자작 부인이 이런 수수한 차림과 스스럼없는 태도를 통해 그들에 대해 품고 있는 깊은 멸시감을 나타낸다는 사실을 알지 못했다. 자작 부인은 지나는 길에 농장에 잠시 들러 우유 한 잔을 청할 때처럼 부르주아들을 위해 군이 치장할 필요가 없다고 생각했다. 마음이 누그러진 부르주아들은 '자작 부인은 거만하지 않아'라고 생각했지만, 그렇다고 해서 자작 부인의 방문을 진심으로 환영하게 되지는 않았다. 그들의 적대감도 자작 부인의 억지스러운 수수함만큼이나 무의식 깊이 뿌리박혀 있었다.

　몽모르 자작 부인이 앙젤리에 가문의 거실로 성큼성큼 걸어 들어왔다. 그러고는 그들에게 정중하게 인사를 했다. 하지만 늦은 시각에 불쑥 찾아온 걸 사과하지는 않았다. 자작 부인이 뤼실의 책을 집어 큰소리로 제목을 읽었다.

　"폴 클로델의 『동방 인식』이라…. 아주 좋아요. 심각한 책을 좋아하는군요. 아주 좋아요." 마치 사립학교 여학생 하나가 시키지도 않았는데 프랑스 역사책을 읽는 것을 보고 칭찬하듯 자작 부인이 격려의 미소를 지으며 말했다.

자작 부인이 허리를 굽혀 조금 전에 앙젤리에 부인이 바닥에 떨어트린 털실 뭉치를 주웠다.

자작 부인은 마치 이렇게 말하는 것 같았다. '보시다시피 저는 연로한 분들을 존중하라는 교육을 받으며 자랐어요. 저에겐 그들의 출신, 학력, 재산 따윈 조금도 중요치 않아요. 제 눈에는 그들의 흰 머리칼밖에 안 보여요.'

뻣뻣하게 고개를 숙여 인사를 한 앙젤리에 부인이 입을 열지 않은 채 자작 부인에게 자리를 권했다. 굳이 표현하자면, 앙젤리에 부인의 내면에 있는 모든 것이 입을 모아 소리 없이 이렇게 외치고 있었다. '내가 당신의 방문을 황송히 여길 거라고 생각한다면, 단단히 착각하는 거야, 이 여자야! 내 고조부가 몽모르 자작의 소작인이었는지는 몰라도, 돈이 필요했던 당신 시아버지가 작고한 내 남편에게 팔아넘긴 땅이 몇 헥타르인지는 세상 사람이 다 알아. 게다가 당신 남편은 술수를 부려 무사히 전쟁터에서 돌아왔지만, 내 아들은 용감히 싸우다 포로가 됐어. 그러니 당신이 고통에 시달리는 어머니인 나를 존중하는 건 당연해.' 앙젤리에 부인은 자작 부인의 질문에 아들이 건강하게 잘 있다고, 최근에야 소식을 들었다고 조그만 목소리로 대답했다.

"아직 희망이 없나요?" '곧 아들이 돌아오는 것을 보고자 하는 희망'이라는 말을 듣고는 자작 부인이 물었다.

앙젤리에 부인이 힘없이 고개를 젓고는 하늘을 올려다보았다.

"정말 슬픈 일이군요!" 자작 부인이 이렇게 말하고는 덧붙였다. "우리가 왜 이렇게 힘든 일들을 겪어야 하는지…."

불행을 겪는 사람 앞에서 그가 겪는 것과 유사한 아픔을 가장하고 싶어지는 그 정체 모를 감정 때문에, 자작 부인은 '우리'라고 말했다. (하지만 이러한 값싼 이기주의로 인해, 우리가 말기 폐결핵 환자에게 아무런 악의 없이 진솔하게 밝힌 심정은─"정말 안됐군요. 저도 어떤 고통인지 알아요. 저도 삼 주 전부터 감기에 걸려 고생하고 있거든요"─순식간에 변질되고 마는 법이다.)

"그러게 말이에요." 앙젤리에 부인이 슬픔에 젖어 차갑게 중얼거렸다. "아시다시피 저희 집에 군식구가 있어요." 옆방을 가리키며, 쓸쓸하게 웃으면서 앙젤리에 부인이 덧붙였다. "군인 중 하나가… 부인 댁에도 묵고 있죠?" 자작의 개인적인 인맥 덕에 자작의 성에는 독일군이 없다는 것을 들려오는 소문을 통해 뻔히 알면서도 앙젤리에 부인은 물었다.

자작 부인은 그 질문에는 대답하지 않고 불쑥 분개한 어조로 말했다.

"그 작자들이 배짱 좋게도 뭘 요구하는지 부인은 짐작도 못 하실 거예요! 호수에서 낚시와 수영을 즐길 수 있게 해달래요, 글쎄. 물에서 가장 즐거운 한때를 보냈는데, 이번 여름에는 물 구경 한번 못 해보게 생겼어요"

"호수에는 아예 오지도 못하게 하나요? 아무리 그래도 그렇지 그건 좀 심하군요." 자작 부인도 굴욕을 당하고 있다는 사실에 약간 기분이 누그러진 앙젤리에 부인이 말했다.

"아뇨, 아뇨. 정반대로 그들은 아주 정중하게 굴었어요. '부인께 방해가 되지 않도록 저희가 방문해도 좋은 시간을 미리 알려주시면 감사하겠습니다.' 이렇게 말하더군요. 하지만 여름 해변 복장을 하고 있는 그들 중 하나와 제가 마주치는 모습을 상상이나 할 수 있으세요? 그들이 식사도 반쯤 벌거벗고 한다는 거 알고 계세요? 사립학교 운동장을 점령하고는 상체와 맨다리를 드러낸 채, 미개인들이나 쓰는 앞가리개 같은 것만 두르고 식사를 한답니다! 아이들이 봐서는 안 되는 것을 보지 못하도록 그쪽으로 나 있는 큰애들 교실 덧창을 닫아놓을 수밖에요. 이 더위에 숨이 얼마나 막힐지 생각해보세요!"

자작 부인이 한숨을 내쉬었다. 자작 부인이 처한 상황 또한 무척 힘든 건 사실이었다. 전쟁 초기, 자작 부인은 다른 외국인들보다(그녀는 그들을 한꺼번에 싸잡아 혐오하고 불

신하고 멸시했다) 독일인을 특별히 더 미워하지는 않았지
만, 열렬한 애국주의자이자 반독주의자로 활동했다. 하지
만 그 애국주의와 독일 혐오에는 그녀의 반유대주의, 그리
고 나중에 페탱 원수에게 헌신한 것과 마찬가지로 그녀의
피를 끓게 만드는 연극적인 뭔가가 있었다. 1939년에 자작
부인은 사립학교에서 자선단체의 수녀, 읍내의 부인, 부유
한 농장 여자들을 앞에 두고 히틀러의 심리를 주제로 한 일
련의 대중 강연회를 연 적이 있었다. 그 강연회에서 모든 독
일인을 예외 없이 미치광이, 사디스트, 범죄자로 묘사했다.
패전 직후, 잽싸게 배를 바꿔 타는 데 필요한 정신적 유연성
과 민첩성이 부족했던 자작 부인은 얼마 동안 그 자세를 견
지했다. 당시, 성녀 오딜은 1941년 말이 되면 독일인들이
멸종할 것이라고 예언했는데, 자작 부인은 그 유명한 예언
을 직접 타자기로 쳐서 마을마다 수십 장씩 나눠주기도 했
다. 하지만 1941년은 그냥 흘러갔고, 독일군은 여전히 그곳
에 있었다. 게다가 자작이 마을 읍장으로 임명되어 괴뢰 정
권의 지침들을 따르지 않을 수 없는 처지가 되고 말았다. 공
적인 인물이 된 자작은 하루가 다르게 대독 협력이라 일컬
어지는 정책에 점점 더 경도되었다. 그러자 몽모르 자작 부
인 역시 최근의 사건들에 대해 말할 때 물에 물 탄 듯 술에
술 탄 듯한 모호한 태도를 취하지 않을 수 없게 되었다. 이
번에도 정복자에 대해 나쁜 감정을 드러내지 말아야 한다

는 사실을 떠올린 자작 부인이 관대한 어조로 말했다. (원수를 사랑하라고 예수님께서도 말씀하시지 않았는가!)

"어떻게 생각해보면, 힘든 훈련을 끝내고 옷을 훌훌 벗어던지고 싶은 그들의 심정도 이해가 돼요. 어쨌거나 그들도 똑같은 인간이니까요."

하지만 앙젤리에 부인은 그녀의 말에 동의하지 않았다.

"똑같은 인간이라니요! 그들은 우리를 증오하는 몹쓸 존재들이에요. 그들은 프랑스 사람들이 나무껍질을 벗겨 먹는 꼴을 봐야 직성이 풀리겠다고 말했어요."

"저런 가증스러운!" 자작 부인이 정말로 화가 나 소리쳤다.

어쨌거나 친독 정책이 기껏해야 몇 달밖에 되지 않았지만, 독일 혐오는 한 세기 가까이 이어온 뿌리 깊은 것이었다. 자작 부인은 본능적으로 예전의 언어로 돌아갔다.

"우리 불쌍한 조국… 헐벗고, 억눌리고, 미래를 빼앗긴… 그리고 그 숱한 비극들! 대장장이 가족을 보세요. 세 아들 중 첫째는 죽었고, 둘째는 포로가 되었고, 셋째는 메르스엘케비르에서 실종되었다지 뭐예요…. 그리고 몽타뉴의 베라르 농장에서는 남편이 포로가 된 후로 불쌍한 아내가 피로와 걱정에 시달리다 결국에는 미쳐버렸답니다. 그래서 농장을 꾸려갈 사람이 할아버지와 열세 살 먹은 딸밖에 없대요. 클레망 농장도 안주인이 일에 지쳐 죽는 바람에 이웃들이 네 아이를 돌봐주고 있어요. 일일이 열거하기조차 힘들어요…. 가엾은 프랑스!"

앙젤리에 부인은 창백한 입술을 꾹 다문 채 뜨개질을 하며 고개를 끄덕였다. 하지만 자작 부인과 그녀는 곧 다른 이의 불행에 대해 말하기를 그치고, 그들 자신이 안고 있는 골칫거리에 대한 불평을 털어놓기 시작했다. 그들은 이제 이웃의 불행을 상기할 때 사용했던 느리고 엄숙하고 과장된 말투와는 확연히 대조되는 톡톡 튀는 열정적인 말투를 취했다. 마치 입폴리트*가 숨을 거두는 장면을 심각하고 경건하고 따분한 목소리로 암송하다가, 문득 누가 자기 구슬을 훔쳐 갔다는 걸 발견하고 선생님에게 이를 때는 기적처럼 설득력 있고 열의로 가득한 목소리를 되찾는 아이처럼.

"정말 한심하고 부끄러운 일이에요. 버터 한 파운드를 사려면 이십칠 프랑이나 내야 한답니다. 모든 게 암시장으로 흘러 들어가고 있어요. 물론 도시 사람들도 살아야 하지만, 그래도 이건…."

"어휴, 말도 마세요. 그것들을 파리로 들고 가서 얼마를 받고 파는지 궁금하네요. 돈 많은 사람이야 아무 걱정 없지만, 가난한 사람들은…." 자작 부인은 사뭇 걱정스럽다는 표정으로 이렇게 말하고는, 자신이 선하다는 것을, 가난에

---

* 17세기 프랑스 극작가 장 라신의 작품 『페드르』의 남자 주인공. 의붓어머니의 페드르의 질투 때문에 죽고 만다.

허덕이는 사람들을 잊지 않고 있다는 사실을 보였다는 쾌
감을, 그러면서도 자신은 엄청난 재산 덕에 절대 동정받는
처지에 놓이지 않으리라는 확신으로 더욱 강해진 쾌감을
맛보았다.

　"다들 가난한 이웃 생각은 하질 않고 있어요." 그녀가 말
했다.

　하지만 지금까지의 모든 이야기는 듣기 좋은 말장난에
불과했다. 자작 부인은 방문의 진짜 목적을 밝힐 때가 되었
다고 생각했다. 자작 부인은 자기가 키우는 가금에게 먹일
밀을 얻고자 했다. 자작 부인은 그 지방에 널리 알려진 가
금 사육장을 갖고 있었다. 1941년에는 밀이 전량 징발 대상
이었다. 그래서 닭에게 밀을 사료로 주는 것이 원칙적으로
금지되어 있었다. 하지만 '금지'라는 말은 '절대 어길 수 없
다'는 것이 아니라 단순히 '그렇게 하기 어렵다'는 것을 의
미했다. 그것은 요령과 운 그리고 돈의 문제였다. 자작 부
인은 신부가 협조자로 일하는 보수 성향의 지역신문에 짤
막한 글을 써서 실은 적이 있었다. 「모든 것을 페탱 원수에
게!」라는 제목으로 실린 기사는 이렇게 시작되었다. '우리
모두 서로에게 이렇게 말합시다! 초가지붕 아래, 이글거리
며 타오르는 불가에 둘러앉아 우리 모두 이렇게 반복해 말
합시다. 프랑스인다운 프랑스인은 닭에게 단 한 알의 밀도,
돼지에게 단 한 개의 감자도 주지 않는다고. 귀리, 호밀, 보

리, 유채를 아낄 거라고, 그리고 모든 부를, 피땀이 어린 노
동의 산물을 모아 애국심의 상징인 삼색 리본으로 묶어 우
리에게 희망을 되돌려준 페탱 원수의 발치에 갖다 바칠 거
라고!' 하지만 자작 부인은, 자신의 주장에 따르면 단 한 알
의 밀도 남아 있어서는 안 되는 모든 가금 사육장에서 당연
히 자신의 사육장만은 제외했다. 사육장은 자작 부인의 자
존심이자 온 정성을 기울인 대상이었다. 그곳에는 국내외
의 유명한 농업경진대회에서 수상한 희귀한 품종들이 있었
다. 자작 부인은 고장에서 가장 아름다운 영지를 소유하고
있었지만, 감히 자기 영지의 농부들과 그처럼 미묘한 흥정
을 벌일 수는 없었다. 소작인들에게 주도권을 넘겨주는 일
은 결단코 피해야 했다. 그들은 이런 종류의 공모를 빌미로
값비싼 대가를 치르게 할 터였다. 반면, 앙젤리에 부인이라
면 문제가 달랐다. 얼마든지 흥정이 가능했다. 앙젤리에 부
인이 깊은 한숨을 쉬며 말했다.

"그렇다면 혹시 저희도… 한두 자루… 부인, 읍장님께 저
희에게 석탄을 좀 주라고 말씀드려주시겠어요? 원칙적으
로는 저희에게 권리가 없긴 하지만…."

뤼실은 그들을 두고 일어나 창가로 다가갔다. 덧창들은
아직 닫혀 있지 않았다. 거실은 광장을 향해 나 있었다. 전
몰자 추모비 맞은편 어둠 속에 벤치 하나가 있었다. 모두 잠
든 것처럼 보였다. 은빛 별들이 총총히 빛나는 아름다운 봄

밤이었다. 어둠 속에서 이웃집 지붕들이, 잃어버린 세 아들을 애달파하는 노인이 있는 대장간과 아버지가 전쟁터에서 죽는 바람에 불쌍한 과부와 열여섯 살 먹은 아들이 그를 대신하여 최선을 다해 꾸려가고 있는 작은 구두수선 가게의 지붕이 희미하게 반짝거렸다. 귀를 기울이면 낮고 어둡고 적막한 집들 하나하나에서 억눌린 흐느낌이 들려올 거라고 뤼실은 생각했다. 하지만… 이게 무슨 소리지? 어둠 속에서 깔깔대는 웃음소리가, 치마 스치는 소리가 들려왔다. 그리고 남자의 목소리, 이방인의 목소리가 물었다.

"프랑스 말로 이걸 뭐라고 하지? 베제*? 맞지? 아, 좋아…."

좀 더 멀리서 그림자들이 배회하고 있었다. 흰색 블라우스, 풀어헤친 머리칼에 걸린 리본, 번쩍거리는 군화와 허리띠가 희미하게 보였다. 보초가 접근이 금지된 로칼** 앞에서 여전히 오락가락하고 있었다. 하지만 그의 동료들은 여가와 아름다운 밤을 즐겼다. 젊은 여자들 속에서 병사 둘이 노래를 불렀다.

트링크 말 노호 아인 트롭헨!

---

* baiser, '키스'라는 뜻의 프랑스어.
** lokal, '관할 지국'이라는 뜻의 독일어.

아흐! 주잔나…*

이어서 젊은 여자들이 낮은 소리로 따라 흥얼거렸다.

잠시 흥정을 멈춘 앙젤리에 부인과 자작 부인이 그 노래의 마지막 구절을 들었다.

"이 야심한 시각에 누가 노래를 부르지?"

"독일 병사들과 함께 있는 여자들이에요."

"망측해라!" 자작 부인이 외쳤다.

자작 부인은 혐오스럽다는 몸짓을 했다.

"부끄러운 줄도 모르고… 저 뻔뻔한 것들이 도대체 누구지? 봐뒀다가 신부님께 고해야겠어."

자작 부인이 창밖으로 상체를 내밀고 탐욕스러운 눈길로 어둠을 훑었다.

"안 보여요. 대낮이라면 감히 대놓고 저런 짓을 하지는 못할 텐데… 아, 부인, 이건 해도 너무한 짓이에요! 그들이 이제 프랑스 여자들을 타락시키고 있어요! 오빠, 동생, 남편이 포로로 잡혀갔는데, 독일 놈들과 놀아나다니! 저 여자들 몸속에는 도대체 뭐가 들어 있죠?" 화가 난 자작 부인이 외쳤다. 그녀의 분개에는 상처 입은 애국심, 예절 감각, 자신이 맡은 사회적 역할의 효율성에 대한 회의(그녀는 토요

---

* 독일의 술자리 노래 〈오 수잔나(O Susanna)〉의 노랫말로, '한 잔 더 하세요! 아! 수잔나…'라는 뜻의 독일어.

일 저녁마다 '진정한 기독교인으로서 처녀들이 지켜야 할 덕목'이라는 주제로 강연을 했고, 농촌 도서관을 설립했으며, 때로는 고장의 젊은 여자들을 자기 집으로 초대해 〈솔렘 수도원에서 보낸 하루〉 혹은 〈애벌레에서 나비가 되기까지〉 같은 교훈적인 영화들을 상영하기도 했다), 그리고 끝으로 자기 여자를 비롯해 도통 여자들에게 관심이 없는 자작이 해소해주지 못하는, 그러나 몇몇 이미지에 의해 뜨겁게 달아오르는 몸속의 열기 등 여러 가지 이유가 있었다.

"이건 치욕스러운 일이에요!" 자작 부인이 소리쳤다.

"슬픈 일이죠." 젊음을 헛되이 흘려보내는 모든 젊은 여자들을 떠올리며 뤼실이 말했다. 포로로 끌려가거나 사망하는 바람에 비어버린 남자들의 자리를 적들이 차지했다. 한탄할 일이었지만, 내일 그 일을 아는 사람은 아무도 없을 것이다. 그것은 후세 사람들이 알지 못할, 혹은 알면서도 애써 외면할 그런 일 중 하나일 것이다.

앙젤리에 부인이 벨을 울렸다. 가정부가 덧문과 창문을 모두 닫았다. 노랫소리, 입맞춤하는 소리, 별들의 부드러운 광채, 포석 위에 울려 퍼지는 정복자의 발소리, 하늘에 대고 헛되이 비를 애원하는 두꺼비의 한숨 소리, 모든 것이 어둠에 묻혔다.

10

독일군 장교는 어두컴컴한 현관에서 뤼실을 한두 차례 더 마주쳤다. 뤼실이 사슴뿔에 걸어놓은 정원 모자를 집으면 사슴뿔 바로 아래 벽에 걸린 장식용 구리 접시에서 작은 소리가 났다. 장교는 적막한 집 안에서 그 가벼운 소리가 들려오기만을 기다리는 것 같았다. 그 소리가 나면, 장교는 곧바로 문을 열고 뤼실을 도와주러 왔다. 그러고는 뤼실의 바구니, 전지가위, 책, 자수틀 그리고 긴 의자를 정원까지 들어주었다. 하지만 뤼실은 이제 입을 열지 않았다. 어색한 미소를 지으며 살짝 고개를 숙여 인사만 했다. 앙젤리에 부인이 덧창 뒤에 숨어 자신을 감시하는 것이 느껴졌기 때문이다. 독일군 장교도 상황을 이해했다. 장교는 더는 모습을 드러내지 않았고, 거의 매일 밤 부대를 이끌고 야간 훈련을 떠났다. 저녁때 뤼실은 마을을 지나며 가끔 혼자 맥주잔을 앞에 놓고 책을 읽고 있는 그를 보았다. 장교는 뤼실을 보고도 인사를 하지 않았고, 이맛살을 찌푸리며 애써 외면했다. 뤼실은 하루하루를 손꼽아 셌다. '저 사람은 월요일에 휴가를 떠날 거야. 그리고 저 사람이 귀대할 때쯤이면 부대는 이미 다른 곳으로 이동해 있을 거야. 어쨌거나 내가 결코 말을 건네지 않으리라는 걸 저 사람도 이해했어.'

매일 아침, 뤼실은 가정부에게 물었다.

"그 독일군 장교 아직 있나요, 마르트?"

"그럼요. 나쁜 사람 같진 않아요. 부인께서 과일을 좋아하시지 않느냐고 물어보더군요. 아마 말만 하면 기꺼이 가져다줄 거예요. 쳇! 그 인간들한텐 부족한 게 아무것도 없다니까! 글쎄 오렌지를 상자째 쌓아두고 있더라니까요. 어찌나 달고 새콤하던지." 그러면서 가정부는 뤼실의 손에 오렌지 몇 알을 쥐여주었다. 늘 깍듯하고 친절하게 대해주는 장교에 대한 호감과 프랑스 사람들이 빼앗긴 과일들을 상상하면 불쑥 치솟는 분노를 동시에 느끼며 "사람들도 그 장교는 무서워하지 않아요"라고 가정부가 덧붙였다. 하지만 분노가 더 컸던 모양이었다. 혐오스럽다는 듯 이렇게 말을 맺었으니까.

"하여간 나쁜 놈들이에요! 전 그 사람의 빵이나 설탕, 집

에서 보내온 케이크(최상품 밀가루로 만든 거였어요, 부인),
그리고 담배를 표시가 안 날 만큼만 슬쩍해서 포로로 잡혀
간 아들에게 보내요."

"오, 그러면 안 돼요, 마르트!"

하지만 늙은 가정부는 어깨를 으쓱하며 말했다.

"그들은 우리 걸 다 빼앗아가는데, 그 정도야…."

어느 날 저녁, 뤼실이 식당을 막 나서려는데 마르트가 부
엌문을 열고 불렀다.

"부인, 이리 좀 와보실래요? 누가 좀 뵙고 싶어 하는데."

뤼실은 앙젤리에 부인에게 들킬까 봐 가슴을 졸이며 부
엌으로 들어갔다. 앙젤리에 부인은 부엌이든 식료품을 저
장해둔 창고든 외부인이 드나드는 것을 끔찍하게 싫어했
다. 뤼실이 잼을 몰래 갖다 먹으리라고 의심해서가 아니
라 — 뤼실 앞에서 보란 듯이 벽장을 열어 식료품을 점검하
기는 했지만 — 자신의 작업실에 사람들이 드나드는 것을
싫어하는 예술가나, 누가 자신의 화장대를 건드리는 꼴을
보지 못하는 사교계 부인과 같은 까다로운 결벽증을 가지
고 있었기 때문이다. 부엌은 오로지 그녀에게만 속하는 신
성한 영역이었던 것이다. 마르트는 그 집에서 일한 지 27년
이나 되었다. 그 27년 동안, 앙젤리에 부인은 마르트에게 그
곳이 자기 집이 아니라 남의 집이라는 것을, 언제든 먼지떨
이와 냄비, 화덕을 두고 쫓겨날 수도 있다는 것을 끊임없이

주지시켰다. 기독교 신자가 이 세상의 재화가 한시적으로만 자신에게 주어졌고, 주님께서 그분의 뜻에 따라 언제든 그것을 거둬갈 수 있다는 것을 여러 의식을 통해 주기적으로 되새기는 것처럼.

뤼실이 들어오자 마르트가 문을 닫고 안심하라는 표정으로 말했다.

"노부인은 기도하러 가셨어요."

부엌은 커다란 창 두 개가 정원을 향해 나 있는, 무도회장처럼 넓은 방이었다. 한 남자가 식탁에 앉아 있었다. 뤼실은 숨을 거두며 마지막 경련을 일으키는 멋진 곤들매기의 은빛 몸을 보았다. 밀랍을 입힌 천 식탁보 위에, 금빛을 띤 커다란 빵과 반쯤 빈 포도주병 사이에 던져져 있었다. 남자가 고개를 들었다. 뤼실은 브누아 라바리를 알아보았다.

"이거 어디서 잡았어요, 브누아?"

"몽모르 자작의 연못에서요."

"그러다 잡히면 어쩌려고 그래요."

브누아는 대답하지 않았다. 그가 약하게 숨을 몰아쉬며 투명한 꼬리를 흔드는 거대한 물고기의 아가미를 잡아 들어 올렸다.

"이거, 그냥 주는 거야?" 라바리의 친척인 마르트가 말했다.

"원하시면."

"이거, 나 줘라, 브누아. 그들이 고기 배급량을 계속 줄이
는 거, 부인은 아세요? 이러다간 머잖아 세상의 종말이 오
고 말겠어요." 마르트가 어깨를 으쓱하고는 커다란 햄을 들
보에 매달린 고리에 걸며 덧붙였다. "브누아, 앙젤리에 부
인이 돌아오시기 전에 가스통 부인께 무슨 일로 찾아왔는
지 말씀드려."

브누아가 어렵사리 입을 열었다.

"우리 집에 묵고 있는 독일군 장교가 집사람한테 자꾸 치
근거리려. 겨우 열아홉 살밖에 안 된 녀석인데, 독일군 사령
부 통역관이랍니다. 도저히 참을 수가 없어요."

"제가 뭘 도울 수 있을까요?"

"그놈 동료 중 하나가 여기서 묵고 있다고 해서…."

"저는 그 사람하고 말 안 해요."

"그런 말 마세요." 브누아가 눈을 치뜨며 말했다.

브누아는 화덕으로 다가가 자기도 모르게 부지깽이를 잡
아 비틀었다. 실로 엄청난 힘이었다.

"일전에 정원에서 그 사람과 둘이 말하고, 웃고, 딸기 먹
는 걸 봤어요. 그걸 비난하려는 게 아닙니다. 그건 부인 문
제니까요. 전 부인께 부탁을 드리러 왔을 뿐입니다. 부하가
숙소를 옮기도록 잘 타일러달라고 부인께서 말씀 좀 해주
세요."

'무슨 이런 마을이 있담! 사람들이 모두 벽을 꿰뚫어 보

나 봐!' 뤼실은 생각했다.

바로 그때, 몇 시간 전부터 조짐을 보이던 소나기가 쏟아지기 시작했다. 짧고 우렁찬 천둥소리가 쿵쾅거리더니, 성급하고 차가운 빗줄기가 쏟아지는 소리가 들려왔다. 하늘이 갑자기 어두워졌다. 거센 바람이 불면 십중팔구 그렇듯, 모든 전기가 나가버렸다. 마르트가 잘됐다는 듯 말했다.

"이제 노부인께서 성당에 꼼짝없이 갇히셨네."

그러고는 브누아에게 뜨거운 커피 한 사발을 가져다주었다. 번개가 부엌을 훤히 밝혔다. 그 번뜩이는 빛 속에서 녹색으로 보이는 빗물이 유리창을 타고 줄줄 흘러내렸다. 문이 벌컥 열렸고, 독일군 장교가 쫓기듯이 뛰어 들어와 초 두 자루를 청했다.

"앗, 여기 계셨습니까, 부인?" 장교가 뤼실을 알아보고는 덧붙였다. "죄송합니다, 어두워서 계신 줄 몰랐습니다."

"초 없어요. 댁들이 온 후로 프랑스에는 더 이상 초가 남아나질 않아요." 마르트가 무뚝뚝하게 말했다.

마르트는 장교가 자신의 부엌에 들어온 걸 못마땅해하고 있었다. 다른 방들은 그래도 참을 만했지만, 장교가 여기, 화덕과 찬장 사이에 발을 들여놓는 것이 마르트에게는 끔찍한 일, 나아가 신성모독처럼 느껴졌다. 말하자면 장교가 이 집안의 심장을 범한 셈이었다.

"그럼 성냥이라도 좀 주세요." 가정부의 마음을 누그러뜨리려고 일부러 애걸하는 듯한 표정을 지으며 장교가 부탁했다. 하지만 그녀는 고개를 내저었다.

"그것도 없어요."

뤼실이 웃으며 말했다.

"그냥 하는 말이니 곧이곧대로 듣지 마세요. 성냥 저기 있네요. 장교님 뒤쪽, 화덕 위에. 안 그래도 마침 뵙고 싶어 하는 사람이 와 있어요. 행실이 나쁜 한 독일군 병사 때문에 부탁드릴 게 있는 모양이에요."

"아, 그래요? 말씀해보시죠. 우리는 우리 제국 병사들이 지역주민에게 민폐를 끼치는 일이 없도록 각별하게 신경을 쓰고 있으니까요."

브누아는 좀처럼 입을 열지 않았다. 먼저 입을 연 건 마르트였다.

"그 군인이 글쎄 저 사람 마누라 뒤를 졸졸 따라다닌대요." 윤리적인 이유로 화가 난 것인지, 아니면 그런 위험에 처할 나이를 훌쩍 넘겨서 유감스러운 것인지 알 수 없는 말투로 마르트가 말했다.

"이봐요, 독일군 지휘관의 권한에 대해 과장된 생각을 가진 것 같군요. 물론 내 부하가 부인께 실례를 범했다면 벌을 줄 수는 있어요. 하지만 부인이 그 사람을 마음에 들어한다면…"

"빈정거리지 마!"

브누아가 장교를 향해 한 걸음 내디디며 으르렁거렸다.

"뭐라고요?"

"빈정거리지 말라고요. 우린 필요 없어요, 그따위 더러운….."

뤼실이 불안해하며 경고하는 비명을 내질렀다. 마르트가 팔꿈치로 브누아를 툭툭 쳤다. 브누아가 독일군이 투옥으로 처벌하는 금지된 낱말 '보슈'를 입에 담으려 한다는 것을 알아차렸기 때문이었다. 브누아가 애써 입을 다물었다.

"우리 마누라들을 따라다니는 당신들, 필요 없다고요."

"그러니 그전에 그들을 지켰어야죠." 장교가 부드럽게 말했다.

브누아의 얼굴이 벌겋게 달아올랐다. 브누아는 거만하고 불쾌한 표정을 지었다. 뤼실이 끼어들었다.

"부탁드려요. 브누아는 지금 질투에 사로잡혀 있어요. 괴로워하고 있다고요. 그러니 저 사람을 궁지로 몰아넣지 마세요." 뤼실이 나지막한 목소리로 말했다.

"그 병사 이름이 뭐죠?"

"보네요."

"사령부 통역관? 그는 내 부하가 아닙니다. 나와 계급이 같거든요. 나로서는 개입할 수가 없어요."

"동료로서도?"

장교가 어깨를 으쓱했다.

"불가능합니다. 그 이유를 설명하죠."

브누아가 착 가라앉은 떫은 목소리로 장교의 말을 끊었다.

"설명 따위 필요 없어요! 졸병한테는, 불쌍한 놈한테는 금지가 가능하겠지. 당신들 좋아하는 그 베어보튼 말입니다. 하지만 장교들이 좀 즐기겠다는데 그걸 뭐 하러 막겠어? 세상 모든 군대는 다 똑같아."

"물론 나는 보네에게 말하지 않을 겁니다. 그를 자극해 오히려 역효과가 날 테니까." 장교가 이렇게 말하고는 브누아에게 등을 돌리고 식탁으로 다가갔다.

"커피 좀 주세요, 착한 마르트. 난 한 시간 후에 나가봐야 해요."

"또 야간 훈련이에요? 벌써 연달아 사흘째인데…." 때로는 동틀 무렵에 돌아오는 부대를 보며 고소하다는 표정으로 "덥고 피곤하겠구먼, 잘 됐다, 요 녀석들아!"라고 말하고, 또 때로는 그들이 독일군이라는 사실을 잊고 일종의 모성애를 느끼며 "불쌍한 녀석들, 사는 게 사는 게 아니구먼…"이라고 말하며 적에 대한 자신의 감정을 명백하게 결정하지 못하고 있던 마르트가 말했다.

알 수 없는 이유로 인해 그날 저녁 승리를 거둔 것은 마르트 안에 있던 여성적인 애정의 물결이었다.

"아무리 그래도 커피 한 잔은 타드려야지. 저기 앉아요. 부인도 한잔하시죠."

"아뇨, 전…." 뤼실이 사양하려 했다.

브누아는 그새 소리 없이 창문을 훌쩍 뛰어넘어 이미 사라지고 없었다.

"부탁이니 커피 한잔 함께하시죠." 장교가 낮은 목소리로 속삭였다. "더는 폐를 끼치지 않아도 되게 됐거든요. 저, 모레 떠납니다. 그리고 제가 돌아오는 대로 부대는 아프리카로 떠날 겁니다. 그래서 두 번 다시 못 뵐 것 같습니다. 부인께서 절 증오하지 않으신다고 생각하며 맘 편히 떠나고 싶군요."

"전 장교님을 증오하진 않아요. 다만…."

"알고 있습니다. 그 얘기는 하지 말도록 하죠. 잠시 함께 앉아 커피라도…."

그 사이, 마르트가 벌받는 아이들에게 몰래 빵을 갖다주는 것처럼 공모자의 애틋한 미소를 지으며 식탁 위에 커다란 자기 사발 두 개, 뜨거운 커피 주전자, 그리고 벽장에서 꺼낸 낡은 석유램프를 올려놓았다. 부드러운 노란색 불꽃이 구리 식기들이 잔뜩 걸린 벽들을 밝혔다. 장교가 신기한 듯 바라보며 물었다.

"저건 뭐라고 부르죠, 부인?"

"저거요? 저건 난상기예요."

"저건요?"

"와플 굽는 틀이에요. 거의 백 년이 다 됐죠. 이젠 사용하지 않아요.”

마르트가 청동 발과 조각된 뚜껑이 달린, 유골함과 비슷하게 생긴 커다란 설탕 그릇과 무늬가 새겨진 잼 그릇을 내왔다.

“그럼 모레 이맘때에는 아내분과 함께 커피를 드시겠네요?” 뤼실이 말했다.

“그러길 바라야죠. 아내한테 부인 얘길 할 겁니다. 이 집 이야기도 하고요.”

“부인께서는 프랑스를 전혀 모르세요?”

“예, 부인.”

뤼실은 프랑스가 그의 마음에 드는지 알고 싶었다. 하지만 묘한 자존심 때문에 차마 입이 떨어지질 않았다. 그들은 말없이, 서로를 보지 않은 채 계속 커피만 홀짝거렸다.

이어 장교가 자기 나라에 대해, 눈 덮인 겨울 베를린의 대로들에 대해, 중앙 유럽의 들판으로 불어오는 매서운 바람에 대해, 깊은 호수와 소나무숲 그리고 모래 채취장에 관해 이야기했다.

마르트도 대화에 끼어들고 싶어서 안달을 냈다.

“이 전쟁, 오래갈까요?”

“그건 저도 모르겠네요.” 장교가 미소를 띤 채 어깨를 가볍게 으쓱하며 대답했다.

“장교님 생각은 어떠세요?” 이번에는 뤼실이 물었다.

"부인, 저는 군인입니다. 군인은 생각을 하지 않아요. 가라는 명령이 떨어지면 가고, 싸우라고 하면 싸우고, 죽으라고 하면 죽습니다. 생각을 하면, 전투가 더 힘들어지고 죽음은 더 끔찍해지죠."

"하지만 열의가 있어야…."

"부인, 죄송하지만 그건 여자의 단어입니다. 남자는 열의 없이도 자신의 의무를 다하죠. 그리고 그것을 통해 남자라는 것을, 진정한 남자라는 것을 인정받죠."

"그럴지도…."

그들은 정원에서 빗물이 소곤거리는 소리를 들었다. 마지막 빗방울들이 백합에서 천천히 떨어지고 있었다. 빗물로 가득한 양어지에서 게으른 속삭임들이 들려왔다. 현관문이 열렸다.

"빨리 방으로 돌아가요, 부인이에요!" 겁에 질려 숨을 헐떡이며 마르트가 외쳤다.

그러고는 장교와 뤼실을 밖으로 쫓아냈다.

"정원으로 돌아서 가요! 나한테 또 무슨 잔소릴 해댈는지, 원!"

그녀는 서둘러 남은 커피를 개수대에 붓고, 잔을 감추고, 등을 껐다.

"빨리 가라니까요! 깜깜해서 정말 다행이에요!"

그들은 둘 다 바깥으로 나왔다. 장교는 웃었고, 뤼실은 부

르르 몸서리를 쳤다. 그들은 어둠 속에 숨어서 등을 든 마르
트를 앞세운 채 집 안을 둘러보는 앙젤리에 부인을 바라보
았다. 이어 모든 덧창이 잠겼고, 쇠 빗장들이 채워졌다. 경
첩들이 삐걱거리는 소리, 녹슨 사슬 소리 그리고 커다란 문
에 빗장이 채워지는 음침한 소리를 들으며 독일군 장교가
말했다.

"마치 무슨 감옥 같군요. 이제 부인은 어떻게 들어가죠?"

"예배실의 작은 문으로요. 마르트가 열어뒀을 거예요. 장
교님은요?"

"저는 담을 넘으면 됩니다."

그가 민첩하게 담을 뛰어넘으며 부드럽게 말했다.

"구테 나흐트. 슐라펜 지 볼."*

"구테 나흐트." 뤼실이 대답했다.

뤼실의 서툰 억양 때문에 장교가 웃었다. 뤼실은 어둠 속
에서 멀어지는 웃음소리에 잠시 귀를 기울였다. 바람이 약
하게 불어 뤼실의 머리칼 위로 축축하게 젖은 백합의 가지
들이 흔들렸다. 한결 마음이 가벼워진 그녀는 쾌활한 발걸
음으로 집 안으로 들어갔다.

---

* Gute Nacht. Schlafen sie voll. '좋은 밤 보내시고, 안녕히 주무세요'를
뜻하는 독일어.

11

앙젤리에 부인은 매달 자기 소작지를 둘러봤으며, 일요일을 택해 '자기 사람들' 집을 방문했다. 소작인들로서는 몹시 짜증 나는 일이었다. 앙젤리에 부인이 나타나는 즉시, 그들은 점심 식사를 위해 내놓았던 커피, 설탕 그리고 화주를 서둘러 감췄다. 앙젤리에 부인은 보수적인 세대에 속하는 인물로, 소작인들이 무엇을 먹든, 그들이 자기 몫에서 슬쩍한 거라고 의심했다. 앙젤리에 부인은 정육점에서 최상급 고기를 사는 사람들을 따끔하게 꾸짖었다. 그녀는 읍내에 자신의 정보원을 두었고, 비단 스타킹, 향수, 분첩 혹은 소설책을 너무 자주 사는 아내나 딸을 둔 소작인을 매몰차게 내쫓았다. 몽모르 자작 부인 역시 거의 유사한 방식으로 자기 세계를 지배했지만, 그녀는 귀족 출신인 데다가, 앙젤리에 부인이 속하는 물질주의적인 부르주아 계급과는 달리 영적인 가치에 집착했기 때문에 종교적인 측면을 더 중시했다. 그녀는 아이들이 세례를 받았는지, 1년에 두 번 영성체를 하는지, 여자들이 미사에 참석하는지(남자들의 경우는 참석시키기가 너무 힘들었기 때문에 그냥 눈감아주었다) 일일이 점검했다. 그 지방을 양분해 거느리는 두 지주 가문, 몽모르 가문과 앙젤리에 가문 중에 사람들이 더 싫어하는 쪽은 몽모르 가문이었다.

앙젤리에 부인은 어둑어둑한 새벽부터 집을 나섰다. 전날 쏟아진 폭풍우가 날씨를 바꿔놓았다. 차가운 비가 주룩주룩 내리고 있었다. 사람들에겐 통행 허가증도 휘발유도 없었기 때문에 마을 거리에는 차들이 거의 다니지 않았다. 앙젤리에 부인은 30년 동안 차고에 처박아두었던, 튼튼한 말 두 마리가 끄는 빅토리아 사륜마차를 꺼내게 했다. 온 식구가 노부인의 출발을 보기 위해 현관 문턱에 나와 있었다. 마지막 순간에(그리고 마지못해서) 앙젤리에 부인이 뤼실에게 열쇠 꾸러미를 건네주었다. 그리고 우산을 폈다. 빗줄기가 더 굵어졌다.

"내일 가시는 편이 나을 것 같은데요, 부인." 가정부가 말했다.

"집안 주인이 저분들 포로로 붙잡혀 가는 바람에 늙은 내가 모든 걸 도맡아 해야 하네." 마침 집 앞을 지나가는 독일 군 병사 두 명에게 가책을 심어주려고 일부러 빈정거리는 말투로, 목청을 높여 앙젤리에 부인이 대답했다.

앙젤리에 부인은 샤토브리앙*이 자기 아버지에 대해 '번 뜩이는 눈동자가 눈에서 튀어나와 마치 공처럼 사람들에게 날아가는 것 같았다'라고 묘사했던 눈길과 유사한 눈길로 그들을 노려보았다.

하지만 프랑스어를 단 한마디도 알아듣지 못하는 병사들 은 그 눈길을 그들의 멋진 몸매, 당당한 풍채, 완벽한 군복 에 바치는 경의쯤으로 여기는 것 같았다. 멋쩍은 듯 수줍은 미소를 지어 보였으니까. 앙젤리에 부인은 아예 꼴도 보기 싫다는 듯 눈을 감아버렸다. 마차가 출발했다. 돌풍에 문들 이 덜컹거렸다.

얼마 후 아침이 되자 뤼실은 독일군과 놀아난다는 추문 에 휩싸인 젊은 여자가 운영하는 양장점에 들렀다. 뤼실은 들고 간 가벼운 천으로 목욕 가운을 만들어달라고 부탁했 다. 양장점 여자가 고개를 주억거리며 말했다.

"아직도 이런 천을 갖고 계시다니, 정말 재주도 좋으세 요. 저희한테는 이제 아무것도 안 남았거든요."

양정점 여자는 마치 부르주아 계층에게는 소유의 권리가

---

* François-René de Chateaubriand(1768-1848), 프랑스 낭만주의 시대 에 활동한 작가 겸 정치가.

있는 것이 아니라, 다른 사람들보다 더 좋은 것을 누리는 어떤 천부적인 재주가 있다는 것을 인정이라도 하듯, 아무런 질투심 없이, 새삼 존경스럽다는 말투로 그렇게 말했다. 들판에 사는 사람이 산에 사는 사람에 대해 "그 친구, 발을 헛디딜 위험은 없겠군! 어린 시절부터 산을 타고 돌아다녔을 테니"라고 말하는 것처럼. 양장점 여자는 뤼실이 출신과 유전적으로 타고난 재능 때문에 자신보다 훨씬 더 능숙하게 법과 규범의 빈틈을 헤집고 다닌다고 판단하는 것 같았다. 여자가 미소 띤 얼굴로 한쪽 눈을 깜빡이며 이렇게 말했으니까.

"방법이 다 있는 모양이네요. 부러워요."

뤼실이 침대 위에 놓여 있는 독일군 병사의 허리띠를 본 건 바로 그때였다. 두 여자의 눈길이 마주쳤다. 양장점 여자의 눈빛이 교활하고 주의 깊고 냉혹하게 변했다. 여자는 마치 손아귀에 든 새를 빼앗기려는 상황에서, 주둥이를 치켜들고 "안 돼요? 하지만 가끔은 당신이나 나나 즐길 수 있는 거 아니에요?"라고 말하는 것처럼 도도하게 야옹거리는 암고양이 같았다.

"어떻게 그럴 수 있죠?" 뤼실이 속삭였다.

양장점 여자는 취할 수 있는 몇 가지 태도 사이에서 잠시 망설였다. 여자의 얼굴에 뻔뻔스러움, 몰이해, 거짓의 표정이 차례로 스쳐 지나갔다. 갑자기 여자가 고개를 떨구었다.

 "뭐가 어때서요? 독일인이든 프랑스인이든, 친구든 적이
든, 그 사람은 어쨌거나 남자예요. 전 여자고요. 그리고 그
사람은 저한테 잘해줘요. 자잘한 것들도 자상하게 챙겨주
고. 도시에서 자란 사람이거든요. 여기 남자들하곤 질이 달
라요. 피부도 부드럽고, 치아도 하얗고, 키스할 때도 신선한
숨결이 느껴져요. 이곳 남자들처럼 술 냄새가 나진 않죠. 전
그걸로 충분해요. 다른 걸 바라는 게 아니에요. 전쟁과 그
모든 격변이 우리 삶을 너무 복잡하게 만들어놨어요. 남녀
사이에는 그딴 것들 다 소용없어요. 영국인이든 흑인이든
내 마음에만 든다면, 그에게 절 바칠 거예요. 가능하다면 말
이에요. 제가 혐오스러우세요? 물론, 그렇겠죠. 당신은 부
자에다 제가 알지 못하는 즐거움도 누리실…."

 "즐거움이라니!" 양장점 여자가 앙젤리에 가문 여자들
이 누릴 거라고 상상하는 즐거움이 어떤 것인지 궁금해하
며(아마 소유지를 둘러보며 유세를 떨거나 방에 처박혀 남몰
래 돈을 세는 것이겠지?) 뤼실이 말을 끊었다.

 "당신들은 좋은 교육을 받았고 사람들도 만나잖아요. 우
리한텐 노예처럼 죽도록 일만 하는 게 전부예요. 사랑이 없
다면, 곧장 우물에 몸을 던지는 수밖에 없을 거예요. 사랑이
라고 말했다고 해서 제가 오직 그 생각만 한다고 여기지는
마세요. 그 독일군은 일전에 물랭에 나갔다가 저를 위해 모
조 악어가죽 핸드백을 사다 줬어요. 또 저번에는 마치 귀부

인을 대하듯 꽃다발을 사주기도 했고요. 시골에는 지천으로
널린 게 꽃이라고 생각하실지 몰라도, 절 기쁘게 하는 건 바
로 그 관심이에요. 여태까지 저에겐 남자란 오로지 그 짓만
을 뜻했어요. 하지만 지금 그 사람은 달라요. 그를 위해서라
면 뭐든지 할 거예요. 어디든 따라갈 거예요. 그리고 그 사
람은 절 사랑해요…. 아, 숱한 남자들에게 속아봤기에 전 그
가 거짓말을 하지 않는 사람이라고 확신해요. 그래서 사람
들이 제게 '독일군은 결국 독일군일 뿐이야'라고 말해도 전
아무렇지도 않아요. 그들도 우리와 똑같은 사람이니까요."

"그래요, 하지만 그 말을 한 사람들도 독일군이 다른 사
람들보다 더 낫지도 못하지도 않은 한 남자에 지나지 않는
다는 것을 모르지는 않아요. 그 말이 암시하는 것은, 끔찍하
게도 그가 프랑스 사람들을 죽였고, 우리 피붙이들을 포로
로 잡고 있고, 우릴 굶주리게 한다는 사실이에요."

"저라고 그 생각을 안 해본 줄 아세요? 가끔 전 그 사람에
게 등을 돌리고 누워 생각해요. '저 사람 아버지가 내 아버
지를 죽였을지도 몰라.' 아시다시피 제 아버진 지난 전쟁 때
돌아가셨으니까요…. 저도 그런 생각을 해요. 하지만 개의
치 않기로 했어요. 한쪽에 그와 내가 있고, 다른 쪽에 세상
사람들이 있어요. 사람들은 우릴 조금도 배려하지 않아요.
폭격을 가하고, 고통을 주고, 우릴 토끼 잡듯 죽여버리죠.
그런데 우리가 왜 그들을 배려해야 하죠? 진정 그들과 함께

해야 한다면, 우린 짐승들보다 못한 존재가 되고 말 거예요. 사람들이 저더러 개 같은 년이래요. 천만에요! 떼 지어 몰려다니면서 명령이 떨어지면 물어뜯는 사람들이야말로 개들이에요. 저와 빌리는…."

양장점 여자가 말을 멈추고 한숨을 내쉬었다. "전 그를 사랑해요." 여자가 마침내 말했다.

"하지만 부대는 곧 이동할 거예요."

"저도 알아요. 하지만 빌리가 전쟁이 끝나면 절 자기 집으로 데려가겠다고 했어요."

"그 말을 믿어요?"

"예, 전 믿어요!" 양장점 여자가 버럭 언성을 높이며 대답했다.

"제정신이 아니군요. 그 사람은 이곳을 떠나는 즉시 당신을 잊을 거예요. 게다가 당신에겐 포로로 잡혀간 오빠들이 있잖아요. 그들이 돌아오면… 조심해야 해요. 당신이 하는 짓은 아주 위험해요. 위험하고, 또 옳지도 않아요."

"그들이 돌아오면…."

두 사람은 말없이 서로를 쳐다보았다. 무거운 시골 가구들로 가득한 그 폐쇄된 방 안에서 뤼실은 묘한 불쾌감을 주는 깊고 비밀스러운 냄새를 맡았다.

양장점을 나선 뤼실은 충계에서 얼굴이 꾀죄죄한 꼬마들과 마주쳤다. 그들은 계단을 네 개씩 뛰어 내려가고 있었다.

"어딜 그렇게 달려가니?" 뤼실이 물었다.

"페랭 씨 댁 정원에 놀러 가요"

페랭 일가는 겁에 질려서 은 식기는 서랍에, 드레스는 옷장에 그대로 놔둔 채 문이란 문은 다 열어두고 1940년 6월에 피난을 떠난 읍내의 부유한 가족이었다. 집은 독일군에게 약탈당했고, 방치된 정원은 훼손되고 짓밟혀 정글로 변해 있었다.

"독일군한테 허락받았니?"

그들은 대답하지 않고 깔깔대며 달려갔다.

뤼실은 집으로 돌아갔다. 비가 내리고 있었다. 뤼실은 페랭 씨 댁 정원을 바라보았다. 얼음처럼 차가운 빗줄기가 쏟아지는데도 마을 꼬마들의 푸른색과 분홍색 덧옷은 가지들 사이로 오락가락하고 있었다. 때때로 더럽긴 해도 윤기가 흐르는 뺨 하나가 빗물에 젖어 복숭아처럼 눈부시게 빛을 발하기도 했다. 아이들은 벚나무에 핀 꽃과 백합을 꺾으며 잔디 위를 뛰어다녔다. 붉은색 반바지 차림의 꼬마 하나가 서양 삼나무 가지 위에 걸터앉아 티티새처럼 휘파람을 불었다.

그들은 페랭 가문 사람들이 석양 무렵 남자들은 검은색 상의를, 여자들은 하늘거리는 긴 드레스를 입고 철제의자에 앉아 딸기와 멜론이 익어가는 것을 바라보던, 한때 너무나 잘 다듬어져 있던 정원을 마저 망가뜨렸다. 분홍색 덧옷을 입은 아주 어린 꼬마가 양팔을 벌려 창 모양의 철제 장식들 사이에서 균형을 잡으며 쇠 철책을 따라 걷고 있었다.

"얘, 그러다 떨어져 다치겠다." 뤼실이 말했다.

아이는 대답 대신 뤼실을 빤히 쳐다보았다. 뤼실은 갑자기 시대와 전쟁과 불행에 아랑곳없이 즐겁게 뛰어노는 아이들이 부러워졌다. 노예로 전락한 사람들 가운데 오로지 저 아이들만이 자유로운 것처럼 보였다. '저게 진정한 자유지.' 뤼실은 생각했다.

뤼실은 온몸으로 소낙비를 맞고 있는 음울하고 적막한 집을 향해 마지못해 발길을 돌렸다.

12

뤼실은 집에서 우체부가 나오는 것을 보고는 화들짝 놀랐다. 집으로 편지가 오는 일이 거의 없었으니까. 대기실 탁자 위에 뤼실 앞으로 온 엽서가 한 장 놓여 있었다.

부인, 지난해 6월 부인의 호의로 잠시 댁에 묵었던 나이든 부부를 기억하시는지요? 그 후로 저희는 부인을, 부인의 환대를, 그 저주받은 여행 중에 부인 댁에 잠시 머물렀던 시간을 자주 생각했습니다. 부인 소식을 접할 수 있으면 좋겠군요. 부군께서는 무사히 돌아오셨습니까? 저희는 천만다행으로 아들을 되찾을 수 있었습니다. 부디 행복하시길 빌며.

잔과 모리스 미쇼
파리(16구), 수르스 가 12번지

뤼실은 미소를 지으며 엽서를 어루만졌다. 선량한 사람들…. 그들은 뤼실보다 행복했다. 그들은 서로 사랑했고, 모든 위험을 함께 견뎌냈다…. 뤼실은 자기 책상에 엽서를 감추고는 식당으로 갔다. 폭우가 쉬지 않고 내렸지만, 그날은 정말 좋은 날이었다. 식탁에는 식기가 일 인분만 놓여 있었다. 앙젤리에 부인의 부재 또한 즐거운 일이었다. 식사하면서 책을 읽을 수 있으니까. 뤼실은 식사를 서둘러 끝내고 창가로 다가가 주룩주룩 내리는 비를 바라보았다. 가정부는 이것이 폭풍우의 마지막 발악이라고 했다. 날씨가 마흔여덟 시간 만에 돌변해 눈부신 봄날을 마지막 눈과 첫 꽃이 뒤섞인, 이도 저도 아닌 잔인하고 기묘한 계절로 만들어놓았다. 하룻밤 사이에, 사과나무에서 꽃들이 다 떨어지고 말았다. 장미 나무들은 시커멓게 꽁꽁 얼어 있었다. 거센 바람에 제라늄과 스위트피가 자라던 화분들이 넘어져 깨져버렸다. "저놈의 비바람이 모든 걸 다 망쳐놓는구면. 올해는 과일도 못 먹겠어." 마르트가 식탁을 치우며 신음하듯 말했다. "식당에 불을 피워야겠어요. 날은 또 왜 이렇게 추운지. 독일군 장교가 자기 방 벽난로에 불을 피워달라고 부탁하던데, 안됐지만 거긴 굴뚝 청소를 안 해서 연기만 날 거예요. 제

가 알아듣게 말을 했는데도 막무가내예요. 제가 일부러 불
을 안 피워준다고 생각하나 봐요. 모조리 다 빼앗긴 마당에
그까짓 장작 두세 개비 아낄까 봐…. 보세요! 콜록거리잖아
요! 제길! 독일 놈들 시중드느라 이 고생을 해야 하다니! 가
요, 간다고요!" 뤼실은 마르트가 문을 열고 잔뜩 화가 난 목
소리로 불평해대는 장교를 으르는 소리를 들었다.

"그러게 내가 말했잖아요! 바람이 이렇게 불면 굴뚝 청
소를 하지 않은 벽난로에서는 연기가 도로 안으로 들어온
다고!"

"도대체 왜 굴뚝 청소를 안 한 거죠, 마인 고트*?" 화가
난 장교가 소리를 질렀다.

"왜냐니? 왜냐고요? 그걸 내가 어떻게 알아요. 나는 이
집 주인이 아니에요. 이 전쟁 통에 원하면 뭐든 다 할 수 있
다고 생각해요?"

"아주머니, 제가 방에 처박혀 토끼처럼 콜록거리고만 있
을 거라고 생각한다면 큰 오산입니다! 부인들은 어디 계시
죠? 저에게 지낼 만한 방을 제공할 수 없다면 거실에서 지
내도록 해주면 됩니다. 거실에 불을 피우세요."

"유감스럽지만 그건 안 됩니다, 장교님." 식당 밖에 나와
있던 뤼실이 말했다. "시골집 거실은 손님을 맞기 위해 화

---

* Mein Gott '맙소사'를 뜻하는 독일어.

려하게 꾸며놓기만 한 공간이라 여기서 지낼 수는 없답니다. 보시다시피 벽난로도 가짜예요.”

“그래요? 손을 녹이는 큐피드들이 조각된 저 하얀 대리석 벽난로가요?”

“한 번도 불을 피워본 적이 없어요.” 뤼실이 웃으며 대답했다. “괜찮으시면 식당으로 가시죠. 난로가 피워져 있으니까요. 장교님 방 상태가 안 좋은 건 사실이에요.” 뤼실이 방에서 나오는 연기를 보며 덧붙였다.

“아! 부인, 아닌 게 아니라 제가 숨이 막혀 죽을 뻔했습니다! 군인이라는 직업은 늘 위험으로 가득하죠! 하지만 무슨 일이 있어도 부인께 폐를 끼치고 싶지는 않습니다. 읍내에 흰 가루가 구름처럼 떠다니는 카페 겸 당구장이 하나 있는데… 부인 시어머니께서는….”

“어두워져서야 돌아오실 거예요.”

“아! 그렇다면 기꺼이 부인 뜻에 따르죠. 방해가 되진 않도록 하겠습니다. 저도 서둘러 끝마쳐야 할 일이 있거든요.” 장교가 지도들을 가리키며 말했다.

장교는 정리된 식탁에 자리를 잡았고, 뤼실은 난로 옆 한 구석에 있는 안락의자에 앉았다. 뤼실이 난로의 열기를 향해 손을 뻗었고, 가끔 무심결에 손을 비벼댔다. ‘내가 나이 든 여자처럼 구네. 노인처럼 몸을 움직이고 살아가고 있어.’ 뤼실은 문득 슬프게도 이런 생각이 들었다.

뤼실은 손을 내려 무릎 위에 올려놓았다. 고개를 든 뤼실은 장교가 식탁에서 일어선 걸 알았다. 장교는 창가로 다가가 커튼을 젖히고 흐린 하늘을 향해 가지를 뻗고 있는 배나무들을 바라보았다.

"정말 슬픈 풍경이로군요." 장교가 중얼거렸다.

"내일 떠나시는데 무슨 상관이세요?" 뤼실이 대답했다.

"아뇨, 전 떠나지 않습니다."

"예? 제가 알기로는…."

"모든 휴가가 유보되었습니다."

"그래요? 왜요?"

장교가 어깨를 가볍게 으쓱해 보였다.

"그야 저희도 모르죠. 유보하라니까 유보하는 겁니다. 군인의 생활이란 게 본래 그렇습니다."

뤼실은 그가 가여웠다. 휴가를 가게 됐다고 그렇게 좋아했는데.

"정말 안됐군요. 하지만 잠시 미루어진 것뿐이니…."

"석 달, 여섯 달, 그러다 아주… 특히 어머니 때문에 슬퍼요. 연로하신 데다 허약하신 분이거든요. 바람이 조금만 불어도 쓰러지실 것만 같은 분이 정원용 모자를 쓰고… 내일 저녁 하염없이 절 기다리실 텐데…. 결국 전보 한 통만 받으시겠죠."

"외아들이세요?"

"아뇨, 사형제입니다. 하나는 폴란드 전투에서, 또 하나는 일 년 전 우리가 프랑스로 들어올 때 전사했고, 나머지 하나는 아프리카에 가 있어요."

"정말 슬픈 일이군요. 부인에게도…."

"제 아내는… 그녀는 괜찮을 겁니다. 우린 아주 어린 나이에 결혼했거든요. 거의 애들이나 다름없었어요. 겨우 이 주 동안 친구처럼 지내며 호수를 거닌 후에 맺어진 결혼에 대해 어떻게 생각하세요?"

"저야 모르죠! 프랑스에서는 그런 식으로 결혼을 하지 않으니까요."

"발자크의 소설에 나오는 것처럼 친구들 집에서 한두 차례 흘낏 본 다음에 결혼하던 시절과는 많이 달라진 모양이죠?"

"완전히 예전 같지는 않지만 크게 달라지진 않았어요. 적어도 시골에서는…."

"제 어머니는 제가 에디트와 결혼하는 걸 말리셨어요. 그런데 제가 사랑에 빠졌지요. 아흐, 리베*… 함께 성장하고, 함께 늙어가야 할 텐데… 이별과 전쟁, 시련들이 닥치고… 제 마음속의 그녀는 늘 열여덟 살 소녀로 남아 있는데, 저는…."

---

* Ach, Liebe. '아, 사랑'이라는 뜻의 독일어.

장교가 양팔을 들었다가는 힘없이 늘어뜨렸다.

"어떤 때는 열두 살, 어떤 때는 백 살은 족히 먹어버린 것 같아요…."

"에이! 설마요."

"아닙니다. 군인은 어떤 면에서는 아이로 머물러 있지만, 또 어떤 면에서는 너무나… 너무나 늙어버려 나이를 헤아릴 수 없을 정도랍니다. 군인들은 지상에서 가장 오래된 시대에, 그러니까 카인이 아벨을 살해한 시대, 식인종이 인육으로 잔치를 벌이던 시대, 석기시대와 같은 시대에 살고 있습니다…. 이런 얘긴 그만두죠. 보시다시피 전 여기, 무덤 같은 이곳에 갇혀 있습니다. 꽃과 새, 아름다운 그늘로 가득한 시골 묘지의 무덤이긴 하지만 어쨌든 무덤은 무덤이죠. 여기서 어떻게 일 년 내내 지내십니까?"

"전쟁이 일어나기 전에는 가끔 벗어나기도 했어요…."

"하지만 여행한 적은 한 번도 없으시죠? 이탈리아나 중부 유럽에는 가본 적이 없으시겠고… 기껏해야 파리 정도겠죠. 우리가 누리지 못하는 모든 걸 생각해보세요. 미술관, 극장, 연주회… 아! 무엇보다 연주회가 가장 그리워요. 그런데 이 집에는 부인들께서 기분 상하실까 봐 마음대로 연주할 수도 없는 저 낡은 피아노밖에 없군요." 장교가 아쉬운 듯 말했다.

"연주하고 싶으시면 마음껏 연주하세요, 장교님. 울적하

게 계시면 저 역시 기분이 그리 좋지 않으니까요! 피아노에
앉아서 한번 연주해보세요. 나쁜 날씨와 만날 수 없는 사람
그리고 우리의 모든 불행을 잊게요⋯."

"정말요? 그래도 되겠습니까? 할 일이 있긴 한데⋯." 장
교가 지도를 바라보며 말했다. "좋습니다! 자수를 놓을 것
이나 책을 들고 곁에 앉아 귀를 기울여주세요! 전 청중이 없
으면 연주를 못 하거든요. 전⋯ 프랑스어로 그걸 뭐라고 하
죠? 끼? 그래, 바로 그거예요!"

"맞아요. 끼라고 하죠. 프랑스어를 정말 잘 아시네요⋯."

장교가 피아노 앞에 앉았다. 뜨겁게 달아오른 난로가 연
기와 군밤의 부드러운 냄새를 풍기며 조용하게 코를 고는
소리를 냈다. 굵은 빗방울들이 눈물처럼 유리창을 타고 흘
러내렸다. 가정부마저 저녁기도를 하러 간 탓에 집은 텅 비
어 더없이 고요했다.

'나도 갈걸 그랬나⋯. 할 수 없지 뭐! 비가 너무 많이 오잖
아.' 뤼실은 생각했다. 뤼실은 건반 위를 내달리는 그의 가
늘고 흰 손가락을 바라보았다. 장교가 끼고 있던 진홍색 보
석이 박힌 반지가 연주에 방해가 되었다. 장교는 반지를 빼
서 무의식적으로 뤼실에게 건네주었다. 뤼실은 그의 체온
이 남은, 아직 따뜻한 반지를 받아 잠시 쥐고 있었다. 뤼실
은 창문을 통해 들어오는 파리한 회색빛에 반지를 비춰보
았다. 투명한 고딕체 글자 두 개와 날짜가 새겨져 있었다.

뤼실은 그것이 사랑의 기념물이라고 생각했다. 하지만 아니었다! 날짜가 확실히 보이지는 않았지만 1775년 아니면 1795년이었다. 집안 대대로 내려오는 패물일까? 뤼실은 반지를 식탁 위에 가만히 올려놓았다. 저 사람은 저녁마다 이렇게 아내를 곁에 앉혀놓고 연주했을 거야…. 아내 이름이 뭐였더라? 에디트? 연주를 정말 잘하네! 어떤 곡들은 뤼실도 아는 곡이었다. 뤼실이 조심스럽게 물었다.

"바흐? 모차르트?"

"음악 공부를 하셨나요?"

"아뇨! 아뇨! 전 아무것도 몰라요. 결혼 전에 피아노를 조금 쳤는데, 지금은 다 잊어버렸어요! 그냥 음악을 좋아할 뿐이에요. 정말 재능이 뛰어나시네요!"

장교가 뤼실을 물끄러미 바라보다가 뜻밖에도 슬픈 표정을 지으며 심각하게 말했다.

"예, 저도 저에게 재능이 있다고 생각합니다."

장교가 장난치는 듯한 일련의 가벼운 아르페지오를 연주했다.

"이제 이걸 들어보세요." 그가 연주하며 나지막이 속삭였다.

"이건 평화로운 시절이에요. 이건 젊은 여자들이 깔깔대며 웃는 소리, 봄날의 쾌활한 소리, 남쪽에서 가장 먼저 돌아오는 제비… 봄이 되어 눈이 녹기 시작하는 3월, 독일의

어느 도시입니다. 이건 눈 녹은 물이 오래된 거리를 따라 졸
졸 흐르는 소리고요. 이제 평화는 끝났습니다. 북소리, 트럭
소리, 행진하는 병사들의 발소리… 들리세요? 들려요? 끝
없이 이어지는 이 무거운 발걸음들, 피난길에 오른 사람들,
그들 가운데 길을 잃은 병사… 이쯤에는 합창이, 아직 끝나
지 않은 일종의 찬송가가 나와야 해요. 이제, 들어보세요!
전투입니다. 음악은 무겁고, 깊고, 끔찍하게 변해요."

"오, 아름다워요! 정말 아름다워요!" 뤼실이 나지막하게
말했다.

"병사가 죽어요. 죽는 순간 그는 또다시 합창을, 이제 지
상의 군대가 아니라 천상의 군단이 부르는 합창을 들어요.
이렇게요, 들어보세요. 이 부분은 아련한 동시에 장엄해야
합니다. 천상의 나팔 소리가 들리세요? 장벽을 무너뜨리는
나팔들의 울림이 들리세요? 하지만 모든 것이 멀어지고, 약
해지고, 멈추고, 사라져버려요… 병사가 숨을 거뒀어요."

"직접 작곡하신 건가요? 장교님 작품이에요?"

"예, 저는 음악을 할 생각이었죠. 그런데 이젠 끝나버렸
습니다!"

"왜요? 전쟁은 곧…."

"음악은 아주 까다로운 애인이나 다름없어요. 절대 사 년
이나 내버려둬서는 안 되죠. 그땐 돌아가도 받아주질 않거
든요. 무슨 생각을 그렇게 하십니까?" 자신에게 고정된 뤼

실의 멍한 눈길을 보고는 장교가 물었다.

"한 사람이… 이렇게 희생되어서는 안 된다고 생각하고 있었어요. 우리 모두에 대해 말하는 거예요. 그들은 우리에게서 모든 걸 앗아버렸어요! 사랑도, 가족도… 이건 너무해요!"

"아! 부인, 개인이냐 공동체냐, 이건 우리 시대의 중요한 문제입니다. 전쟁은 전형적인 공동의 작품이니까요. 우리 독일인은 공동체 정신을 믿습니다. 꿀벌들이 벌집을 지향하듯이 말이죠. 우리는 그것에 모든 걸 빚지고 있어요. 과즙, 광채, 향기, 사랑… 이런 심각한 얘기는 그만두죠. 들어보세요! 스칼라티*의 소나타를 연주해드리죠. 이 소나타 아세요?"

"아뇨, 못 들어본 것 같아요…."

뤼실은 생각했다. '개인이냐 공동체냐? … 오! 맙소사! 이건 전혀 새로운 게 아니야. 새로 발명한 것은 아무것도 없어. 지난 전쟁 때 무려 이백 만에 달하는 우리 프랑스인들이 그 '벌집 정신'에 희생된 거야! 무수히 많은 사람이 죽어갔어…. 그리고 이십오 년 후에 다시… 어쩜 이렇게 어리석은 일이 있을까? 벌집과 사람들의 운명을 지배하는 법칙들이 있는 거야, 그뿐이야! 사람들의 정신 자체가 우리를 벗어나

---

* Alessandro Scarlatti(1660-1725), 이탈리아 작곡가. 나폴리 악파의 시조.

는 법칙에, 아니면 우리가 모르는 변덕에 지배당하고 있는
거야. 세상은 너무나 아름답지만, 또 너무나 부조리해…. 하
지만 확실한 건 오 년, 십 년 혹은 이십 년 후에는 그가 말한
우리 시대의 문제가 더는 존재하지 않는다는 거야. 다른 문
제들로 대체되겠지…. 반면에, 이 음악, 유리창을 때리는 이
빗소리, 맞은편 정원의 삼나무가 비를 맞으며 내는 저 음산
한 소리, 전쟁 한가운데에서 맛보는 이 달콤하고 낯선 시간
은 조금도 변하지 않을 거야…. 이건 영원해….'

장교가 갑자기 연주를 멈추고 뤼실을 바라보며 말했다.

"우시는 겁니까?"

뤼실이 화들짝 놀라 눈에 고인 눈물을 닦았다.

"죄송합니다. 곡이 너무 슬펐던 모양이군요. 포로로 잡혀
간… 부군이 생각나셨나요?"

뤼실이 자신도 모르게 중얼거렸다.

"아뇨! 아무도… 전 그냥, 아무도 없다는 게…."

그들은 입을 다물었다. 장교가 피아노 뚜껑을 닫았다.

"부인, 전쟁이 끝나면 돌아오겠습니다. 허락해주세요. 프
랑스와 독일 사이의 이 분쟁은 적어도 십오 년 후에는… 먼
과거사가 되어 잊힐 겁니다. 어느 날 저녁, 제가 초인종을
누를 겁니다. 부인은 절 못 알아보겠죠. 제가 민간인 복장을
하고 있을 테니까요. 그럼 전 이렇게 말할 겁니다. 제가 그
독일군 장교입니다. 기억나세요? 이제 평화와 행복, 자유가

다시 찾아왔습니다. 당신을 데려가려고 왔습니다. 자, 함께 떠나시죠. 전 당신께 많은 나라를 보여드릴 겁니다. 당연히 전 유명한 작곡가가 되어 있을 거고, 부인은 지금처럼 여전 히 아름다우실 겁니다…."

"당신 부인과 제 남편은 어떡하죠?" 뤼실이 웃으려고 애 쓰며 물었다.

장교가 장난스럽게 휘파람을 불었다.

"그들이 어디 있을지 누가 알겠습니까? 그리고 우리는 요? 하지만 부인, 이것만은 아주 진지하게 말씀드리는 겁니 다. 전 반드시 돌아올 겁니다."

"또 연주해주세요." 뤼실이 잠시 입을 다물고 있다 말했다.

"아뇨! 이제, 그만! 음악을 지나치게 많이 듣는 건 이스트 게페알리쉬*… 위험합니다. 그러니 이제, 부인이 사교계 여 인이 되어 저에게 차 한잔을 권해주세요."

"프랑스에는 이제 차가 없어요, 마인 헤르**. 대신 프롱티 냥 와인과 비스킷을 대접할게요. 괜찮으시겠어요?"

"그럼요! 그럼요! 하지만 가정부는 부르지 말아주세요. 제가 부인을 도와 함께 준비할 수 있게 허락해주세요. 식탁 보는 어디 있죠? 이 서랍 속에? 제가 고를게요. 우리 독일

* ist gefährlich, '위험하다'는 뜻의 독일어.
** mein Herr, '선생님'이라는 뜻의 독일어.

사람들은 미적 감각이 떨어진다는 건 부인도 잘 아시죠? 이 분홍색으로… 아냐! 작은 꽃들이 수놓인 이 흰색이 낫겠어. 부인께서 직접 수놓으신 건가요?"

"그럼요, 물론이죠!"

"이제 나머지는 부인께 맡기겠습니다."

"좋아요." 뤼실이 웃으며 대답했다. "그런데 개는 어디 있죠? 얼마 전부터 안 보이네요."

"휴가 떠났어요. 그 개는 부대 전체의, 모든 동료의 것이 거든요. 일전에 부인의 시골 친구가 문제 삼았던 통역관, 보네가 데리고 갔습니다. 사흘 전에 뮌헨으로 떠났죠. 하지만 휴가 중지 명령 때문에 곧 돌아올 겁니다."

"말은 해보셨나요?"

"부인, 제 친구 보네는 단순한 사람이 아닙니다. 지금까지는 그냥 장난삼아 그랬더라도 남편의 원성에 자칫 심사가 뒤틀리면 샤덴프로이데*를 얻기 위해 그 일에 더 열정적으로 뛰어들지도 모릅니다. 제 말 이해하시겠습니까? 그야말로 푹 빠져버릴 수 있다는 말입니다. 그 부인 쪽에서 마음이 없다면 몰라도…."

"그럴 리는 없어요." 뤼실이 말했다.

"남편을 사랑하는 모양이죠?"

---

* Schadenfreude, 남을 괴롭혀서 얻는 쾌감.

"그럼요. 몇몇 젊은 여자들이 병사들과 가깝게 지낸다고 해서 모두가 그럴 거라고는 생각하지 마세요. 마들렌 라바리는 정숙하고 훌륭한 프랑스 여자예요."

"잘 알겠습니다." 장교가 고개를 숙이며 말했다.

장교는 뤼실을 도와 카드놀이용 탁자를 창가로 옮겼다. 뤼실이 빛을 반사하는 절단면이 넓은 오래된 크리스털 잔, 진홍색 마개가 달린 물병 그리고 한 세트로 된 작은 접시들을 탁자 위에 내려놓았다. 나폴레옹 시대의 접시들에는 전선을 둘러보는 나폴레옹, 숲속 빈터에서 야영하는 기병, 샹드마르스에서 열린 퍼레이드 등, 전쟁과 관련된 장면들이 그려져 있었다. 장교가 신선하고 단순한 색깔에 찬사를 보냈다.

"정말 멋진 제복이군요! 이 기병이 입고 있는 금실로 수놓인 외투는 저도 하나 가져봤으면 좋겠어요!"

"이 과자들 좀 드셔보세요, 마인 헤르! 집에서 만든 거랍니다."

장교가 고개를 들어 뤼실을 쳐다보며 미소지었다.

"부인, 남쪽 대양에서 부는 태풍에 대해 들어본 적 있으십니까? 태풍은 일종의 원을 형성하는데요. 제가 책에서 읽은 것을 잘 이해했다면 말입니다. 가장자리에는 엄청난 비바람이 몰아치지만, 중심은 새나 나비가 아무런 낌새를 알아채지 못할 정도로 고요하다고 합니다. 주변 세상이 미친 듯한 폭풍우에 온통 뒤집히고 있는데, 그들 날개에는 바람 한 점 느껴지지 않는 거죠. 이 집을 보세요! 프롱티냥 와인과 비스킷을 즐기고 있는 우리를 보고, 세상에서 일어나고 있는 일들을 생각해보세요!"

"바깥세상 일은 생각조차 하고 싶지 않아요." 뤼실이 슬픈 표정을 지으며 말했다.

뤼실은 자신의 영혼 속에서 지금껏 느껴본 적 없는 일종의 열기를 느끼고 있었다. 움직임부터 평상시보다 더 가볍고 유연했다. 뤼실은 자기 목소리가 낯선 여자의 목소리처럼 귀에서 울리는 것을 들었다. 그 목소리는 평소보다 더 낮았으며, 더 깊고 맑게 울렸다. 무엇보다 기분 좋은 건 기멜 데 없이 적대적이기만 한 이 집 한가운데에서 맛보는 고립감과 낯선 안심이었다. 아무도 오지 않을 터였다. 편지도, 방문객도, 전화도. 괘종시계조차도 그날 아침 뤼실이 태엽 감는 것을 잊어버리는 바람에(앙젤리에 부인은 분명 이렇게 꾸짖었을 것이다. "내 이럴 줄 알았어. 내가 잠시만 집을 비워도 모든 게 엉망이 되어버린다니까!") 입을 다물고 있었다. 게다가 폭풍우가 또다시 발전소를 마비시켜 온 동네가 앞으로 몇 시간 동안은 전기와 라디오 없이 지내야 했다. 입을 다문 라디오…. 아, 얼마나 편안한지…. 유혹에 넘어가는 것 자체가 불가능했다. 이제 더는 이 어두컴컴한 눈금판을 들여다보며 파리, 런던, 베를린, 보스턴을 찾지 않을 것이다.

이제 더는 침몰한 선박, 불탄 비행기, 파괴된 도시들에 대해 말하고, 사망자의 수를 발표하고, 미래의 살육을 예고하는 그 목소리들에, 보이지 않는 그 저주받은 목소리들에 귀를 기울이지 않을 것이다. 축복받은 망각…. 저녁때까지는 오로지 천천히 흐르는 시간, 마음을 나눌 수 있는 벗, 그윽하고 가벼운 포도주, 음악, 긴 침묵, 그리고 행복….

13

    한 달 후, 독일군 장교와 뤼실이 함께 보낸 오후처럼 비가 주룩주룩 내리는 어느 날 오후에, 가정부 마르트가 앙젤리에 가문 부인들에게 손님 방문을 알렸다. 앙젤리에 부인은 검은색 긴 외투 차림에 장례용 모자를 쓰고 베일로 얼굴을 가린 여자 셋을 거실로 들였다. 머리 꼭대기에서 발끝까지 길게 늘어뜨린 장례용 차림새가 아무도 들어갈 수 없는 어떤 죽음의 공간에 그들을 격리시키고 있었다. 흔치 않은 방문에 흥분한 마르트는 손님들의 우산을 받아 챙기는 것조차 잊고 있었다. 여자들은 각자 우산을 하나씩 들고 있었는데, 곡(哭)을 하는 여자들이 영웅의 무덤에 놓인 석재 유골함에 눈물을 쏟듯, 꽃부리처럼 벌어진 우산 천을 따라 마

지막 빗방울이 흘러내렸다. 앙젤리에 부인은 처음에는 그
들을 알아보지 못했다. 잠시 후, 앙젤리에 부인이 깜짝 놀란
목소리로 말했다.

"아니, 페랭 씨 댁 부인들 아니세요!"

페랭 가문(독일군에게 약탈당한 아름다운 영지가 그들의
소유였다)은 '그 고장 최고의 가문'이었다. 앙젤리에 부인은
그 성(姓)을 지닌 사람들에 대해, 왕실 사람들이 서로에 대
해 가지는 것과 똑같은 감정을 느꼈다. 이는 자신과 그들이
만사에 관하여 똑같은 견해를 가진, 같은 피가 흐르는 사람
들이라는 일종의 확신이었다. 또한 일시적인 대립으로 인
해 갈라설 수도 있겠지만, 전쟁이나 정치인들의 실정에도
불구하고 끊을 수 없는 끈으로 서로 견고하게 묶여 있다는
확신이기도 했다. 스페인에서 왕권이 무너지면 스웨덴의
왕권 역시 흔들리듯이, 물랭의 한 공증인의 횡령으로 페랭
가문이 90만 프랑을 손해 봤을 때는 앙젤리에 가문이 함께
치를 떨었고, 앙젤리에 부인이 빵 한 조각 값으로 '천년만
년' 몽모르 가문에 속해 있었던 토지를 매입했을 때는 페랭
가문 사람들도 함께 기뻐했다. 이러한 계급적 유대감은 부
르주아들이 몽모르 가문 사람들에게 보이는 가시 돋친 존
경심과는 비교할 수 없는 것이었다.

앙젤리에 부인은 애정과 존경심이 어린 몸짓으로, 자신
이 오는 것을 보고는 앉은 자리에서 몸을 일으키는 페랭 부

인에게 다시 앉으라고 권했다. 앙젤리에 부인은 몽모르 부인이 집 안으로 들어왔을 때 온몸을 타고 번졌던 기분 나쁜 전율을 더는 느끼지 않았다. 앙젤리에 부인은 페랭 부인의 눈에는 가짜 벽난로, 지하 창고에서 올라오는 곰팡내, 반쯤 열어놓은 덧창, 가구들 위에 씌운 덮개, 은색 종려나무 무늬가 찍힌 올리브색 벽지, 그 모든 것이 아주 자연스럽다는 것을 알고 있었다. 앙젤리에 부인은 곧 손님들을 위해 오렌지 음료와 먼지 앉은 버터 비스킷을 내오게 할 것이고, 페랭 부인은 그 변변찮은 대접에도 전혀 기분 나빠하지 않을 것이다. 페랭 부인은 이를 통해 앙젤리에 가문의 부를 증명하는 새로운 증거를 볼 것이다. 부자일수록 인색한 법이니까. 페랭 부인은 거기서 한 푼이라도 아끼려는 자신의 마음 씀씀이를 알아볼 것이며, 프랑스 부르주아 계급이 공유하는, 그들의 비밀스럽고 부끄러운 쾌락에 쓴맛을 부여하는 금욕 정신 역시 알아볼 것이다.

페랭 부인은 진군하는 독일군에 맞서 싸우다 노르망디에서 사망한 아들의 영웅적인 죽음을 알렸다. 페랭 부인은 점령군의 허락을 얻어 아들의 무덤을 방문하고 돌아오는 길이었다. 페랭 부인은 그 여행에 들어간 비용에 대해 한참 동안 불평을 늘어놓았고, 앙젤리에 부인은 고개를 끄덕여 공감했다. 모성애와 금전은 별개의 문제였다. 페랭 가문 사람들은 리옹에 거주하고 있었다.

"도시에서는 먹을 게 없어서 난리예요. 까마귀를 잡아 십오 프랑에 파는 걸 제 눈으로 직접 봤어요. 엄마들이 까마귀 죽을 끓여 아이들에게 먹이고 있어요. 제가 지금 노동자들 얘기를 하고 있다고 생각하지 마세요! 부인이나 저 같은 사람들 얘기니까요!"

앙젤리에 부인이 고통에 찬 한숨을 내쉬었다. 앙젤리에 부인은 지인과 친척들이 주린 배를 채우기 위해 까마귀 고기를 나눠 먹는 장면을 상상했다. 그 장면에는 뭔가 기괴하고 불명예스러운 것이 있었다. 반면, 그것이 노동자들 얘기였다면, '불쌍한 사람들'이라고 한마디 던지고는 다른 얘기로 넘어갔을 것이다.

"하지만 적어도 부인은 자유로우시잖아요! 부인 댁과는 다르게 이 집에는 독일군이 묵고 있답니다. 그것도 장교가! 그래요, 이 집 안에, 저 벽 뒤에." 앙젤리에 부인이 은색 종려나무 무늬가 찍힌 올리브색 벽지를 가리키며 말했다.

"저희도 알고 왔답니다." 페랭 부인이 약간 당황한 표정으로 말했다. "지난번에 자유 지역 경계를 넘어온 공증인 부인한테 들었어요. 저희가 부인을 찾아온 것도 바로 그 때문이에요."

모든 시선이 의도치 않게 뤼실에게로 향했다.

"알아듣게 설명을 해보세요, 부인." 앙젤리에 부인이 냉랭한 어조로 말했다.

"들리는 말로는, 그 장교 행실이 깍듯하다면서요?"

"그래요."

"그 장교가 예절을 갖춰 부인과 대화를 나누는 걸 사람들이 여러 번 봤다던데…."

"그 장교, 나한테는 결코 말을 걸지 않아요." 앙젤리에 부인이 도도하게 말했다. "내가 절대 용납하지 않을 테니까. 누가 나한테 지적했듯이, 아주 온당한(앙젤리에 부인은 이 단어를 강조했다) 태도가 아니라는 건 나도 인정해요. 하지만 난 포로로 끌려간 아들을 둔 엄마랍니다. 세상 만금을 준다 해도 그 사람을 철천지원수로 여기는 내 마음을 바꿔놓지는 못할 겁니다. 하지만 어떤 사람들은… 뭐랄까? 더 유연하고, 더 현실적이죠. 특히… 여기 있는 제 며느리는…."

"말을 붙이면 대답을 할 뿐이에요, 어머니." 뤼실이 말했다.

"당연히 그래야지! 자네가 백번 옳아!" 페랭 부인이 외쳤다. "그래, 난 자네한테 모든 희망을 걸고 찾아왔어. 우리 집 문제로 말이야! 완전히 폐허로 변해버렸지, 안 그런가?"

"저는 정원밖에 못 봤어요. 철책 사이로…."

"우리가 각별하게 아끼는 물건들이 아직 거기 있는데, 그것들을 좀 돌려받을 수 있게 자네가 얘길 좀 해줄 수 없을까?"

"제가요? 하지만…."

"거절하지 말고! 그 사람들을 찾아가서 편의를 좀 봐주라고 부탁만 해주면 되는데. 당연히 모조리 부서지고 타버렸겠지만, 추억거리밖에 안 될 초상 사진이나 가족들의 편지 혹은 가구들을 되찾는 게 불가능할 정도까지는 아닐 테니…."

"부인, 집을 점령하고 있는 독일군들을 직접 찾아가서 말씀을 해보시는 게…."

"절대 그럴 수 없네." 폐랭 부인이 상체를 꼿꼿이 세우며 말했다. "적들이 그곳에 있는 한, 난 결코 그 집 문턱을 넘지 않을 거야. 이건 위신의 문제이자, 감정의 문제야. 그들은 내 아들을 죽였어. 가장 우수한 성적으로 파리이공대학에 막 입학한 내 아들을…. 난 내일까지 딸들과 함께 브와야죄르 호텔에 묵고 있을 거요. 내가 작성한 목록에 들어 있는 몇몇 물건을 꺼내올 수 있게만 해준다면, 내 평생 그 은혜는 잊지 않겠어. 내가 독일군과 마주하게 된다면(난 나 자신을 알아요!) 나도 모르게 애국가 '라 마르세예즈'를 부르고 말 것 같아. 프로이센으로 끌려가는 한이 있더라도 말이지. 그건 불명예는 아니야. 절대 아니지. 하지만 내겐 딸들이 있으니! 가족을 위해 나 자신을 아껴야 해. 제발 부탁이니, 날 위해 자네가 할 수 있는 일을 해줘요."

"이게 그 목록이에요." 폐랭 부인의 둘째 딸이 말했다. 그러고는 목록을 펼치고 읽어 내려갔다. "우리 가문의 문장과 나비 무늬가 새겨진, 자기로 된 대야 하나와 물병 하나, 샐러드 바구니 하나, 흰색과 금색으로 된 차 세트(스물여덟 개로 이루어져 있음. 설탕 그릇 뚜껑은 분실되었음), 할아버지 초상 사진 두 장(유모 무릎 위에 앉아 찍은 것과 임종 때 침대에서 찍은 것), 대기실에 걸린 사슴뿔(아돌프 삼촌이 남긴 기념물), 할머니 죽사발(자기, 진홍색), 아버지가 화장실에 놓고 온 교체용 틀니, 거실 소파(검은색과 분홍색). 끝으로, 책상 왼쪽 서랍에 들어 있는(목록에 열쇠를 동봉함) 오빠가 쓴 글의 첫 페이지, 1924년 아버지가 비텔에서 치료받는 동안 어머니에게 보낸 편지들(분홍색 리본으로 묶여 있음), 우리 모두의 초상 사진."

페랭 부인의 둘째 딸이 목록을 읽어 내려가는 동안 거실은 마치 장례식장처럼 고요했다. 페랭 부인은 베일로 얼굴을 가린 채 조용하게 흐느꼈다.

"가족의 손때가 고스란히 묻어 있는 그 물건들이 아무렇게나 굴러다닌다고 생각하면 잠을 이룰 수가 없어… 부탁해, 뤼실, 제발 어떻게 좀 해봐. 잘 좀 구슬러봐…."

뤼실이 시어머니를 쳐다보았다.

"그… 그 군인은 아직 돌아오지 않았어요. 오늘 저녁에는 못 만날 겁니다. 뤼실, 오늘은 너무 늦었다. 하지만 내일 아침 일어나는 대로 말을 해서 어떻게 좀 도와달라고 부탁해봐라."

"알았습니다. 그렇게 해보죠."

페랭 부인이 검은색 장갑을 낀 손으로 뤼실을 끌어당겨 안았다.

"고맙네, 고마워! 이제 우린 그만 물러가겠어."

"목은 좀 축이고 가셔야죠." 앙젤리에 부인이 말했다.

"오! 너무 폐를 끼치는 것 같아서….."

"원, 별말씀을….."

마르트가 가져온 오렌지 음료와 버터 비스킷을 둘러싸고 부드럽고 정중한 속삭임이 일었다. 약간 안정을 되찾은 페랭 가문 여자들은 전쟁에 대해 이야기했다. 그들은 독일의 승리를 두려워했지만, 영국의 승리 역시 원치 않았다. 한마디로 말해, 그들은 모두가 패배하기를 바랐다. 그들은 자신들이 겪는 모든 고통을 사람들을 사로잡았던 향락 정신 탓으로 돌렸다. 이어서 대화는 개인적인 문제로 되돌아갔다. 페랭 부인과 앙젤리에 부인은 그들을 괴롭히는 만성질환에 관한 얘기를 나누었다. 페랭 부인이 최근에 악화된 류머티즘에 대해 장황하게 불평을 늘어놓자, 앙젤리에 부인이 입을 달싹거리며 듣고 있다가 페랭 부인이 잠시 숨을 돌리기 위해 말을 멈추자마자 "저랑 어쩜 그렇게 똑같아요…"라고 말하고는 자신의 류머티즘에 대해 장광설을 늘어놓기 시작했다.

페랭 부인의 딸들은 조심스럽게 버터 비스킷을 집어 먹

었다. 밖에는 여전히 비가 내리고 있었다.

14

비는 이튿날 아침에 그쳤다. 태양이 촉촉하게 젖은 뜨거운 대지를 훤히 밝혔다. 거의 잠을 이루지 못한 뤼실은 일찌감치 정원 벤치에 나와 앉아 독일군 장교가 지나가기만을 기다렸다. 그러다 장교가 집에서 나오는 걸 보자마자 뤼실은 그에게 다가가 부탁받은 일을 전했다. 그들은 둘 다, 닫힌 덧창 뒤에 숨어 그들을 지켜보고 있는 이웃 여자들은 제쳐두고라도, 앙젤리에 부인과 마르트가 자신들을 염탐하고 있다는 것을 느꼈다.

"그 사람들의 거처까지 저와 동행해주신다면 부인 앞에서 그들이 원하는 물건을 찾아보도록 하겠습니다. 하지만 제 동료 여럿이 이미 주인이 버리고 간 그 집에 묵었기 때문에 아마 크게 훼손되어 있을 겁니다. 어쨌든 한번 가보죠."

그들은 나란히, 서로 거의 말을 하지 않은 채 마을을 가로질렀다.

뤼실은 브와야죄르 호텔의 한 십자형 창문에서 페랭 부인의 검은 베일이 펄럭이는 것을 보았다. 사람들이 호기심 어린 표정으로, 희미하게 고개를 끄덕이는 응원군의 표정으로 그들을 쳐다보았다. 뤼실이 적에게 빼앗긴 것 중 뭔가를(틀니, 자기 그릇, 가사에 쓰이거나 감정적인 가치를 지닌 물건들) 되찾으러 간다는 걸 모두가 아는 것처럼 보였다.

독일군 군복만 보면 질겁하던 어느 노파는 뤼실에게 다가와 낮은 목소리로 속삭였다.

"잘하고 있어요. 진작 이랬어야지. 적어도 부인은 저들을 두려워하지 않는군요…."

장교가 웃으며 말했다.

"저들은 부인을 적장 홀로페르네스의 천막을 찾아가는 유디트로 여기는군요. 부인은 그 여자처럼 잔인한 의도를 품고 있지 않길 바랍니다! 다 왔습니다. 들어가시죠, 부인."

장교가 무거운 철책 문을 밀자, 그 꼭대기에서 예전에 페랭 가문 사람들에게 손님의 도착을 알리던, 애수에 젖은 작은 방울 소리가 울려 퍼졌다. 정원은 단 1년 만에 황폐해져 있었다. 그날보다 덜 화창한 날이었다면 가슴을 아프게 했을 정도였다. 하지만 5월의 어느 날, 폭풍우가 몰아친 다음

날 아침이었다. 풀들이 반짝였고, 데이지, 수레국화, 촉촉하
게 젖어 태양 빛을 반사하는 온갖 종류의 야생화들이 통로
를 뒤덮고 있었다. 작은 관목들이 아무렇게나 자라 있었고,
신선한 백합 꽃송이들이 곁을 지나가는 뤼실의 다리를 부
드럽게 어루만졌다. 젊은 병사 십여 명과 현관에서(어두컴
컴한 그곳은 앙젤리에 씨 댁 현관처럼 희미한 곰팡내가 풍겼
고, 벽에는 초록빛이 도는 거울과 사냥 기념품들이 걸려 있었
다) 즐거운 한때를 보내는 읍내 아이들이 집을 점령했다. 뤼
실은 수레를 만드는 목수의 어린 두 딸을 알아보았다. 그 아
이들은 함박웃음을 짓고 있는 어느 금발 병사의 무릎에 앉
아 있었다. 소목장이의 어린 아들은 다른 병사의 등에 올라
타 말놀이를 하고 있었다. 양장점 재단사의 사생아인 두 살
부터 여섯 살까지의 꼬마 넷이 마룻바닥에 누워, 화단 가장
자리에 얌전하게 피어 있던 물망초와 작고 하얀 카네이션
을 꺾어 왕관을 엮고 있었다.

　병사들이 벌떡 일어나 턱을 쳐들고 가슴을 내민 채 부동
자세를 취했다. 온몸이 활시위처럼 팽팽하게 긴장되어 목
핏줄이 가볍게 떨리는 것이 보였다.

　장교가 뤼실에게 말했다.

　"목록을 좀 보여주시겠습니까? 함께 찾아보죠."

　장교가 목록을 읽어보고는 웃었다.

　"우선 거실에 있을 소파부터 시작하죠. 거실이 여기죠?"

　장교가 문 하나를 밀더니, 뒤집히고 부서진 가구들로 가
득한 커다란 방으로 들어갔다. 그림들이 벽들을 따라 나란
히 기대어 있었는데, 몇몇은 발길질로 인해 구멍이 뚫려 있
었다. 바닥에는 신문 쪼가리와 지푸라기(1940년 6월 서둘러
떠난 피란의 잔해들), 점령군이 반쯤 피우다 버린 시가 꽁초
들이 굴러다녔다. 한 받침대 위에 주둥이가 둘로 쪼개진 채
머리에는 색이 바랜 화관을 쓴 박제 불도그가 서 있었다.

　"완전히 아수라장이네요!" 상심한 뤼실이 말했다.

　어쨌거나 그 방에는, 특히 어쩔 줄 모르는 병사들과 장교
의 표정에는 뭔가 우스꽝스러운 것이 있었다. 장교가 질책
하는 듯한 뤼실의 눈길과 표정을 보고는 서둘러 말했다.

　"제 부모님께서 라인강 강변에 저택을 한 채 가지고 있었
습니다. 지난 전쟁 때 프랑스 병사들이 그곳을 점령했죠. 그
들은 이백 년 전부터 집안 대대로 전해 내려온 희귀한 악기
들을 부수고, 한때 괴테가 소장했던 책들을 갈기갈기 찢어
놓았습니다."

　뤼실은 미소를 짓지 않을 수 없었다. 장교는 악행의 범인
으로 지목되자 분해서 "부인, 먼저 시작한 건 제가 아니라
그들이에요…"라고 항변하는 개구쟁이처럼 분하고 거친
어조로 자신을 변호했다.

　뤼실은 어쨌거나 냉혹하고 엄격한 전사였던 장교의 얼
굴에 떠오른 아이 같은 표정을 보고는 아주 여성적인 쾌감,

일종의 관능적인 부드러움을 느꼈다. 뤼실은 생각했다. '우리 모두 저 사람의 손아귀에 들어 있다는 걸 인정해야 해. 우린 무방비 상태에 놓여 있어. 우리의 목숨과 재산이 무사한 건 오로지 저 사람이 그러기를 바라기 때문이야.' 뤼실은 자신의 내면에서 깨어나는 감정들(마음을 졸이며 야수를 쓰다듬을 때 느끼는 것과 유사한 감정들)이 두려웠다. 그것은 아찔하고도 감미로운 어떤 것, 연민과 공포가 뒤섞인 감정이었다.

뤼실은 그렇게 더 오래 즐기고 싶었다. 그래서 화가 난 척 이마를 찌푸리며 말했다.

"부끄러운 줄 아셔야 해요! 독일 군대는 명예를 걸고 이 빈집들을 지켜야 했어요!"

장교는 가느다란 막대로 장화의 접힌 부분을 톡톡 치며 뤼실의 말을 듣고 있었다. 장교가 병사들을 향해 돌아서서는 엄하게 호통을 쳤다. 뤼실은 장교가 그들에게 집을 정리하고, 부서진 것들을 고치고, 마룻바닥과 기구들을 청소하라고 지시하고 있다는 것을 알아차렸다. 장교가 독일어로, 특히 지휘관의 말투로 말할 때, 그의 목소리는 떨리는 금속성의 음색을 띠었으며 뤼실에게 마치 깨무는 듯한 거친 입맞춤과 같은 쾌감을 제공했다. 뤼실은 두 손으로 뜨겁게 달아오르는 뺨을 천천히 감싸며 속으로 생각했다. '이제, 그만! 생각을 다른 데로 돌려. 지금 위험한 길을 가고 있잖아….'

뤼실은 문을 향해 걸어갔다.

"전 여기 있지 않을래요. 돌아가겠어요. 목록을 갖고 계시니, 병사들을 시켜 찾아보도록 하세요."

장교가 한걸음에 달려와 사정했다.

"부인, 제발 부탁이니 그렇게 화난 상태로 가버리진 마세요. 가능한 한 모든 게 원상회복될 겁니다. 제가 약속드리죠. 부하들이 모두 찾아낼 테니 두고 보세요. 그들이 부인의 명령에 따라 모든 걸 손수레에 실어 페랭 부인들 발치에 가져다줄 겁니다. 저도 부인을 모시고 가서 그들에게 사과하겠습니다. 그 이상은 할 수가 없습니다. 그동안 정원을 나가서 잠시 산책이나 하시죠. 제가 아름다운 꽃들을 꺾어 드리겠습니다."

"아뇨! 전 돌아가겠어요!"

"그럴 순 없습니다! 부인은 그분들에게 원하는 물건을 찾아 돌려주겠다고 약속하셨어요. 그러니까 부인은 부인의 명령이 실행되는 것을 지켜보셔야 합니다." 장교가 뤼실의 팔을 잡으며 말했다.

그들은 집 밖으로 나왔다. 그들은 양쪽에 백합들이 활짝 피어 있는 통로에 있었다. 수많은 벌이 그들 주위를 이리저리 날아다니며 꽃잎 속으로 들어가 꿀을 빨기도 하고 뤼실의 팔과 머리에 내려앉기도 했다. 뤼실은 벌에 쏘일까 봐 겁이 났다.

뤼실이 안절부절못하며 웃었다.

"여기서 나가요, 어딜 가나 위험뿐이군요."

"저쪽으로 갑시다."

그들은 정원 안쪽에서 마을 아이들을 만났다. 몇몇은 화단 한가운데에서, 짓밟히고 뽑힌 덤불들 사이에서 놀고 있었고, 다른 아이들은 배나무 위에 올라가 가지들을 꺾고 있었다.

"얘들아, 그러다간 배가 하나도 안 열리겠다." 뤼실이 말했다.

"알아요. 하지만 꽃들이 너무 예쁜걸요!"

장교는 자신들을 향해 연한 꽃잎이 달린 꽃송이를 던져대는 아이들을 내려주려고 팔을 뻗었다.

"이것들을 가져가세요, 부인. 화병에 꽂아 식탁에 올려놓으면 무척 보기 좋을 겁니다."

"저더러 과일나무 가지 꺾은 것을 들고 읍내를 지나가라고요? 여기저기서 욕이 쏟아질걸요." 뤼실이 웃으며 항의했다. "이 개구쟁이들아, 그만하렴! 정원사 아저씨가 잡으러 오겠다!"

"그럴 일은 없어요." 까만 덧옷을 입은 여자아이가 말했다.

아이가 빵을 한 입 베어 물고는 때가 잔뜩 묻은 가냘픈 다리로 나무를 휘감고 기어 올라갔다.

"그럴 위험 없어요. 보슈, 아니, 독일군들이 들여보내주지 않을 테니까요."

　두 해 동안 깎이지 않은 잔디밭 여기저기 미나리아재비들이 활짝 피어 있었다. 장교가 풀밭에 앉아 회색이 감도는 연한 녹색 망토를 바닥에 깔았다. 아이들이 그들을 따라왔다. 까만 덧옷을 입은 여자애가 노란 앵초를 꺾어 신선하고 커다란 다발 모양으로 만들고는 그 안에 작은 코를 쑤셔 박았다. 하지만 영악한 동시에 천진난만해 보이는 아이의 검은 눈은 어른들을 잠시도 놓치지 않았다. 아이는 호기심과 함께 어떤 비난이 담긴, 여자가 여자를 바라보는 눈으로 뤼실을 살폈다. 아이는 생각했다. '되게 겁먹은 표정이네. 왜 무서워하는 거지? 저 장교는 나쁜 사람이 아닌데 말이야. 난 저 사람 잘 알아. 나한테 동전도 줬고, 저번에는 높은 삼나무 가지에 걸린 내 공을 내려주기도 했어. 저 장교는 정말 멋져! 아빠보다도, 우리 마을의 다른 남자들보다 훨씬 더 잘생겼어. 저 부인이 입은 원피스도 참 예쁘네!'

　아이는 살그머니 다가가, 장식이라야 작은 목깃과 주름진 한랭사 소맷부리가 다인, 가볍고 단순한 회색 모슬린 원피스의 밑단을 더럽고 조그만 손가락으로 만지작거렸다. 아이가 천을 제법 세게 잡아당기는 바람에 뤼실이 갑자기 돌아보았다. 여자아이가 흠칫 뒤로 물러났지만, 뤼실은 겁에 질린 눈으로 아이를 멍하니 바라보기만 했다. 마치 아무것도 보이지 않는 것처럼. 여자아이는 뤼실의 얼굴이 아주

창백하고, 입술이 파르르 떨리는 것을 보았다. 그랬다, 부인
은 독일군 장교와 그곳에 단둘이 있는 것이 무서웠다. 장교
가 자신에게 무슨 나쁜 짓이라도 할 것처럼! 장교는 부인에
게 아주 정중하게 말했다. 하지만 한편으로는, 장교가 부인
의 손을 워낙 세게 잡고 있었기 때문에 부인은 달아날 생각
조차 할 수 없었다. 여자아이는 막연하게 아이나 어른이나
남자들은 다 똑같다고 생각했다! 그들은 걸핏하면 여자들
을 곯려주려고, 겁주려고 들었다. 아이가 풀밭에 완전히 드
러누웠다. 아이의 모습이 무성한 풀에 묻혀 사라져버렸다.
아이는 자신이 아주 작다고, 남들 눈에 보이지 않는다고 느
꼈다. 풀잎이 아이의 목과 다리, 눈썹을 간질였다. 아이는
너무나 행복했다!

　장교와 부인은 낮은 목소리로 대화를 나눴다. 이젠 장교
의 얼굴 역시 하얀 속옷처럼 창백했다. 때때로 아이는 마
치 소리를 지르거나 울고 싶은데 감히 그러지 못하는 것 같
은 장교의 억눌리고 날카로운 목소리를 들었다. 그의 말들
은 어린 여자아이에게 아무런 의미도 없었다. 아이는 장교
가 자신의 아내에 대해, 그리고 부인의 남편에 대해 말하고
있다는 것을 어렴풋이 이해했다. 아이는 장교가 여러 차례
이렇게 되풀이하는 것을 들었다. "당신이 행복하기만 하다
면… 전 당신이 어떻게 살아가고 있는지 알고 있습니다…
당신이 괴로워하고 있다는 것도, 남편이 딴살림을 차렸다

는 것도… 사람들에게 물어봐서 다 알고 있습니다." 행복?
그러니까 예쁜 옷과 아름다운 집을 가진 저 부인이 행복하
지 않다는 말인가? 어쨌거나 부인은 장교의 말을 듣지 않으
려 했다. 서둘러 가버리려 했다. 부인이 그에게 자신을 좀
가만히 내버려두라고, 입을 다물라고 명령했다. 어럽쇼, 부
인은 이제 두려워하지 않았다. 커다란 장화를 신고 도도한
표정을 짓고 있긴 해도, 오히려 장교가 주눅이 들어 어쩔 줄
모르는 것처럼 보였다. 그 순간, 무당벌레 한 마리가 여자아
이의 손 위에 내려앉았다. 아이는 한참 동안 벌레를 바라보
았다. 아이는 벌레를 꾹 눌러 죽이고 싶은 마음이 굴뚝같았
지만, 함부로 생명을 죽였다간 하느님에게 벌을 받는다는
것을 잘 알고 있었기에 차마 그럴 수 없었다. 아이는 벌레에
대고 입김을 불었다. 처음에는 아주 부드럽게, 무늬가 찍힌
섬세하고 투명한 날개가 겨우 들릴 정도로, 이어서 있는 힘
을 다해, 벌레가 뗏목에 의지해 미쳐 날뛰는 바다를 헤쳐나
가는 조난자의 기분을 느낄 정도로. 무당벌레가 훌쩍 날아
올랐다. "부인 팔에 벌레가 앉았어요!" 아이가 외쳤다. 또
다시 장교와 부인이 아이를 바라보았다. 하지만 그들의 눈
에는 아이가 보이지 않았다. 장교가 파리를 쫓는 듯한 신경
질적인 손짓을 했다. '흥, 내가 그런다고 갈 줄 알고. 근데 저
사람들은 여기서 뭘 하는 거지? 할 얘기가 있으면 거실에
가서 하면 되잖아! 도대체 무슨 얘길 하는 거야?' 아이가 처

음으로 엿듣겠다는 의도를 품고 귀를 기울였다. "절대로,
전 당신을 잊지 못할 겁니다!" 장교가 힘 있고 나지막한 목
소리로 말했다.

시커먼 먹구름이 하늘의 절반을 뒤덮었다. 잔디밭 꽃들
의 신선하고 밝은 색깔이 순식간에 빛을 잃었다. 부인이 연
보라색 클로버 꽃을 꺾어 갈기갈기 찢었다.

"그럴 수 없어요." 부인이 말했다. 부인의 목소리에 눈물
이 어려 있었다. 뭘 그럴 수 없다는 거지? 아이는 생각했다.

"저 역시 생각해봤어요…. 솔직히 털어놓자면… 전… 연
인이 아니라… 당신 같은 친구를 가지고 싶었던 것 같아요.
친구를 가져본 적이 없거든요. 저한텐 아무도 없어요! 하지
만 그건 안 돼요."

"사람들 이목이 두려워서?" 경멸감을 드러내며 장교가
말했다. 하지만 부인은 당당한 표정으로 그를 쳐다보았다.

"사람들 이목? 저 자신에 대해 결백하다고만 느낀다면…
아뇨! 우리 사이에는 아무것도 있을 수 없어요."

"우리 사이엔 이미 당신이 결코 지우지 못할 많은 것들이
있어요. 비 내리던 날 함께 보낸 오후, 피아노, 오늘 아침 숲
속의 산책…."

"아! 이럴 줄 알았다면…."

"하지만 이미 벌어진 일이에요! 너무 늦었어요. 당신도
어쩔 수 없어요! 이 모든 건…."

아이는 팔짱을 끼고 그 위에 턱을 올려놓았다. 그러자 벌의 붕붕거림 같은 아련한 속삭임밖에 들려오지 않았다. 먹구름과 뜨거운 햇빛이 비를 예고하고 있었다. 소나기가 갑자기 쏟아지면 장교와 부인은 어떻게 할까? 밀짚모자를 쓴 부인과 아름다운 연녹색 망토를 걸친 장교가 비를 피해 뛰어가는 꼴은 정말 웃길 거야. 하지만 그들은 정원에서 비를 피하려 할지도 몰라. 그들이 따라온다면 사람들 눈에 띄지 않는, 나무로 뒤덮인 정자에 데려다줄 수도 있는데. '벌써 정오네.' 교회 종소리를 들으며 아이는 생각했다. '그들이 점심을 먹으러 돌아갈까? 부자들은 뭘 먹을까? 우리처럼 흰 치즈? 빵? 감자? 사탕? 저들에게 사탕을 달라고 조르면 줄까?' 그들의 팔을 끌며 사탕을 달라고 떼를 쓸 작정을 하고 — 로즈는 당돌한 아이였다 — 다가서는데, 그들이 벌떡 일어나 부들부들 떨고 있었다. 그랬다, 그 장교와 부인은 학교의 벚나무에 올라가 버찌를 따서 입안 가득 물고 있는데, "로즈, 요 녀석, 어서 내려오지 못하겠니!"라고 명하는 선생님의 목소리를 들은 아이처럼 떨고 있었다. 하지만 그들이 보고 있는 것은 선생이 아니라 차렷 자세를 취한 채 알아들을 수 없는 언어로 아주 빠르게 말을 하는 병사였다. 단어들은 그의 입안에서 조약돌 위를 흐르는 급류와 같은 소리를 냈다.

장교가 창백하게 질린 부인 곁에서 황급히 떨어졌다.

"무슨 일이에요? 뭐래요?" 부인이 속삭였다.

장교 역시 부인만큼이나 당황한 것 같았다. 귀를 기울이
고는 있었지만, 그의 귀에는 병사의 목소리가 들리지 않는
것 같았다. 마침내 그의 창백한 얼굴이 미소로 환하게 밝아
졌다.

"목록에 있는 걸 모두 찾기는 했는데… 주인장의 틀니가
아이들이 갖고 장난을 치는 바람에 부러지고 말았답니다.
박제 불도그 입에 집어넣으려고 했던 모양이에요."

두 사람은 ─ 장교와 부인 ─ 차츰 일종의 의식에서 벗어
나 지상으로 되돌아오는 것처럼 보였다. 그들은 어린 로즈
에게로 시선을 돌렸다. 이제 로즈가 보이는 모양이었다. 장
교가 아이의 귀를 잡아당기며 말했다.

"너희가 그랬지, 이 개구쟁이들?"

하지만 장교의 목소리는 불확실했고, 부인의 웃음에는
억눌린 울먹임 같은 묘한 메아리가 남아 있었다. 그 웃음은
질겁한 상태에서 얼떨결에 웃는 웃음이었고, 자신이 치명
적인 위험을 가까스로 벗어났다는 걸 잊지 못하는 사람의
웃음이었다. 난처해진 로즈가 달아나려고 발버둥을 쳤다.
'틀니… 그래요… 물론이죠… 하얀 새 이빨을 끼우면 불도
그가 살아 있는 것처럼 보이는지 보려고 그랬어요.' 하지만
아이는 장교가 화를 낼까 봐 두려웠다. (가까이서 보니, 장교
는 키가 아주 크고 무서워 보였다.) 그래서 눈물을 찔끔거리

며 이렇게 말했다.

"아뇨, 우리가 안 그랬어요…. 틀니는 보지도 못했다고요."

사방에서 아이들이 몰려들었다. 결백을 주장하는 아이들의 맑고 날카로운 목소리가 뒤섞였다. 부인이 아이들을 달랬다.

"조용! 조용! 제발 입들 좀 다물어! 됐으니 조용히 하렴! 나머지를 찾은 것만도 다행이니까."

한 시간 후, 더러워진 옷을 입은 아이들 무리와 독일군 병사 둘이 자기 잔을 모아 담은 바구니 하나, 부러진 것 하나를 포함해 네 다리를 하늘을 향해 쳐들고 있는 소파 하나, 플러시 천에 싸인 앨범 한 권, 병사들이 집주인이 요구한 샐러드 바구니로 착각한 카나리아 새장, 그리고 다른 많은 것을 실은 손수레를 끌고 페랭 씨 댁 정원을 나섰다. 그리고 그 뒤를 뤼실과 장교가 따랐다. 그들은 여자들의 호기심 어린 시선을 받으며 마을을 가로질렀다. 장교와 뤼실은 서로 말을 하지도, 심지어 서로 쳐다보지도 않았다. 그들의 얼굴은 납처럼 창백했다. 장교는 얼음처럼 차갑고 냉혹한 표정을 짓고 있었다. 여자들이 수군거렸다.

"저 여자가 장교에게 따지고 든 게 틀림없어. 집을 그 지경으로 만들어놓는 건 부끄러운 일이라고 말이야. 그래서 장교가 잔뜩 화가 난 거야. 그럼! 두 눈 똑바로 뜨고 따지는

사람은 처음 봤을 테니까! 저 여자가 옳아. 우린 개가 아니
야! 앙젤리에 씨 댁 젊은 부인은 정말 용감해. 도무지 겁이
없다니까."

그들 중 하나, 늘 염소 한 마리를 끌고 다니는, 백발에 푸
른 눈을 가진 키가 아주 작은 노인(부활절 주일날 저녁 예배
에서 돌아오는 앙젤리에 부인들에게 "저 독일 놈들, 정말 나
쁜 놈들이래요"라고 말했던 바로 그 여자)이 뤼실 곁을 스쳐
지나가며 속삭였다.

"힘내요, 부인! 무서워하지 않는다는 걸 그들에게 보여
줘요! 포로로 잡혀간 부군이 부인을 자랑스러워할 거예요."

그러고는 훌쩍거리기 시작했다. 포로로 잡혀간 가족이
있어서가 아니라 ― 그녀는 남편이나 아들을 전장에 보낼
나이를 이미 오래전에 넘어섰다 ― 편견이 정열보다 더 오
래가는 법이기에, 그리고 그녀가 애국자이고 감정적이었
기에.

15

  앙젤리에 부인과 독일군 장교는 어쩌다 마주치면 둘 다
본능적으로 흠칫 뒤로 물러섰다. 장교의 경우 그 움직임은
가장된 정중함이나 집주인에게 실례를 범하지 않으려는 마
음의 표현으로 여겨질 수도 있었고, 한편으로는 발치에서
독사를 발견했을 때 혈통 있는 말들이 취하는 몸짓과 흡사
했다. 반면, 앙젤리에 부인은 자신을 뒤흔드는 전율을 억누
르려 하지 않은 채, 위험하고 불결한 짐승과 접촉이라도 할
까 봐 두렵다는 듯 온몸을 경직시키며 물러섰다. 하지만 그
것도 잠시였다. 훌륭한 교육의 목적은 인간의 본성에서 우
러나오는 이러한 반사적 행동들을 교정하는 데 있었다. 장
교는 곧바로 몸을 곧추세우고 자동인형처럼 경직된 표정

으로 발뒤꿈치로 바닥을 차며 고개를 숙였다. (오! 저 보기 싫은 프로이센식 인사라니, 독일의 동쪽 지역에서 태어난 남자에겐 그 행동이 아랍인들이 손에 입을 맞추거나 영국인들이 악수하는 것보다 더 정중한 인사라는 걸 상상도 하지 못한 채 앙젤리에 부인은 웅얼거렸다.) 그러면 앙젤리에 부인은 환자의 임종을 지켜본 후 반교권주의자로 의심되는 가족 구성원에게 인사를 하기 위해 일어날 때 수녀가 취하는 동작처럼 — 이 순간 수녀의 얼굴 위로 다양한 그림자들이 스쳐 지나간다. 표면상의 존중심("당신이 주인이십니다"), 비난("하지만 당신이 신앙심 없는 사람이라는 건 온 세상 사람이 다 알아!"), 체념("우리의 혐오감을 주님께 바칩시다"), 그리고 끝으로 잔인한 기쁨의 광채("기다려, 이것아. 내가 예수님 품에서 쉬는 동안 넌 지옥에서 쓴맛을 보게 될 테니") — 배 위에 두 손을 겹쳐 쥐었다. 앙젤리에 부인의 경우, 마지막 생각은 그녀가 점령군을 볼 때마다 속으로 되뇌는, '곧 영불해협 밑바닥에 처박히길!'이라는 소원으로 대체되었다. 당시 영국군의 상륙작전이 임박했다는 소문이 떠돌아다니고 있었기 때문이다. 앙젤리에 부인은 자신의 욕망을 현실로 착각하여, 독일군 장교의 얼굴에서 파도에 실려 떠다니는 창백하고 퉁퉁 부은 익사체의 모습을 보았다. 오로지 그것만이 앙젤리에 부인이 인간적인 모습을 되찾도록, 그녀의 입술 위에 꺼져가는 별의 마지막 광채 같은

희미한 미소가 감돌도록, 그리고 안부를 묻는 장교에게 이
렇게 대답하도록 해주었다. "고마워요, 그럭저럭 지내고 있
어요." 앙젤리에 부인은 '프랑스의 참담한 상황이 허락하는
한'을 의미하는 그 '그럭저럭'을 음울한 울림을 가진 목소리
로 강조해 말했다.

　뤼실이 앙젤리에 부인의 뒤를 따랐다. 뤼실은 그 며칠 사
이 평소보다 더 차가웠고, 수시로 멍하니 딴생각에 빠져 있
었다. 뤼실이 말없이 고개를 숙이며 장교를 스쳐 지나갔다.
장교 역시 아무 말도 하지 않았지만, 그들이 지나가면 뒤돌
아서서 멀어지는 뤼실을 한동안 물끄러미 바라보았다. 그
러면 등에 눈이라도 달린 듯 이를 알아챈 앙젤리에 부인이
고개를 돌리지 않은 채 화난 목소리로 뤼실에게 속삭였다.
"모르는 척해라. 계속 뒤에 서 있으니까." 앙젤리에 부인은
등 뒤에서 문이 닫히고 난 뒤에야 참고 있던 숨을 몰아쉬었
다. 그러고는 살인자의 눈으로 며느리를 노려보며 말했다.
"오늘은 머리 모양이 평소와 다르구나… 새 옷 꺼내 입었
니? 미안하지만 너한테는 안 어울리는구나."

　하지만 앙젤리에 부인은 며느리와 독일군 장교 사이에
애틋한 감정이 싹틀 수 있으리라고는 상상조차 하지 못했
다. 단지 며느리는 곁에 있고 아들은 없다는 이유로 가끔 며
느리에 대해 증오심을 느끼기는 했지만, 그리고 여자로서
많은 것을 짐작하고 예감할 수도 있었을 테지만 그러지 못

했던 것이다. 사람은 늘 자신을 척도로 삼아 남을 판단하기 마련이다. 인색한 자의 눈에는 이해를 좇는 사람들만, 음란한 자의 눈에는 욕망에 사로잡힌 사람들만 보이는 법이다. 앙젤리에 부인에게 독일군은 남자가 아니라 잔인함, 사악함, 증오심의 화신이었다. 다른 의견을 가진 사람은 있을 수도 없고, 있어서도 안 되었다…. 앙젤리에 부인은 유니콘이나 용, 타라스크* 같은 전설적인 동물이 여자와 교미하는 것을 상상할 수 없었고, 마찬가지로 독일군과 사랑에 빠진 뤼실을 상상할 수 없었다. 앙젤리에 부인에겐 독일군 역시 뤼실을 사랑하는 것처럼 보이지 않았다. 앙젤리에 부인은 장교가 불온한 눈길로 그의 존재로 이미 더럽혀진 프랑스 가정에 더 큰 모욕을 주고자 한다고, 포로의 어머니와 아내를 마음껏 능멸함으로써 야만적인 쾌감을 느끼려 한다고 생각했다. 앙젤리에 부인이 뤼실에게 '무심함'이라 말한 것이 특히 그녀를 화나게 했다. '이런 상황에서 머리를 새로 하고 새 옷을 꺼내 입다니! 저 독일 놈이 그게 자기를 위한 일이라고 여기리라는 걸 모른단 말인가! 참 배알도 없지!' 앙젤리에 부인은 할 수만 있다면 뤼실의 얼굴에 가면을 씌우고 자루로 옷을 만들어 입혔을 것이다. 앙젤리에 부인은 아름답고 건강한 뤼실을 보는 것 자체가 괴로웠다. 앙젤리에 부

---

* 프랑스 남부 프로방스 지방에서 전해져 내려오는 전설 속의 괴물.

인의 가슴에 피눈물이 흘렀다. '지금 내 아들, 내 소중한 아들은….'

어느 날, 현관에서 독일군 장교와 마주친 앙젤리에 부인은 예기치 않은 기쁨을 맛보았다. 장교의 얼굴이 아주 창백했고, 보란 듯이(앙젤리에 부인의 판단에 따르면) 팔에 붕대를 감고 있었기 때문이다. 하지만 그 기쁨은 곧 분노로 변하고 말았다. 함께 있던 뤼실이 화들짝 놀라 자기도 모르게 물었던 것이다.

"무슨 일이 있었나요, 마인 헤르?"

"말에서 떨어졌습니다. 까다로운 녀석을 길들이려다…."

"안색이 많이 안 좋으세요. 어서 가서 푹 쉬세요."

뤼실이 장교의 초췌한 얼굴을 바라보며 말했다.

"아닙니다! 살짝 긁혔을 뿐인걸요. 게다가…."

장교가 창문 아래로 부대가 지나가는 소리를 들어보라는 손짓을 했다.

"훈련이 있어서…."

"예? 또요?"

"전시니까요."

장교가 가볍게 웃고는 짧게 인사를 하고 집을 나섰다.

"너 도대체 뭐 하는 짓거리냐?" 앙젤리에 부인이 앙칼지게 소리쳤다.

뤼실은 커튼을 젖히고 멀어지는 병사들을 눈으로 좇았다.

"넌 도무지 관습을 모르는 아이로구나. 독일군이 지나갈 때는 창문과 덧창을 모두 닫아야 해. 1870년에⋯."

"그들이 처음 프랑스 도시로 들어왔을 때처럼 말이죠. 그렇다면 그들이 거의 매일 거리를 지나다니니, 전통을 문자 그대로 따르자면 우린 늘 어둠 속에서만 지내야겠군요." 뤼실이 안타깝다는 어조로 대답했다.

황혼이 물든 저녁이었다. 유황을 품은 빛이 고개를 쳐든 모든 얼굴을 적셨다. 또한 이제 곧 장중한 합창이 되어 터져 나올 행진곡을 마치 자제하고 억누르는 것처럼 나지막한 목소리로 내뱉는 모든 입을 적셨다. 사람들은 이렇게 말했다.

"군가 한번 참 희한하네. 마치 무슨 기도 같아!"

붉은 석양빛이 철모를 쓰고 턱에 끈을 맨 머리들을, 녹색 군복들을, 그리고 기병대를 지휘하는 장교를 피로 물들이는 것 같았다. 그 광경에 깊은 인상을 받은 앙젤리에 부인이 중얼거렸다.

"저게 어떤 전조일 수 있다면⋯."

훈련은 자정이 되어서야 끝났다. 뤼실은 마차 문이 열렸다 닫히는 소리를 들었다. 이어서 현관 타일을 밟는 장교의 발소리가 들려왔다.

뤼실이 한숨을 내쉬었다. 뤼실은 잠을 이룰 수가 없었다. 오늘도 잠을 자기는 글렀어! 이제 밤은 모두 비슷했다. 고통스러운 불면, 잠들기만 하면 찾아오는 악몽⋯. 6시만 되면

뤼실은 이미 일어나 있었다. 하지만 아무 소용이 없었다! 낮
은 더 길어지고 텅 빌 뿐이었다.

가정부가 앙젤리에 가문 부인들에게 아무래도 장교가 아
픈 것 같다고, 상급자가 찾아와 그에게 열이 있다는 것을 확
인하고는 방에서 쉬라고 명령했다고 알렸다. 정오에 병사
둘이 점심 식사를 가져왔지만, 장교는 도통 먹으려 들지 않
았다. 장교는 방에 틀어박혀 있으면서도 침대에 눕지는 않
았다. 장교가 방 안을 서성이는 소리가 들려왔다. 그의 단조
로운 발소리에 신경이 날카로워진 앙젤리에 부인이 평소와
는 다르게 점심을 먹자마자 자기 방으로 올라가버렸다. 보
통 때라면 거실에 남아 장부를 정리하거나, 여름에는 창가,
겨울에는 난롯가에 앉아 뜨개질을 하다가 오후 4시가 되어
서야 어떠한 소리도 도달할 수 없는, 3층에 있는 자기 침실
로 올라갔을 것이다. 그러면 뤼실은 겨우 한숨을 돌릴 수 있
었다. 또다시 살그머니 층계를 내려와서는 집 안을 이리저
리 돌아다니다가 3층 깊숙한 곳에 있는 침실로 사라지는 가
벼운 발소리가 들려올 때까지는. 가끔 뤼실은 시어머니가
저 위, 어둠 속에서 뭘 하는지 궁금했다. 창문과 덧창을 모
두 꼭꼭 닫고는 불도 켜지 않았으니 책을 읽는 것도 아니었
다. 앙젤리에 부인은 결코 책을 읽지 않았다. 아마 어둠 속
에서 뜨개질을 계속하고 있을 거야! 앙젤리에 부인이 눈먼
사람처럼 눈으로 확인하지도 않은 채 자신감 넘치는 손놀

림으로 짜는 것은 포로들에게 보낼 장갑이나 목도리였다. 아니면 기도를 하는 걸까? 혹시 잠을 자는 건 아닐까? 앙젤리에 부인은 저녁 7시만 되면 검은 드레스에 머리카락 한 올 흐트러지지 않은 곧은 모습으로 말없이 내려왔다.

그날부터 며칠 동안, 뤼실은 앙젤리에 부인이 열쇠로 침실 문을 잠그는 소리를 들었다. 그 소리가 들린 다음에는 아무 소리도 들려오지 않았다. 마치 온 집이 죽은 것 같았다. 침묵을 깨는 건 오로지 독일군 장교의 규칙적인 발소리뿐이었다. 하지만 그 소리도 모든 소리를 집어삼키는 두꺼운 벽과 벽지 뒤에 칩거하고 있는 앙젤리에 부인의 귀에는 가닿지 않았다. 앙젤리에 부인의 침실은 가구들로 가득한 넓고 어두침침한 방이었다. 앙젤리에 부인은 그곳에 들어서면 덧창을 닫고 커튼을 쳐서 방을 더 어둡게 만들었다. 그러고는 녹색 천을 씌운 커다란 안락의자에 앉은 다음 창백한 두 손을 모아 무릎 위에 올려놓았다. 그리고 두 눈을 감았다. 가끔 두 뺨 위로 눈물 몇 방울이 ─ 아무리 탄식해도 소용이 없다는 것을 마침내 인정하는 것처럼 자기도 모르게 흐르는 노쇠의 눈물 ─ 드물게 반짝거리며 흘렀다. 앙젤리에 부인은 반항이라도 하듯 거칠게 눈물을 훔쳤다. 그녀가 몸을 바로 세우고는 나지막한 목소리로 말했다. "이리 오렴, 피곤하지 않니? 점심 먹고 소화도 안 된 상태에서 그렇게 뛰어다니면 어떡하니? 땀에 흠뻑 젖었구나. 자, 이리 오너라, 가스통. 여기 네 작은 의자에 앉아. 여기, 엄마 곁에 앉으렴. 엄마가 책 읽어줄게. 엄마 무릎 위에 그 작은 머리를 기대고 잠시 쉬려무나." 앙젤리에 부인은 상상 속에서 머리카락을 쓰다듬으며 애정 어린 목소리로 부드럽게 말했다.

그것은 착란도 광기도 아니었다. 앙젤리에 부인의 정신은 어느 때보다 맑았고, 자신을 또렷하게 의식했다. 오로지 그 의도적인 연극만이 술이나 모르핀이 주는 것과 같은 위안을 앙젤리에 부인에게 줄 수 있었다. 어둠 속에서, 고요 속에서, 앙젤리에 부인은 과거를 재창조해냈다. 앙젤리에 부인은 스스로 영원히 잊었다고 믿었던 순간들을 발굴해냈다. 그녀는 보물들을 캐냈다. 그야말로 시간을 정지시켰고, 아들이 했던 말, 그 목소리의 억양, 아기 손처럼 작고 통통한 손으로 했던 몸짓들을 되찾았다. 그것은 상상이 아니었다. 영원히 지워지지 않는 것이 현실 속에서 앙젤리에 부인에게 되돌아왔다. 그 무엇도 이 모든 일이 일어나지 않았던 것으로 만들 수는 없었으니까. 부재, 심지어 죽음조차도 과거를 지울 수는 없었다. 아들이 입었던 분홍색 겉옷, 엉엉 울며 쐐기풀에 찔린 손을 내밀던 모습, 그 모든 것은 존재했고, 앙젤리에 부인이 살아 있는 한 그녀는 언제든 그것을 다시 존재하게끔 할 수 있었다. 고독과 어둠, 그리고 아들이 썼던 가구와 물건들만 있으면 가능했다. 앙젤리에 부인은 환각을 자기 마음대로 변화시켰다. 앙젤리에 부인은 과거만으로 만족하지 않았다. 그녀는 미래를 미리 즐겼다! 앙젤리에 부인은 자기 의지에 따라 현재를 바꾸었다. 거짓말을 하고 자신을 속였다. 하지만 그 거짓들이 자신의 작품이었기에 앙젤리에 부인은 그것들을 아꼈다. 짧은 순간이지만 그녀는 행복했다. 그 행복에는 현실이 정해놓은 한계가 더 이상 없었다. 모든 것이 가능했고, 모든 것이 손닿는 곳에 있었다. 우선 전쟁이 끝나야 했다. 그것이 꿈의 출발점이자 한없는 축복을 향해 날아오를 발판이었다. 전쟁이 끝났다…. 여느 날과 다름없는 어느 날…. 그게 내일이 아니란 법이 어디 있어? 앙젤리에 부인은 마지막 순간까지 아무것도 모를 것이다. 그녀는 신문을 읽지도 않았고 라디오를 듣지도 않았다. 그 소식은 마치 천둥소리처럼 갑자기 터져 나올 것이다. 어느 날 아침, 앙젤리에 부인은 눈동자가 눈 밖으로 튀어나온 마르트를 보게 될 것이다. "부인, 아직도 모르고 계세요?" 그녀는 벨기에 왕의 항복, 파리의 함락, 독일군의 입성, 휴전 등등의 소식도 그런 식으로 접했다. 그렇다면 평화의 소식이라고 해서 다를 이유가 있는가? "부인, 전쟁이 끝났대요! 이제 안 싸운대요. 포로들이 곧 돌아온대요!" 마르트가 이렇게 외치지 않을 이유가 어디 있는가? 승리한 쪽이 영국이든 독일이든 그것은 조금도 중요하지 않았다! 앙젤리에 부인의 관심사는 오로지 아들뿐이었다. 창백한 얼굴, 떨리는 입술, 꼭 감은 눈, 앙젤리에 부인은 미친

사람들이 그림을 그릴 때 흔히 그러듯 과할 정도로 세세하
게 머릿속에서 그 장면을 그려보았다. 그녀는 가스통의 얼
굴에 나 있는 작은 주름들, 머리 모양, 옷차림, 군화 끈을 보
았다. 그녀는 그의 목소리가 지닌 억양을 들었다. 앙젤리에
부인이 손을 내밀며 중얼거렸다. "뭐하니? 어서 들어오렴.
이젠 네 집도 몰라보겠니?"

　　가스통이 오로지 자신에게만 속하는 이 재회의 순간, 뤼
실의 모습은 지워질 것이다. 뤼실이 눈물을 글썽이며 가스
통에게 입을 맞추는 일은 결코 없을 것이다. 뤼실에게는 점
심 식사를, 목욕물을 준비하도록 시킬 것이다. 그러고는 아
들에게 말할 것이다. "네 사업은 내가 맡아 잘 관리했단다.
네가 탐내던 그 땅, 레탕뇌 근처에 있는 땅 말이야. 내가 그
걸 손에 넣었어. 그 땅도 이젠 네 거야. 그리고 우리 땅 가까
이 있던, 몽모르 자작이 악착같이 우리한테 넘기지 않던 그
벌판도 내가 샀단다. 절호의 기회를 호시탐탐 노리다가 결
국 손에 넣었지. 어때, 마음에 드니? 네 금과 은 식기, 집안
보석들도 안전한 곳에 숨겨뒀어. 나 혼자 냉혹한 세상과 맞
서며 이 모든 걸 해냈단다. 네 아내에게 맡겨놨더라면… 이
엄마가 너의 유일한 친구 아니니… 이 엄마만큼 널 잘 이해
하는 여자가 어디 또 있니? 하지만 가보거라, 내 아들! 네 아
내한테 가봐. 그 애한텐 큰 기대를 걸지 마. 고집 세고 차가
운 여자니까. 하지만 우리 둘이라면 긴 침묵으로 나한테 반

항하던 그 여자의 기를 꺾어놓을 수 있을 거야. 넌 그 여자
에게 '무슨 생각을 그렇게 해?'라고 물을 권리가 있어. 넌 주
인이니까. 넌 대답을 요구할 수 있어. 그 애 방으로 가봐, 어
서! 그 애한테서 너에게 속하는 모든 것을, 아름다움과 젊
음을 빼앗아버려…. 듣자 하니 디종에… 그러면 안 된단다,
애야! 정부(情婦)를 두면 돈이 너무 많이 들거든. 하지만 오
랫동안 집을 비웠으니 오래된 우리 집이 더 포근하게 느껴
질 거야…. 오! 이제 우리 앞엔 함께 보낼 행복하고 평화로
운 나날만 남아 있어." 앙젤리에 부인은 자리에서 일어나
천천히 방을 가로질렀다. 그녀는 상상의 손을 붙잡고 있었
다. 그리고 꿈속의 어깨에 기대며 말했다. "자, 이젠 내려가
자꾸나. 식당에 간식을 준비시켰단다. 많이 야위었구나. 어
서 몸을 추슬러야지. 자, 어서."

앙젤리에 부인은 무의식적으로 문을 열고 층계를 내려갔
다. 그랬다. 저녁이면 앙젤리에 부인은 이렇게 자기 방을 나
와서 불시에 아들 내외가 있는 아래층으로 내려갈 것이다.
그녀는 창가에 안락의자를 갖다놓고 앉아 있는 가스통과
그 곁에 앉아 책을 읽어주고 있는 며느리를 보게 될 것이다.
가스통을 보살피고 즐겁게 해주는 것이 뤼실의 의무이자
역할이었다. 가스통이 장티푸스에 걸려 누워 있었을 때, 뤼
실이 곁에 앉아 신문을 읽어준 적이 있었다. 뤼실의 목소리
는 부드러워서 듣기에 아주 좋았다. 앙젤리에 부인조차도

때로는 뤼실의 목소리에 기꺼이 귀를 기울인 적이 있었다. 부드럽고 나지막한 목소리…. 그런데 왜 그 목소리가 안 들리지? 이런, 앙젤리에 부인은 꿈을 꾸고 있었다! 그녀는 허락된 한계 너머까지 꿈을 꾸고 있었던 것이다. 그녀의 몸이 갑자기 굳어졌다. 하지만 앙젤리에 부인은 몇 걸음 더 걸어 식당으로 들어갔다. 그리고 거기서 안락의자를 창가로 끌어다놓고 입에 파이프를 문 채 팔걸이에는 다친 팔을, 가스통이 어릴 적에 즐겨 앉던 등받이 없는 의자에는 발을 올려놓고 있는 녹색 군복 차림의 침략자이자 적인 독일군 장교와 그 옆에서 큰 소리로 책을 읽어주고 있는 뤼실을 보았다.

잠시 침묵이 흘렀다. 그들은 둘 다 벌떡 일어섰다. 뤼실은 들고 있던 책을 바닥에 떨어뜨리고 말았다. 장교가 황급히 허리를 굽혀 책을 주워서는 식탁 위에 올려놓았다.

"부인, 며느님께서 제가 잠시 말동무가 되어드리는 걸 흔쾌히 허락하셨습니다."

앙젤리에 부인이 납처럼 창백한 얼굴로 고개를 숙였다.

"당신이 주인이니까요."

"파리에서 새로 나온 책이 도착해서 제가 실례를 무릅쓰고…."

"당신이 이곳 주인이니까요." 앙젤리에 부인이 반복했다.

그러고는 돌아서서 나가버렸다. 뤼실은 앙젤리에 부인이 가정부에게 하는 말을 들었다. "마르트, 내 방에서 나오지 않을 테니 식사는 가져다주게."

"오늘요, 부인?"

"오늘, 내일, 그리고 저 남자분이 이곳에 있는 한."

앙젤리에 부인이 멀어지고, 그녀의 발소리가 집 안 깊숙한 곳으로 사라지자, 장교가 나지막한 목소리로 말했다.

"당분간 이 집이 천국으로 변하겠군요."

16

몽모르 자작 부인은 불면증에 시달렸다. 그녀는 우주적 정신을 갖고 있었기 때문이다. 당대의 모든 중요한 문제가 자작 부인의 영혼 속에서 메아리를 일으켰다. 백인종의 미래, 프랑스와 독일의 관계, 위험에 빠진 프리메이슨, 공산주의에 대해 생각하다 보면 어느새 잠이 달아나버렸다. 얼음처럼 차가운 소름이 온몸에 돋았다. 자작 부인은 자리에서 일어나 벌레가 파먹은 낡은 모피를 걸치고 정원으로 나갔다. 자작 부인은 치장에는 전혀 신경을 쓰지 않았는데, 아마도 아름다운 옷으로 못생긴 용모를 — 붉고 길쭉한 코, 거의 기형에 가까운 몸매, 여드름투성이 피부 — 가릴 수 있다는 희망을 버렸기 때문이었을 것이다. 아니면 자신의 눈부신 광휘를 믿기에, 하녀라도 질겁하며 밀쳐냈을 찌부러진 펠트 모자 혹은 편물로 짠 모직 망토를 걸쳐도 그 광휘가 남의 눈에 드러나리라고 여기는 타고난 자존심 때문이었거나, 혹은 하찮은 것에는 연연하지 않는 기질 때문이었을 것이다. "그따위 게 뭐가 중요해요, 여보?" 자작 부인은 짝이 맞지 않는 실내화를 신고 식탁에 나타났다고 꾸짖는 남편에게 이렇게 대꾸하곤 했다. 하지만 하인들에게 일을 시키거나 소유지를 지켜야 할 때는 그런 초연한 자세를 헌신짝처럼 벗어던졌다.

불면에 시달리는 밤이면 자작 부인은 정원을 거닐며 시를 읊거나, 가금 사육장 쪽을 둘러본 후에 정원 입구에 채워진 세 개의 거대한 자물통을 점검했다. 그녀가 경계하는 건 암소들이었다. 전쟁이 시작된 이후로는 잔디밭에서 꽃을 재배하지 않았지만 한번 맛을 들인 암소들이 밤이면 몰래 들어오곤 했다. 은은한 달빛이 비치는 가운데 자작 부인은 혹시 또 누가 훔쳐 갔을까 봐 텃밭을 돌아다니며 옥수수가 몇 포기인지 일일이 셌다. 전쟁 전만 해도 가금들에게 밀과 귀리를 먹이던 이 비옥한 지방에는 옥수수를 재배하는 일이 매우 드물었다. 그런데 지금은 징발 대원들이 곳간을 샅샅이 뒤져 밀가루 포대를 몽땅 가져가버리는 바람에 농가에는 더 이상 닭들에게 먹일 곡식이 없었다. 농부들은 옥수수 종자를 얻기 위해 성으로 찾아왔지만, 몽모르 가문 사람들은 우선은 그들 자신을 위해, 다음으로는 그 지방 곳곳에 있는 그들의 친척과 지인들을 위해 종자를 농부들에게 나눠주지 않았다. 농부들은 화를 냈다. "좋은 값을 쳐드린다니까요." 농부들은 이렇게 말했다. 농부들이 좋은 값을 쳐줄 리가 만무했던 이유도 있지만, 문제는 그것이 아니었다. 몽모르 가문 사람들은 막연하게나마 느끼고 있었다. 농부들에게 종자를 나눠주는 게 일종의 프리메이슨 정신에, 몽트르포 남작이나 피뷰풀 백작 부인에게 호의를 베푸는 즐거움을 농부들에게 받는 돈보다 우선시해야 한다는 계급적 연대 의식에 어긋난다는 것을. 돈을 주고 살 수 없으니 농부들은 그냥 가져갔다. 성에는 이제 경비가 없었다. 포로로 잡혀간 하인들을 대체할 인력이 없었다. 남자가 절대적으로 부족했다. 무너져버린 벽들을 다시 쌓기 위해 일꾼과 물자를 구하는 것 또한 불가능했다. 농부들은 무너진 틈으로 몰래 들어와서 밀렵을 하고, 연못에서 고기를 잡고, 닭, 토마토 혹은 옥수수 모종을 훔쳐 갔다. 몽모르 자작의 입장은 미묘했다. 한편으로는 읍장으로서 주민들의 원성을 사고 싶지 않았고, 다른 한편으로는 당연히 자신의 소유물에 애착을 가지고 있었다. 원칙에 따르며 일체의 타협과 양보를 거부하는 아내만 아니었다면 자작은 그냥 눈감아주고 싶었을 것이다. "당신은 물러터졌어요. 주님께서도 말씀하셨잖아요. '난 평화가 아니라 검을 가져다주러 왔다'라고." 자작 부인은 남편에게 앙탈을 부렸다. "당신은 예수 그리스도가 아니잖아요." 아모리가 못마땅한 표정으로 대답했다. 하지만 자작 부인이 사도의 영혼을 가지고 있고, 그녀의 예언이 척척 들어맞는다는 것은 이미 오래전부터 집안에 널리 알려진 사실이었다. 아모리는 가문의 재산이 거의 모두 아내의 것임을 알았고, 아내가 돈줄을 쥐고 있는 만큼 그녀의 판단에 따르지 않을 수 없었다. 따라서 아모리는 아내의 의견을 지지했고, 밀렵꾼, 농작물 도둑, 미사에 참석하지 않은 교사, 우체국에 있는 전화 박스의 문에 페탱 원수의 초상을 보란 듯이 붙여놓긴 했지만 '인민전선' 가담자로 의심받고 있던 우체국의 직원을 대상으로 가차 없는 전쟁을 벌였다.

그리고 자작 부인은 아름다운 6월 밤의 정원을 산책하며 어머니날 사립학교 학생들에게 외우게 할 시를 읊고 있었다. 직접 시를 지어보고 싶었지만, 자작 부인은 시보다는 산문에 더 큰 재능을(그녀는 쇄도하는 영감을 감당할 수가 없었고, 머리로 쏠리는 피를 식히기 위해 이따금 펜을 놓고 손을 차가운 물에 담가야 했다) 갖고 있었다. 자작 부인으로서는 일일이 운을 맞춰야 하는 것이 답답해서 견딜 수가 없었다. 따라서 그녀는 프랑스 어머니의 영광에 바치고자 했던 시를 산문으로 된 기원(祈願)으로 대체하기로 결정했다. "오, 어머니!" 온통 새하얀 옷을 입고 손에 들꽃 다발을 든 하급반 학생 중 하나가 이렇게 읊을 것이다. '오 어머니! 바깥세상에서 폭풍우가 몰아치는 동안, 우리는 우리의 작은 침대를 들여다보는 당신의 부드러운 얼굴을 봅니다. 시커먼 구름이 온 세상을 뒤덮고 있지만, 곧 맑은 새벽이 올 것입니다. 웃으세요, 오 사랑하는 어머니! 보세요, 당신의 아이가 양손에 평화와 행복을 든 페탱 원수를 따르는 것을! 저와 함께 우리에게 희망을 돌려주는 경애하는 원수를 중심으로, 프랑스의 모든 아이와 어머니들이 동그라미를 그리며 즐겁게 춤을 춰요!'

몽모르 자작 부인의 목소리가 고요한 정원에 울려 퍼졌다. 일단 영감에 사로잡히면 자작 부인은 자신을 주체하지 못했다. 그녀는 성큼성큼 걸어 정원을 돌아다녔다. 그러고는 마침내 축축한 이끼 위에 털썩 쓰러졌다. 모피 외투로 야윈 어깨를 감싸며 자작 부인은 오랫동안 명상에 잠겼다. 명상은 곧 열정적인 주장으로 모습이 바뀌었다. 도대체 왜 그녀처럼 뛰어난 재능을 갖춘 사람이 존경과 사랑을 받지 못할까? 왜 그녀는 재산을 노리는 남자와 결혼할 수밖에 없었을까? 왜 그녀는 인기가 없을까? 자작 부인이 읍내에 나가면 아이들은 숨거나 등 뒤에서 놀려댔다. 자작 부인은 사람들이 자신을 '미친 여자'라고 부른다는 걸 알고 있었다. 미움을 받는 건 견디기 힘든 일이었다. 농부들을 위해 밤낮없이 고생을 했는데…. 도서관(여자아이들은 그녀가 애정을 담아 선별한, 영혼을 고양하는 훌륭한 책들은 거들떠보지도 않았다. 그들은 모리스 데코브라*의 소설들을 요구했다. 도대체 세상이 어떻게 되려는지…), 교육영화(이 영화들 역시 거의 성공을 거두지 못했다), 사립학교 아이들의 공연과 더불어 매년 성에서 주최하는 축제, 이 모든 것에 힘을 쏟았으나 그녀의 귀에는 신랄한 비판의 메아리밖에 돌아오지 않았다. 날씨 때문에 야외에서 축제를 즐길 수 없었을 때, 사람들은 좌석을 차고에 배치했다며 그녀를 원망했다. 그 사람들, 도대체 불만이 뭐야? 성 안으로 들어오지 못하게 한다고? 그랬다간 자기들이 먼저 불편해할걸? 아, 프랑스를 휩쓸고 있는 새로운 정신, 한탄스러운 정신! 오로지 자작 부인만이 그것을 알아보고 이름을 부여할 수 있었다. 인민은 볼셰비키로 변해갔다. 자작 부인은 전쟁에 패한 것이 그들에게는 오히려 잘된 일이라고, 그들을 위험한 오류에서 벗어나게 해줄 거라고, 또다시 그들의 지도자들을 존경하게 해줄 거라고 믿었다. 하지만 천만에! 그들은 그 어느 때보다 다루기 힘들었다.

'저들이 있어서 얼마나 다행인지 몰라!' 열렬한 애국자였던 자작 부인은 정원에 인접한 길에서 들려오는 독일군 순찰대의 발소리에 귀를 기울이며 생각했다. 그들은 네 명씩 조를 이뤄 밤새 인근을 순찰했다. 사람들은 그들을 꿈으로

* Maurice Dekobra(1885-1973), 프랑스 대중소설가. 1925년에 출간된 『침대차의 마돈나』는 엄청난 인기를 끌었다.

이끄는 부드럽고 친근한 성당 종소리와 함께 감옥에서 울려 퍼지는 것 같은 군화 소리와 무기 부딪히는 소리를 들었다. 그랬다, 몽모르 자작 부인은 가끔 독일군이 프랑스로 들어오도록 해주신 것에 대해 선하신 주님께 감사를 드려야 하는 것이 아닌지 자문했다. 물론 독일군이 좋아서 그런 것은 아니었다. 오, 주님! 그녀는 그들을 참아낼 수가 없었다. 하지만 그들이 없다면…. 누가 알겠는가? 아모리가 아무리 말해도 소용이 없었다. "공산주의자들이라고, 이곳 사람들이? 턱도 없는 소리! 그들은 당신보다 더 부자야…." 그것은 단지 돈이나 소유의 문제가 아니라, 무엇보다 열정의 문제였다. 명료하게 설명할 수는 없었지만, 그녀는 막연히 그것을 느끼고 있었다. 그들은 공산주의가 실제로 어떤 것인지에 대해서는 모호한 개념밖에 갖고 있지 않았다. 하지만 그것이 평등에 대한 그들의 욕망을, 돈과 토지를 가졌는데도 만족하기는커녕 더욱 커지기만 하는 그 욕망을 부채질했다. 목축 자산을 소유하고, 자식들을 학교에 보내고, 딸들에게 비단 스타킹을 사줄 수 있게 되었는데도 스스로 몽모르 가문의 사람들보다 못하다고 느끼는 것은 그들 표현에 따르면 '뭔가 잘못되어 있기 때문'이었다. 농부들은 자신들이 제대로 대우받지 못한다고 생각했다. 특히 자작이 읍장을 맡은 후로는. 자작의 선임자였던 늙은 농부는 누구에게나 반말을 했고, 인색했고, 천박했고, 거칠었고, 주민들에게

마구 욕설을 퍼부었다. 그런데도 아무 불만이 없었다! 하지
만 몽모르 자작에 대해서는 즉시 거만하게 군다는 비난이
쏟아졌다. 그럼 농부들은 읍장을 찾아온 자신들을 보고 자
작이 자리에서 일어설 거라고 생각했던 것일까? 문까지 배
웅해줄 거라고? 그들은 태생이나 재산상의 어떠한 우월함
도 용납하지 않았다. 아무리 말을 해도 소용이 없었다. 차라
리 독일군이 나았다. 규율이 잡힌 유순한 민족이야. 멀어지
는 절도 있는 발소리, 멀리서 아흐퉁*이라고 외치는 걸걸한
목소리에 거의 즐거운 마음으로 귀를 기울이며 몽모르 자
작 부인은 생각했다. 독일에 넓은 영지를 갖고 있으면 정말
든든할 거야. 반면에 여기는….

각종 근심이 자작 부인을 갉아먹고 있었다. 밤이 깊어 성
으로 돌아가려던 그녀는 문득 그림자 하나가 벽을 따라 뛰
어가다가 몸을 낮추고는 텃밭 쪽으로 사라지는 것을 보았
다. 아니, 보았다고 믿었다. 자작 부인은 마침내 옥수수 모
종 도둑 하나를 현장에서 잡게 되었다고 생각하고는 쾌재
를 부르며 몸을 떨었다. 자작 부인은 도무지 겁이라곤 모르
는 여자였다. 아모리는 해코지당할까 봐 두려워했지만, 부
인은 아니었다. 위험은 그녀 내부에 잠들어 있는 사냥꾼의
본능을 깨웠다. 자작 부인은 나무들 뒤에 몸을 숨기며 그림

---

* Achtung, '차렷'을 뜻하는 독일어.

자를 뒤쫓았고, 그에 앞서 벽 아래쪽을 탐색하다가 이끼 아래 감춰져 있는 나막신 한 켤레를 찾아냈다. 도둑은 소리가 나지 않게 실내화만 신고 있었다. 텃밭에서 나오던 도둑이 길목을 장악한 채 기다리고 있던 자작 부인과 마주쳤다. 도둑이 황급히 달아나려 하자, 그녀가 경멸감이 밴 목소리로 외쳤다.

"네놈 나막신을 내가 가지고 있어. 그게 누구 것인지는 헌병들이 금방 찾아낼 거야."

그러자 사내가 걸음을 멈추고 자작 부인 쪽으로 되돌아왔다. 자작 부인은 브누아 사바리를 알아보았다. 그들은 말없이 마주 보고 서 있었다.

"이따위 짓을 하다니!" 마침내 자작 부인이 화가 나 부들부들 떨리는 목소리로 말했다.

자작 부인은 브누아를 증오했다. 농부들 가운데 가장 무례하고, 가장 비협조적으로 구는 사람이 바로 브누아였다. 건초, 가축, 울타리 등등의 문제로 성과 농장은 사사건건 대립했다.

"좋아! 이제야 도둑의 정체를 알게 됐군. 이 길로 곧장 읍장에게 고해바칠 거야. 어디 두고 봐!"

"어디다 대고 반말이에요. 내가 부인한테 반말한 적 있어요? 당신 옥수수 모종 여기 있습니다." 들고 있던 옥수수 모종 다발을 땅바닥에 팽개치며 브누아가 말했다. "우리가 언제 값을 쳐주지 않겠다고 했습니까? 우리라고 돈이 없는 줄 아세요? 값을 톡톡히 쳐줄 테니 좀 팔라고 그렇게 사정했는데도… 씨도 안 먹히니! 당신은 우리가 굶어 죽길 바라죠?"

"도둑, 도둑, 도둑이야!" 그 사이, 자작 부인이 찢어질 듯한 목소리로 외쳤다. "읍장이…."

"읍장 따위 겁 안 나요! 어디 가서 데리고 와봐요. 내가 얼굴에 대고 직접 말할 테니."

"당신, 나한테 감히 그런 식으로 말할 수 있어?"

"도저히 살 수가 없어서 그래요! 당신들이 모든 걸 손에 쥐고 도무지 내놓질 않으니까! 당신들의 숲, 과일, 물고기, 사냥감, 닭! 당신들은 아무것도 팔지 않잖아요. 금도 돈도 마다하잖아요. 읍장님이야 연단에 올라가 입에 발린 연설만 하면 그만이지. 빌어먹을! 당신네 성의 지하 창고며 곳간이 가득 차 있다는 거, 내 눈으로 직접 봐서 다 알아요. 우리가 언제 적선해달라고 했습니까? 아니, 당신들을 화나게 한 게 바로 그거죠? 아마 적선이라면 기꺼이 했겠지. 당신들은 가난한 사람들에게 굴욕감을 주는 건 좋아하니까. 하지만 대등한 입장에서 '값을 치르고 가져가겠습니다'라고 하면 어림도 없지. 도대체 왜 곡식을 팔지 않는 겁니까?"

"그건 알아서 뭐 하게. 여긴 내 집이야. 이런 무례한!"

"맹세하는데, 이 옥수수 모종, 내가 쓰려고 훔친 거 아니에요! 당신 같은 사람들한테 뭘 부탁하느니 차라리 굶어 죽

는 게 낫지. 남편이 포로로 잡혀간 루이즈에게 주려고 그런
거예요. 그래도 난 남을 도울 줄 아니까!"

"남의 것을 훔쳐서?"

"우리한테 달리 무슨 방도가 있습니까? 당신들은 너무
가혹하고 인색해요! 도대체 우리한테 달리 무슨 수가 있겠
냐고요!" 브누아가 분통을 터뜨리며 다시 말했다. "나만 당
신 집을 몰래 드나드는 게 아니에요. 당신이 아무런 이유 없
이, 순수한 악의로 거절하니까 다들 어쩔 수 없이 가져가는
거죠. 그리고 아직 끝나지 않았어요. 이번 가을에 두고 봐
요! 읍장이 독일군들과 어울려 사냥 다닐 즈음에…"

"그건 사실이 아니야! 거짓말이야! 내 남편은 결코 독일
군들과 사냥하러 다닌 적이 없어." 자작 부인은 화가 나 발
을 동동 굴렀다. 화가 나 미칠 지경이었다. 저 말도 안 되는 중
상모략을 또! 지난겨울, 독일군 사령부가 한 사냥대회에 그
들 부부를 초대한 건 사실이었다. 그들은 정중하게 거절했
지만, 그날 행사를 마감하는 저녁 식사에는 참석하지 않을
도리가 없었다. 좋든 싫든, 정부의 정책을 따라야 했다. 게
다가 그 독일군 장교들은 훌륭한 교육을 받고 자란 사람들
이었다! 사람들을 갈라서거나 뭉치게 만드는 건 언어와 법,
풍습, 원칙이 아니라 칼과 포크를 쥐는 공통된 방식이었다!

브누아가 말을 이었다.

"두고 봐요, 가을에 읍장이 독일군들과 사냥 다닐 즈음

에 나도 당신 영지를 휘젓고 다니며 토끼나 여우들을 사냥할 테니. 물론 당신이 관리인이나 경비, 개들을 풀어 날 쫓아낼 수도 있겠죠! 하지만 그들은 결코 나 브누아 사바리의 상대가 되지 못할 겁니다! 지난겨울에도 날 잡으러 다니느라 헛고생만 했으니까!"

"내가 왜 관리인이나 경비를 풀어? 독일군이 있는데? 그들이라면 겁이 좀 나지, 안 그래? 당신 같은 인간은 큰소리 뻥뻥 치다가도 독일군 제복이 보이면 슬그머니 꽁무니를 빼지!"

"난 벨기에와 솜에서 보슈들에 맞서 피를 흘리며 싸웠어요! 당신 남편하곤 질적으로 다르지! 그 사람은 도대체 어디서 전쟁을 치렀습니까? 사무실에 앉아 거드름이나 피운 것 말고 말이에요!"

"무례한 놈!"

"당신 남편은 지난해 구월부터 샬롱쉬르사온에 숨어 있다가 독일군이 이곳에 들어오자 슬그머니 달아났지. 그게 그 사람이 겪은 전쟁 아닙니까!"

"이런… 이런 가증스러운 인간! 썩 꺼져, 안 그러면 소리칠 테야. 꺼져버려, 안 그러면 사람들을 부를 거야!"

"그래, 어디 한번 보슈들을 불러보시지! 당신은 그 자식들이 여기 있는 게 좋지, 안 그래? 순찰하며 당신 땅을 지켜주니까. 그들이 오랫동안 이곳에 머물게 해달라고 주님께

기도나 해. 그들이 떠나는 날에는⋯.”

브누아는 말을 끝마치지 않았다. 그는 갑자기 자작 부인이 손에 들고 있던 증거물, 나막신을 빼앗아 신고는 벽을 훌쩍 뛰어넘어 사라졌다. 거의 동시에 독일군들이 달려가는 소리가 들려왔다.

‘오! 제발 독일군이 그놈을 잡았으면! 제발 그놈을 죽여버렸으면!’ 자작 부인은 성을 향해 달리며 생각했다. ‘괘씸한 놈! 천박한 놈! 비열한 놈! 그래, 맞아, 저게 바로 볼셰비즘이야! 맙소사! 그 선량하던 사람들이 저렇게 변해버리다니! 아버지 시절에는 밀렵하다 잡히면 눈물을 뚝뚝 흘리며 용서를 빌었어. 그러면 아버지는 당연히 용서해주셨지, 선의 그 자체였던 아버지는 노발대발 호통을 치다가도 부엌으로 데려가 포도주 한 잔을 따라주셨어⋯. 어릴 적에 한두 번 본 게 아니야! 하지만 그 당시 농부들은 가난했지. 돈이 생긴 이후로 마치 그들 내부에 있는 모든 나쁜 본성이 깨어난 것 같아. 성의 지하 창고에서 곳간까지 가득 차 있다고? 그럼 자기네들 집은! 자기들이 우리보다 더 부자잖아. 도대체 뭘 원하는 거야? 시샘과 저열한 감정들이 저들을 집어삼키고 있어. 사바리라는 놈은 아주 위험해. 성으로 사냥하러 오겠다고 큰소리를 치다니! 그렇다면 총을 가지고 있는 게 분명해! 무슨 짓이든 할 수 있는 놈이야. 만약 그놈이 사고를 친다면, 만약 그놈이 독일군을 살해한다면, 마을이 모두 함께 책임을 져야 할 거야. 읍장이 제일 먼저! 바로 저런 인간들 때문에 우리에게 이 모든 불행이 닥치는 거야. 저 사람을 고발하는 건 의무야. 아모리한테 알아듣도록 얘기를 해야겠어. 그리고⋯ 필요하다면, 내가 직접 사령부로 찾아가야지. 법규를 무시하고 야밤에 숲을 돌아다닌 데다 총기까지 가지고 있으니 그놈은 이제 끝장이야!'

침실로 달려 들어간 자작 부인은 아모리를 깨워 방금 일어난 일을 얘기해 주었다.

"사태가 이 지경에 이르렀다니까요! 그놈이 내 집에서 날 우롱하고, 도둑질하고, 모욕을 줬어요! 하지만 그건 아무것도 아니에요! 농부한테 욕 좀 들었다고 내가 눈 하나 깜짝할 것 같아요? 하지만 그놈은 무슨 짓이든 할 준비가 되어 있는 아주 위험한 인간이에요. 내가 침착하게 입을 다물고 있지 않았다면, 내가 지나가는 독일군들을 불렀다면, 그놈은 분명 그들에게 달려들어 주먹을 휘둘렀을 거예요. 아니면⋯."

자작 부인이 창백하게 질린 얼굴로 비명을 내질렀다.

"손에 칼을 쥐고 있었어요. 칼날이 번뜩이는 걸 봤어요. 확실해요! 무슨 일이 일어났을지 상상이 돼요? 야밤에, 우리 영지에서 독일군이 살해됐다면? 그러니 가서 당신한테는 아무 책임도 없다는 걸 증명해요. 아모리, 당신의 의무는 이미 정해져 있어요. 행동해야 해요. 겨울에 내내 사냥했다고 으스대는 걸 봐서는 그 작자가 집에 총을 숨겨둔 게 분명해요. 총을 숨기다니! 군 당국이 더는 용인하지 않겠다고 그렇게 경고했는데도! 집에 총기를 숨겨두고 있다면, 그건 무슨 짓을 꾸미고 있기 때문이에요! 무슨 말인지 알아요?"

인근 도시에서 독일군 병사 하나가 살해되어 범인이 잡힐 때까지 시장을 비롯한 유력 인사들이 볼모로 붙잡힌 적이 있었다. 또 그곳에서 11킬로미터 떨어진 작은 마을에서는 술에 취한 열여섯 살 소년이 통행금지 시간 이후에 돌아다니다가 자신을 체포하려는 순찰병을 주먹으로 때려눕힌 적도 있었다. 소년은 총살형에 처해졌지만, 그걸로 끝이 아니었다! 소년이 법규만 잘 지켰다면 아무 일도 일어나지 않았을 테지만, 읍장도 지역 주민을 다스리는 책임자로 간주하여 하마터면 형장의 이슬로 사라질 뻔했다.

"사냥용 칼이겠지."

아모리가 투덜거렸지만, 자작 부인은 귀를 기울이지 않았다.

"읍장 직을 수락하지 말았어야 했다는 생각이 이제야 슬슬 들기 시작하는데." 아모리가 떨리는 손으로 옷을 입으며 말했다. (8시가 다 된 시각이었다.)

"헌병대로 가서 고발할 거죠?"

"헌병대? 당신 미쳤군! 그랬다간 마을 사람들이 모두 우리한테 등을 돌릴 거야. 당신도 알다시피 그 사람들은 현금을 줘도 팔지 않는 걸 가져간 것뿐이니 절도가 아니라고 생각해. 웃기는 얘기지. 어쨌거나 그랬다간 편안하게 살기 힘들어질 거야. 난 이 길로 독일군 사령부로 갈게. 가서 그들에게 이 일을 비밀리에 처리해달라고 부탁해보지. 그들도 그렇게 해줄 거야. 워낙 신중한 사람들인 데다 상황을 이해할 테니까. 그리고 사바리라는 농부 집을 뒤지면 분명히 총이 나올 거야…"

"찾을 거라고 확신해요? 그 사람들은…"

"그 사람들은 자기들이 아주 영리하다고 생각하지. 하지만 난 그 사람들이 총을 숨겨둘 만한 곳을 훤히 꿰고 있어. 술집에서 술 한잔 마시고 뻐기는 걸 들었거든. 곳간, 지하창고 아니면 돼지우리야. 브누아는 체포될 거고, 난 사령부에서 그 사람을 가혹하게 처벌하지 않겠다는 약속을 받아낼 거야. 그러면 브누아는 몇 달 감옥에 갇힐 거고, 그렇게 몇 달 살다 나오면 장담컨대 조용하게 지낼 거야. 또 말썽을 피우면 독일군들이 가만 안 있겠지. 그런데 그 사람들 도대체 무슨 생각을 하는 거지?" 자작이 셔츠 차림으로 갑자기 소리쳤다. "도대체 뱃속에 뭐가 든 거야? 왜 가만히들 못 있는 거지? 내가 어려운 걸 요구했나? 그저 입 다물고 가만히만 있으라고 했잖아. 하지만 세상에! 투덜대고, 트집 잡고, 대들고, 한시도 가만히 있질 못해! 그래서 어쩌겠다고? 우린 전쟁에 졌어, 안 그래? 그럼 고분고분하게 지내야지. 사람들이 마치 날 골탕 먹이려고 일부러 그러는 것 같아. 난 힘겨운 노력 끝에 독일군과 좋은 관계를 맺는 데 성공했어, 우리 성에서는 독일군 코빼기도 볼 수 없다는 걸 생각해봐. 대단한 특혜지. 그리고 우리 마을은… 난 우리 마을을 위해 할 수 있는 모든 것을 하고 있어. 잠까지 설쳐가면서…. 독일군은 모두에게 정중하게 굴고 있어. 여자들에겐 인사를 하고, 아이들 머리를 쓰다듬어주지. 돈도 현금으로 내고. 그런데 그것도 마음에 안 들어해! 도대체 어쩌라는 거야? 알자스와 로렌 지방을 돌려달라고? 레옹 블룸을 공화국 대통령으로 삼아도 상관하지 말라고? 도대체 뭐야, 뭐?"

"진정해요, 아모리. 날 봐요, 난 침착하잖아요. 보상은 하늘에 가서 받겠다는 자세로 의무를 다해요. 나를 믿어요. 주님은 당신 마음을 읽고 계세요."

"알아, 나도 알아. 하지만 너무 힘들군." 자작이 한숨을 쉬며 말했다.

자작은 아침도 거른 채 (그는 목이 칼칼해서 빵이 넘어가지 않을 것 같다고 아내에게 말했다) 사령부로 찾아가 비밀리에 사령관을 만나고 싶다고 요청했다.

17

독일군 사령부가 말을 징발한다는 공포문을 발표했다. 당시 암말 한 마리 가격은 6에서 7만 프랑을 오갔다. 독일군은 그 가격의 반만 냈다. (혹은 내겠다고 약속했다.) 농부들은 농번기가 다가오는데 말을 징발하면 어떡하라는 거냐고 읍장에게 따졌다.

"농사를 손으로 지으라는 겁니까? …그럼 좋은 소식 하나 알려드리죠. 우리를 일하게 내버려두지 않으면 도시 사람들이 몽땅 굶어 죽고 말 겁니다."

"이 사람들아, 나도 어쩔 수가 없다고 하잖나, 나도!"

읍장이 투덜거렸다.

자작으로서도 어쩔 수가 없다는 걸 뻔히 알면서도 농부

들은 마음속으로 자작을 원망했다. '쳇, 우리 말이야 어쩔
수 없다면서 자기 말에는 손도 못 대게 하겠지!' 엎친 데 덮
친 격으로 날씨마저 안 좋았다. 전날부터 비를 동반한 폭풍
이 불어댔다. 정원은 빗물에 완전히 젖었고, 우박이 쏟아져
농토를 완전히 망가뜨렸다. 징발된 말의 집결지인 이웃 도
시로 가기 위해 아침 일찍 말을 타고 앙젤리에 씨 댁을 나
선 독일군 장교 브루노 앞에 소낙비가 내리는 을씨년스러
운 풍경이 펼쳐졌다. 산책로의 커다란 참나무들이 격렬하
게 몸을 흔들며 신음하다 선박의 돛대처럼 우지끈 부러지
기도 했다. 하지만 브루노는 전속력으로 내달리며 더없이
큰 희열을 맛보았다. 거칠고 차가우면서도 순수한 공기가
그에게 동쪽 프로이센의 공기를 떠올리게 했다. 아! 그 들판
들, 창백한 풀잎들, 늪지대들, 봄 하늘의 놀라운 아름다움…
느지막이 찾아오는 북부 지방의 봄… 호박색 하늘, 진줏빛
구름, 골풀, 갈대, 띄엄띄엄 모습을 드러내는 자작나무 숲을
언제 다시 볼 수 있을까? 언제쯤 왜가리와 마도요를 다시
사냥할 수 있을까? 브루노는 길에서 그 고장의 마을과 영지
여기저기에서 말을 끌고 도시로 가는 사람들과 마주쳤다.
'훌륭한 말들인데 막 키웠군.' 브루노는 생각했다. 프랑스인
들은 ─ 어느 민족이든 민간인들은 ─ 말에 대해 아무것도
몰랐다.

　브루노는 그들이 지나가게 잠시 멈춰 길을 비켜주었다.

그들은 삼삼오오 무리를 지어 비틀거리며 나아갔다. 브루노는 그중에서 전쟁에 적합한 놈들을 찾고 있었다. 대부분은 독일로 보내져 농사를 돕겠지만, 몇몇은 폭탄이 비 오듯 쏟아지는 아프리카의 사막이나 영국 켄트 지방의 홉밭을 질주하게 될 것이다. 앞으로 전쟁의 바람이 어디로 불지 누가 알겠는가? 오로지 신만이 알았다. 브루노는 화염에 휩싸인 루앙에서 겁에 질려 힝힝거리며 이리저리 뛰어다니던 말들을 떠올렸다. 비가 내리고 있었다. 고개를 숙이고 걷던 농부들이 잠시 고개를 들어 어깨에 녹색 망토를 걸치고 말 위에 앉아 있는 그를 쳐다보았다. 순간 그들의 눈길이 마주쳤다. '정말 느려 터졌군! 저러다간 두 시간은 족히 늦게 도착하겠어. 점심은 언제 먹으려고 저렇게 꾸물대지? 우선 말부터 뭘 좀 먹여야 할 거야. 다들 좀 서둘러요, 서둘러.' 부하들에게 명령을 내릴 때처럼 소리를 지르지 않기 위해 애써 자제하며, 들고 있던 채찍으로 장화의 접힌 부분을 초조하게 톡톡 치며 브루노는 생각했다. 노인들, 아이들 그리고 심지어 여자도 몇 명 그의 앞으로 지나갔다. 같은 마을 사람들 모두가 함께 걷고 있었다. 그러다 빈 공간이 생겼다. 그러면 공간과 침묵을 거센 바람이 채웠다. 브루노는 일시적으로 비어 있는 그 틈을 이용해 말을 전속력으로 몰았다. 그러면 꾸물꾸물 움직이는 긴 줄이 그 뒤로 다시 형성되었다. 농부들은 입을 다물고 있었다. 독일군은 그들에게서 젊은 남자들을 앗아간 데 이어 빵, 밀, 밀가루, 감자를, 그리고 휘발유와 차들을 앗아갔고, 이제 말들을 빼앗아 가고 있었다. 내일은 또 뭘 가져갈까? 그들 중에는 자정 무렵에 길을 나선 사람들도 있었다. 그들은 등을 웅크리고 고개를 숙인 채 아무 표정 없이 걷고 있었다. 읍장에게는 모든 게 끝장이라고, 이제 농사일이야 어찌 되든 모르겠다고 말은 해도 그들은 어떻게든 농사를 짓고 추수해야 한다는 것을 잘 알고 있었다. 먹고살아야 하니까. 그들은 생각했다. '예전엔 정말 행복했는데…. 독일 놈들, 빌어먹을, 그래도 말은 바로 해야지… 전쟁 탓이지, 이게 어디 사람 탓인가…. 제기랄, 이놈의 전쟁이 언제까지 계속될까? 얼마나 더?' 먹구름으로 뒤덮인 하늘을 올려다보며 농부들은 생각했다.

뤼실의 방 창문 아래로 종일 말과 사람들이 지나갔다. 뤼실은 그 소리를 듣지 않으려고 귀를 틀어막았다. 뤼실은 더는 아무것도 알고 싶지 않았다. 전쟁의 광경들, 침울한 이미지들은 이제 지긋지긋했다! 심란한 장면들이 뤼실의 가슴을 찢어놓았고 뤼실에게 행복을 허락하지 않았다. 행복? 오, 하느님 맙소사! '그래 맞아, 전쟁 때문이야. 포로, 과부, 가난, 굶주림, 점령, 이게 다 전쟁 때문이야. 그런데 그다음엔? 난 아무 잘못도 저지르지 않았어. 존중받아 마땅한 친구, 책, 음악, 우리의 긴 대화, 숲속의 산책… 그것들을 죄로 만드는 건 바로 전쟁, 모두의 불행 탓이야. 그 사람 역시 나처럼 아무 책임도 없어! 우리 잘못이 아니야. 제발 우릴 가만히 좀 내버려뒀으면… 가만히 좀 놔뒀으면!' 가끔 뤼실은 자신이 마음속으로 남편, 시어머니, 사람들의 시선, 브루노가 말한 그 '벌집 정신'에 대해 자신이 그와 같은 반항심을 느낀다는 것 자체가 놀랍고 두려웠다. 알지 못하는 목적에 맹목적으로 복종하는 무리, 뤼실은 그것을 증오했다. '모두 가고 싶은 곳으로 가버리라지. 난 내가 원하는 것을 할테야. 난 자유롭고 싶어. 내가 원하는 건 이 집을 떠나 여행하는(그 역시 상상도 할 수 없는 행복일 테지만!) 외적인 자유가 아니라 사람들과 상관없이 내 진로를 스스로 선택해 나아가는 내면의 자유야. 내가 증오하는 건 사람들이 귀에 못이 박히도록 되풀이해대는 바로 그 공동체 정신이야. 독일인, 프랑스인, 드골주의자들은 한 가지 점에 있어서는 다를 바가 없어. 국가, 나라, 당을 이루어 다른 사람들과 함께 살고, 생각하고, 사랑해야만 한다는 것. 오, 맙소사! 난 싫어! 난 아무 쓸모도 없는 가엾은 여자에 불과해. 난 아무것도 몰라. 하지만 난 자유로워지고 싶어! 우리는 노예로 변해버렸어. 전쟁은 우리를 이곳 아니면 저곳으로 보내고, 우리의 행복을 박탈하고, 우리의 입에서 빵을 빼앗아. 하지만 최소한 내 운명을 판단하고 조롱하고, 맞서고, 가능하다면 이로부터 달아날 권리는 나에게 남겨주길. 노예? 주인 뒤를 졸졸 따라다니면서 자신이 자유롭다고 믿는 개보다는 그게 차라리 나아. 말을 끌고 가는 저 사람들은 자신이 노예라는 사실을 의식조차 못 하고 있어. 저들에 대한 연민, 연대감, '벌집 정신' 때문에 어쩔 수 없이 행복을 뿌리친다면 나 역시 저들과 똑같아지고 말 거야.' 뤼실과 독일군 장교 사이의 우정과 밀회, 그리고 음산한 집에 감춰진 은밀한 세계는 너무나 달콤했다! 그 순간 뤼실은 자신을 당당하고 자유로운 존재로 느꼈다. 뤼실은 자신의 영역에 발을 들여놓는 것을 어느 누구에게도 허락하지 않았다. '어느 누구에게도! 이건 다른 누구와도 상관없는 일이야! 그들이야 싸우고 싶으면 싸우고, 서로 증오하고 싶으면 증오하라지! 그 사람의 아버지와 내 아버지가 예전에 서로 싸웠건, 그 사람이 직접 내 남편을 포로로 만들었건(내 불행한 시어머니를 사로잡고 있는 생각), 그게 무슨 상관이지? 브루노와 나는, 우리는 친구야.' 친구? 뤼실은 어두컴컴한 현관을 가로질렀다. 그러고는 자신의 음울한 눈과 떨리는 입술을 바라보았다. 뤼실은 미소 지었다. '친구? 그 사람은 날 사랑해.' 뤼실이 속삭였다. 뤼실이 거울에 입술을 갖다 대고 거울 속 자신에게 부드럽게 입을 맞추었다. '그래, 그 사람은 널 사랑해. 넌 널 속이고 바람을 피운 남편에게 빚진 게 아무것도 없어. 그는 포로야, 네 남편은 포로라고. 그런데 넌 독일군이 너에게 다가와 네 남편의 자리를 차지하게 내버려두는 거야? 그래! 그래서? 난 여기 있지도 않고, 포로인 남편을 한 번도 사랑해본 적이 없

어. 죽어버리라지! 없어져버리라지! 하지만 이것 봐, 잘 생
각해보라고….' 뤼실은 거울에 이마를 기댄 채 자신에게 말
했다. 마치 그때까지 모르고 지냈던, 처음 보는 자신의 일부
분에게 말을 하는 것만 같았다. 분명 자신이지만 완전히 자
신은 아닌, 갈색 눈, 떨리는 입술, 발갛게 달아오른 볼을 가
진 한 여인에게. '이것 봐… 잘 생각해봐. 이성, 이성의 목소
리… 넌 이성적인 프랑스 여자야…. 이 모든 게 어떻게 끝날
것 같아? 그 사람은 군인에다 유부남이야. 그리고 떠날 거
야. 자, 이 모든 게 어떻게 끝날 것 같아? 그게 한순간의 행
복에 불과할지라도? 심지어 행복도, 즐거움이 아닐지라도?
그게 어떤 건지 알기나 해?' 뤼실은 거울 속 자신의 이미지
에 홀려 있었다. 그 이미지가 주는 쾌감과 두려움에 사로잡
혀 있었다.

　뤼실은 현관 근처 식료품 창고에서 나는 가정부의 발소
리를 들었다. 화들짝 놀란 뤼실은 거울에서 물러나 목적 없
이 집 안을 돌아다니기 시작했다. 아, 지긋지긋해, 텅 비어
있는 크고 적막한 집! 뤼실의 시어머니는 다짐한 대로 자기
방에서 나오지 않았다. 끼니때마다 가정부가 식사를 가지
고 올라갔다. 하지만 그녀는 없을 때조차도 사방에 있는 것
만 같았다. 그 집이 앙젤리에 부인 자신의 반영이었고, 그녀
존재의 가장 참된 부분이었다. 조금 전 검은 테두리의 거울
속에서 뤼실에게 미소 지었던 그 호리호리한 여자, 원래는

당돌하고 쾌활했지만, 사랑과 절망에 빠져 번뇌하던 그 여자가 뤼실의 가장 참된 부분인 것처럼(그 여자는 이 방 저 방 헤매이고, 유리창에 이마를 기댄 채 멍하니 밖을 내다보고, 아무 생각 없이 벽난로를 장식하는 보기 싫고 쓸데없는 물건들을 정리하는 생명 없는 유령, 뤼실 앙젤리에만 남겨둔 채 이미 사라지고 없었다). 무슨 날씨가 이렇담! 공기는 무겁고 하늘은 흐렸다. 꽃으로 뒤덮인 참나무들이 차가운 돌풍에 몸부림을 쳤다. 뤼실은 생각했다. '방, 나만의 집, 거의 아무것도 없는 완벽한 방, 아름다운 등…. 저 슬픈 풍경을 보지 않기 위해 내가 이 덧창들을 닫고 전등을 켠다면! 그러면 마르트가 와서 어디 아프냐고 물을 거야. 마르트에게 얘길 전해 들은 시어머니는 전등을 모두 끄고 커튼을 젖히라고 하겠지. 전기료가 아깝다면서. 난 피아노를 칠 수도 없어. 그것은 부재하는 남편에 대한 모욕이 될 테니까. 난 비를 맞으며 숲속을 돌아다닐 거야. 그러면 사람들이 그런 나를 보고 "뤼실 앙젤리에가 미쳐버렸다"라고 말하겠지. 우리 고장에서는 그것만으로도 충분히 여자를 감금할 수 있어.' 뤼실은 언젠가 들은 적이 있는, 달이 뜨는 밤이면 몰래 집에서 빠져나가 연못으로 달려가는 바람에 부모가 요양원에 가둬버린 처녀에 관한 이야기를 떠올리며 웃었다. "남자와 함께라면 이해하겠어! 행실이 나빠서 그런 거라고 치면 되니까. 하지만 혼자서 거길 뭐 하러 갔겠어? 미치지 않고서야…." 연

못, 밤…, 비가 쏟아지는 밤의 연못. 오! 여기서 먼 곳이라면 어디든…, 다른 곳이라면 어디든…. 저 말들, 저 사람들, 체념한 듯 소낙비를 맞으며 나아가는 저 불쌍한 굽은 등들! 뤼실은 결연히 창문에서 떨어졌다. "저들과 나 사이엔 아무런 공통점도 없어!" 스스로 아무리 소리쳐도 소용이 없었다. 뤼실은 보이지 않는 끈의 존재를 느꼈다.

　뤼실은 브루노의 방으로 들어갔다. 뤼실은 밤에 몇 번 두근거리는 가슴을 안고 그의 방으로 미끄러져 들어간 적이 있었다. 브루노는 옷을 입은 채 침대 위에 앉아 책을 읽거나 글을 쓰고 있었다. 브루노의 금발이 전등 아래에서 반짝였다. 한구석에 놓인 의자 위에는 버클에 가트 밋 운스*라고 새겨진 무거운 허리띠, 검은 권총, 납작한 철모 그리고 연한 녹색 망토가 아무렇게나 던져져 있었다. 지난주부터 쉴 새 없이 비가 내려 밤공기가 찼기 때문에 브루노는 그 망토를 집어 뤼실의 무릎을 덮어주었다. 모두 잠든 그 커다란 집에 그들밖에 없었다. 그들은 그렇게 믿었다. 고백도, 입맞춤도 없었다. 침묵…. 그러고는 서로의 고향, 가족, 음악, 책에 대한 열띤 대화가 이어졌다. 그들은 묘한 행복감과 함께, 서로의 마음을 확인하고자 하는 그 조급함을, 육체를 나누기 전에 영혼을 먼저 나누고자 하는 연인들의 조급함을 느꼈다.

* Gott mit uns, '주님께서 우리와 함께하신다'라는 뜻의 독일어.

"날 알아줘, 날 봐줘. 난 이런 사람이야. 난 이렇게 살아왔고, 이런 걸 좋아했어. 당신은? 당신은 어떤 사람이야?" 하지만 그때까지 사랑의 말은 없었다. 말을 한들 무슨 소용이 있겠는가? 목소리가 변할 때, 입술이 떨릴 때, 긴 침묵이 덮칠 때, 사랑의 말은 아무 쓸모가 없다. 뤼실은 탁자 위에 놓인 책들을, 기묘하고 혐오스러운 고딕 글자들로 채워진 독일 책들을 부드럽게 쓰다듬었다. 독일인, 독일인…. 프랑스 남자였다면 손이나 옷에 입을 맞추는 것 외에 다른 사랑의 몸짓 없이 날 보내주진 않았을 거야….

뤼실은 씁쓸하게 웃으며 가볍게 어깨를 으쓱했다. 뤼실은 그것이 소심함이나 차가움에서 비롯된 것이 아니라는 걸 잘 알고 있었다. 적당한 때를 기다릴 줄 아는, 홀려버린 먹잇감이 자신을 바칠 때까지 기다리는 야수와 흡사한 독일인의 깊고 지독한 끈기였다. 브루노는 이렇게 말한 적이 있었다. "전투를 하다 보면 숲속에 매복한 채로 며칠 밤을 보내야 하는 경우가 생깁니다. 그 기다림은 아주 에로틱하지요…." 뤼실은 그 말을 듣고 웃었다. 이제 와 돌이켜보면 단순히 웃어넘길 말은 아니었던 것처럼 여겨졌다. 뤼실이 지금 하는 일이 기다림이 아니라면 뭐란 말인가? 뤼실은 기다리고 있었다. 그를 기다리고 있었다. 뤼실은 생기 없는 방들을 배회하고 있었다. 앞으로 두 시간, 혹은 세 시간. 이어 혼자 저녁을 먹을 거고. 그런 다음 시어머니가 열쇠로 문을

잠그는 소리가 들려올 테고, 마르트가 등을 들고 철책 문을
닫으러 갈 것이다. 그런 뒤 또다시 뜨겁고 묘한 기다림….
그러고는 마침내 거리에서 말이 힝힝거리는 소리, 무기들
이 부딪히는 소리와 말 고삐를 건네받아 데리고 가는 마부
에게 명령을 내리는 브루노의 목소리가 들려올 것이다. 문
턱에서 들려오는 그 박차 소리…. 이어 차갑고 거센 바람이
참나무들을 후려치고 멀리서 천둥소리가 으르렁거리며 달
려가는 그 폭풍의 밤, 뤼실은 마침내 브루노에게 말할 것이
다. 오! 뤼실은 내숭을 떠는 그런 여자가 아니었다. 뤼실은
그가 탐내왔던 먹잇감이 이제 당신의 것이라고 분명하고
명확한 프랑스어로 말할 것이다. "그런 다음에는? 내일은?"
뤼실은 중얼거렸다. 일렁이는 불꽃이 하나의 얼굴을 훤히
밝혀 변화시키듯, 갑자기 영악하고, 당돌하고, 관능적인 미
소가 뤼실의 얼굴을 스치고 지나갔다. 정염의 불꽃으로 훤
히 밝혀지자, 부드럽기만 하던 뤼실의 얼굴에 매혹적이며
무시무시한 악마의 표정이 떠올랐다. 뤼실은 소리 없이 방
에서 나갔다.

18

누가 부엌문을 조심스럽게 두드렸다. 그 소리는 빗소리에 가려 더욱 소심하게 들렸다. 잠시 비를 피하려는 아이들인 모양이군, 가정부는 생각했다. 문을 열자 마들렌 사바리가 빗물이 줄줄 흐르는 우산을 든 채 문턱에 서 있었다. 마르트는 입을 다물지 못한 채 잠시 그녀를 쳐다보았다. 주일 대미사 때를 제외하고 농장 사람이 읍내로 내려오는 경우는 거의 없었다.

"웬일이야? 어서 들어와. 집에는 별일 없어?"

"아뇨! 큰일 났어요! 지금 즉시 부인께 상의드리고 싶어요." 마들렌이 낮은 목소리로 말했다.

"오, 주여! 큰일이라니! 만나고 싶은 사람이 앙젤리에 부인이야, 아니면 뤼실 부인이야?"

마들렌은 잠시 망설였다.

"뤼실 부인요. 하지만 몰래 가서 모셔 오세요… 제가 여기 있다는 걸 재수 없는 독일군이 모르게요."

"독일군 장교? 그 사람은 말 징발 때문에 나갔어. 흠뻑 젖었네. 저기 가서 불 좀 쬐고 있어. 난 가서 부인을 모셔올 테니까."

뤼실은 혼자 저녁을 먹고 있었다. 식탁보 위에는 책 한 권이 펼쳐져 있었다. 마르트는 생각했다. '불쌍하기도 하지. 저게 어디 사람 사는 거야? 부인은 2년 전부터 독수공방 신세고, 또 마들렌에게는…. 무슨 일이 생긴 걸까? 또 독일 놈들이 무슨 짓을 저지른 게 분명해!

마르트는 뤼실에게 누가 좀 뵙고 싶어한다고 전했다.

"마들렌 사바리가 찾아왔는데, 큰일이 터졌대요, 글쎄. 그래서 은밀히 상의드리고 싶대요."

"이리 데려오세요! 독일군 장교는… 폰 팔크 중위는 아직 안 들어왔나요?"

"아뇨, 아직. 돌아오면 말 기척이 들릴 테니 즉시 알려드릴게요."

"그래요. 가서 데려오세요."

뤼실은 두근거리는 가슴을 다독이며 기다렸다. 납처럼 창백한 마들렌 사바리가 숨을 헐떡이며 식당으로 들어왔

다. 시골 아낙의 소심함과 그녀를 뒤흔들어놓은 흥분이 그
녀 내부에서 싸우고 있었다. 마들렌은 뤼실의 손을 덥석 잡
으며 관례에 따라 "방해가 된 건 아닌지요?", "집안은 두루
평안하신지요?"라고 웅얼거리고는 눈물을 참으려고 갖은
애를 쓰며 — 임종을 지켜볼 때가 아닌 이상, 남 앞에서 눈물
을 보이며 고통이나 큰 기쁨을 드러내는 것은 예법에 어긋
나니까 — 나지막이 말했다.

"아! 뤼실 부인! 어떡하죠? 어떻게 해야 할지 몰라 부인
께 상의드리러 왔어요. 오늘 아침 독일군들이 브누아를 잡
으러 왔어요."

뤼실이 깜짝 놀라 외쳤다.

"아니, 왜요?"

"총을 숨겼대요. 아시다시피 농가에서는 누구나 그렇잖아
요…. 그런데 다른 집은 안 뒤지면서 하필 우리 집만 꼭 집
어서 찾아왔어요. 브누아는 '어디 한번 찾아보시죠'라고 말
했어요. 그들은 뒤졌고, 찾아냈어요. 건초 속에서, 외양간에
있는 꼴 속에서요. 우리 집에 묵는 그 통역관이 지켜보는 가
운데 총을 찾은 사령부 군인들이 남편에게 따라오라고 말
했어요. 그러자 브누아가 말했어요. '잠깐만, 그 총은 내 것
이 아니에요. 이웃이 날 고발하려고 거기 숨겨놓은 거예요.
잠깐 줘봐요, 내가 증명해 보일 테니.' 브누아가 하도 자연
스럽게 말하는 바람에 군인들도 별로 의심하지 않았어요.

브누아가 총을 건네받아서는 살펴보는 척하다가 갑자기…
아! 뤼실 부인, 총알 두 발이 거의 동시에 발사됐어요. 한 발
로는 보네를, 다른 한 발로는 부비를… 부비는 보네가 데리
고 있던 커다란 개인데….”

“알아요, 나도 알아요.” 뤼실이 웅얼거렸다.

“그러고는 식당 창문을 훌쩍 뛰어넘어 달아나버렸어요.
독일군들이 뒤쫓았고요…. 하지만 아시다시피 브누아는 독
일군들보다 이 고장 지리를 훨씬 더 잘 알아요. 그들은 결
국 그를 찾아내지 못했어요. 다행스럽게도 폭우가 쏟아져
한 치 앞도 안 보였거든요. 보네는 사람들이 제 침대에 옮겨
놨어요! 독일군들이 브누아를 찾아내면 총살형에 처할 거
예요! 총기를 숨겨둔 것만으로도 총살감인데! 하지만 잡히
면 죽는다는 걸 뻔히 아는 지금 오히려 희망이 있지 않을까
요?”

“브누아가 왜 보네를 죽였죠?”

“틀림없이 그 사람이 브누아를 고발했을 거예요, 뤼실 부
인. 우리 집에 묵고 있었으니까요. 보네가 총을 찾아낸 게
틀림없어요. 독일 놈들은 모두 배신자들이에요! 그리고 그
작자는… 저한테 치근댔어요. 남편도 그 사실을 알고 있었
어요! 아마 그를 벌하고자 했을 거예요. 아마 ‘내가 없는 동
안 내 마누라 주위를 맴돌지 못하게 만들어주마’라고 생각
했겠죠. 아마…. 게다가 브누아는 독일군을 증오했어요, 뤼

실 부인, 독일군 하나를 죽이는 게 남편의 꿈이었죠.”

“그들이 종일 추적했을 텐데, 아직 못 찾아낸 게 확실해요?”

“확실해요.” 마들렌이 잠시 입을 다물고 있다가 말했다.

“브누아를 만났나요?”

“예. 이건 목숨이 걸린 일이에요, 뤼실 부인. 아무에게도… 아무에게도 말하지 않으실 거죠?”

“오, 마들렌!”

“그러니까 브누아는 지금 우리 이웃 루이즈 집에 숨어 있어요. 남편이 포로로 잡혀간 여자 말이에요.”

“그들이 곧 샅샅이 뒤질 텐데….”

“다행스럽게도 오늘은 말 징발이 있는 날이라 장교들이 모두 자리를 비웠어요. 병사들은 명령을 기다리고 있고요. 내일 날이 밝는 대로 온 마을을 이 잡듯 뒤질 거래요. 하지만 뤼실 부인, 우리 고장에 숨을 곳은 곳곳에 널려 있어요. 벌써 여러 차례 탈출한 포로들을 그들 코 밑으로 지나가게 해줬죠. 루이즈가 브누아를 잘 숨겨줄 거예요. 하지만 문제는 아이들이에요. 아이들은 독일군을 무서워하지 않고 함께 놀며 수다를 떨기도 해요. 상황을 이해하기에는 아직 너무 어리니까요. 루이즈는 제게 이렇게 말하더군요. ‘위험하다는 건 나도 알아. 하지만 네 남편을 위해 기꺼이 해주겠어. 너였더라도 내 남편을 위해 그렇게 했을 테니까. 하지만

아이들이 문제야, 이 고장을 떠날 기회가 생길 때까지 브누
아를 숨겨줄 수 있는 다른 집을 찾아보는 게 나을 것 같아.'
그들이 벌써 모든 길목을 지키고 있을 거예요! 하지만 독일
군들이 영원히 여기 있지는 않을 거예요. 당분간 숨어 지내
려면 아이가 없는 넓은 집이 필요해요."

"여기요?" 뤼실이 놀란 표정으로 그녀를 쳐다보며 말했
다.

"예, 여기요. 부인 댁이 떠올랐어요…."

"독일군 장교가 여기 묵고 있다는 거, 알고 있어요?"

"그들은 어디에나 있어요. 그 장교는 자기 방에서 거의
나오지 않는다면서요? 그리고 사람들 말로는 그 장교가 부
인을 사랑한다고, 부인이 마음만 먹으면 무슨 일이든 하
게 만들 수 있다고 하더군요. 기분이 상한 건 아니시죠? 독
일군들도 여느 남자와 똑같은 남자들인걸요. 따분하면 그
저… 그러니까 '당신 부하들이 이곳을 뒤지는 건 싫어요. 제
가 아무도 숨겨주지 않았다는 거 잘 아시잖아요. 무엇보다
너무 무서울 거예요.' 이렇게 여자들이 흔히 하는 불평을 늘
어놓으면…. 게다가 이 집은 아주 넓은 데다 텅 비어 있어서
숨어 지낼 곳을 찾기도 쉬울 거예요. 이곳이 브누아가 살아
남을 수 있는 공간이에요. 유일한 공간이죠! 물론 부인께서
는 그러다 만약 발각이라도 되면 부인이 감옥에 갈… 어쩌
면 총살형을 당할지도 모른다고 말씀하시겠죠. 하지만 프

랑스 사람들끼리 서로 돕지 않는다면 누가 우릴 돕겠어요?
루이즈는 아이들까지 있지만 조금도 두려워하지 않았어요.
부인은 홀몸이시잖아요.”

　“난 두렵지 않아요.” 뤼실이 천천히 말했다.

　뤼실은 곰곰이 생각해보았다. 자기 집이든 다른 곳이든
브누아가 잡힐 위험은 마찬가지일 것이다. ‘내가 무엇 때문
에 두려워하겠어? 마들렌이 염려되어서? 나 때문에? 내 목
숨이 걸려서? 내가 하는 짓 때문에?’ 뤼실은 무의식적인 절
망에 사로잡혀 생각했다. 정말, 그것은 조금도 중요하지 않
았다. 뤼실은 문득 1940년 6월의 며칠을(그때로부터 2년이,
꼭 2년이 흘렀다) 떠올렸다. 그때도, 소란과 위험 속에서도
뤼실은 자기 자신은 조금도 염두에 두지 않았다. 강물의 빠
른 흐름에 이끌리듯 자기 몸을 맡겼다. 뤼실이 속삭였다.

　“시어머니가 계시지만 요즘은 방에서 통 나오지 않으니
아무것도 모르실 거예요. 그런데 마르트는 어쩌죠?”

　“오, 부인! 마르트는 가족이에요. 남편의 사촌이죠. 잔은
전혀 염려할 필요 없어요. 저희는 가족을 철석같이 믿으니
까요. 그런데 브누아를 어디다 숨기죠?”

　“창고 근처에 있는 푸른 방이 좋겠어요. 남편이 어릴 적
갖고 놀던 장난감을 넣어둔 낡은 방인데, 알코브 같은 곳이
있거든요. 그런데 가엾은 마들렌, 그렇다고 환상을 품어서
는 안 돼요. 운명이 우리에게 등을 돌린다면 여기든 다른 곳

이든 그들은 브누아를 찾아내고 말 거예요. 반대로 주님께
서 원하신다면 잡히지 않을 거고요. 어쨌거나 독일군을 대
상으로 했던 테러가 프랑스에 여러 차례 있었는데 범인이
잡히지 않은 경우가 많으니 최선을 다해 브누아를 숨겨야
죠. 그리고… 희망을 걸어야죠, 안 그래요?"

"그래요, 희망을 가져야죠…." 마들렌이 대답했다. 더는
참을 수 없었는지 눈물이 뺨을 타고 천천히 흘러내렸다.

뤼실이 마들렌의 어깨를 안아주었다.

"어서 가서 브누아를 데려와요. 메에 숲을 지나서 오도록
해요. 비가 계속 내리니까 밖에는 아무도 없을 거예요. 프랑
스 사람이라고 해서 함부로 믿어서는 안 돼요. 정원 쪽문에
서 기다리고 있을게요. 마르트에게는 내가 말해둘게요."

"감사합니다, 부인." 마들렌이 더듬거리며 말했다.

"가요, 빨리. 서둘러요." 마들렌은 소리 없이 문을 열고
나무들이 눈물을 흘리고 있는 축축하게 젖은 황량한 정원
으로 살며시 빠져나갔다. 한 시간 후, 뤼실은 메에 숲 쪽으
로 나 있는, 녹색으로 칠해진 정원 쪽문으로 브누아를 들어
오게 했다. 폭우는 그쳤지만 거센 바람이 여전히 몰아치고
있었다.

19

방에서 두문불출하고 있던 앙젤리에 부인은 전원 감시원이 광장에서 목청껏 외치는 소리를 들었다.

공고
사령관령

창문마다 불안에 휩싸인 얼굴들이 나타났다. 또 무슨 개수작이야? 공포와 증오를 느끼며 사람들은 생각했다. 사람들은 독일군을 너무나 무서워해서 전원 감시원의 목소리를 통해 사령관이 쥐를 박멸하라거나 아이들에게 의무적으로 예방주사를 맞히라는 명령을 내릴 때조차도 마지막 북소리가 잦아든 후에야, 사정을 잘 알고 있는 사람들, 예를 들면 약사, 공증인 혹은 파출소장 같은 사람들에게 내용을 전해 들은 후에야 마음을 놓았다. 그들은 불안한 표정으로 물어 댔다.

"그게 다예요? 정말 그것뿐이에요? 또 뭐 내놓으라는 거 아니죠."

그리고 조금씩 안정을 되찾으며 말했다.

"아, 그런 얘기였군! 그럼 괜찮아! 근데 참 별걸 다 참견 이네…." 그러고는 어김없이 이렇게 덧붙였다. "우리 쥐들 이고 우리 애들인데, 자기네들이 무슨 권리로 잡아라, 예방 주사를 맞혀라, 저 난리지? 그게 자기들하고 무슨 상관이 있다고?"

그러면 광장에 있던 독일군들이 사령부의 명령을 설명 했다.

"이젠 모두가 건강해야 합니다. 프랑스인이든 독일인이 든…."

농부들은 순종의 표정을 꾸며내면서 서둘러 고개를 끄덕 였다. ('오! 저 노예의 웃음들' 앙젤리에 부인은 생각했다)

"안전을 위해… 아주 좋은 일이야… 모두에게 이로운 일 이지… 당연히 그래야지."

그러고는 각자 집으로 돌아가 쥐덫을 불 속에 던져버리 고는 서둘러 의사에게 달려가 자기 아이에게는 예방주사를 놓지 말라고 부탁했다. "제 아이가 유행성 질병에서 막 회복되었거든요. 제 아이는 못 먹어 몸이 허약하거든요." 다른 사람들은 솔직하게 이렇게 털어놓기도 했다. "차라리 전염병이 하나둘쯤 쫙 퍼졌으면 좋겠어요. 저 꼴 보기 싫은 독일 놈들 다 도망가게!" 광장에 남은 독일군들은 호의에 찬 눈길로 주변을 둘러보며 프랑스인들과 그들 사이에 꽁꽁 얼어 있던 얼음이 조금씩 녹고 있다고 생각했다.

하지만 그날, 주민에게 웃거나 말을 거는 독일군은 단 한 명도 없었다. 그들은 약간 창백한 표정으로 냉혹한 눈길을 한곳에 고정한 채 꼿꼿하게 서 있었다. 남프랑스 출신의 잘생긴 남자로, 여자들이 보여주는 관심에 늘 뿌듯해하는 전원 감시원이 자기 입으로 중대 발표를 하는 게 몹시 즐거운 듯 신나게 북을 두드려댔다. 그는 마술사 같은 우아하고 능숙한 손놀림으로 북채를 양쪽 팔 아래 끼고는, 침묵 속에 울려 퍼지는 매력적이고도 남성스러운 목소리로 발표문을 읽어 내려갔다.

독일 군대의 구성원 하나가 테러에 희생되었다. 베르마흐트의 장교 하나가 뷔시 읍 …에 거주하는 브누아 사바리라는 자에 의해 비열하게 살해되었다.
범인은 우리의 추적을 뿌리치고 달아나는 데 성공했다. 브누아 사바리에게 은신처와 도움을 제공하거나, 그의

은신처를 알면서도 48시간 이내에 사령부에 신고하지
않는 자는 살인범과 마찬가지로….

즉각 총살형에 처할 것이다.

앙젤리에 부인은 창문을 살짝 열었다. 전원 감시원이 사
라지자, 그녀는 상체를 내밀고 광장을 내다보았다. 사람들
이 충격에 휩싸여 웅성대고 있었다. 전날까지만 해도 사람
들은 말 징발에 관한 얘기만 했었다. 엎친 데 덮친 격으로
닥친 이 새로운 불행에 농부들은 도저히 믿을 수 없다는 반
응을 보였다. "브누아가! 브누아가 그런 짓을 했다고? 그럴
리가 없어!" 전날 사건은 철저히 비밀에 부쳐졌다. 주민들
은 조심스럽게 통제되는 주변의 농장에서 무슨 일이 일어
났는지 전혀 몰랐다. 하지만 독일군들은 어렴풋이나마 진
상을 알고 있었다. 사람들은 그제야 왜 한밤중에 독일군들
이 호루라기를 불며 그 소란을 피웠는지, 왜 어젯밤 8시 이
후로는 통행이 금지되었는지 깨달았다. "아마 시신을 옮
겼을 거야. 그래서 사람들이 보지 못하게 하려고 그랬던 거
야." 독일군도 카페에 앉아 낮은 목소리로 자기들끼리 수군
거렸다. 믿기지 않기는 그들도 마찬가지였다. 그들은 석 달
전부터 이곳의 프랑스인들과 함께 생활해왔다. 그들에게
아무런 해도 끼치지 않았고, 배려와 예의 바른 행동을 통해

마침내 승리자와 패배자 사이에 인간적인 관계를 형성하는
데 성공했다! 그런데 이 미치광이의 돌출 행위가 모든 것을
뒤흔들고 있었다. 범죄 자체는 그들에게 큰 충격을 주지 못
했다. 그들이 충격을 받은 것은 마을 주민들에게서 느껴지
는 연대감, 암묵적인 동조의 분위기였다. 범인이 자신을 쫓
는 부대 전체를 따돌리는 일이 가능하게 하려면 고장 전체
가 범인을 도와주고, 숨겨주고, 먹을 것을 대주어야 했기 때
문이었다. 범인이 숲에 틀어박혀 있지 않은 한―하지만 지
난밤 숲이란 숲은 모두 뒤졌다― 또는 더 그럴듯한 가설에
따라, 범인이 벌써 그 고장을 빠져나가지 않은 한은 그랬다.
하지만 그 또한 사람들의 적극적이거나 소극적인 도움 없
이는 불가능했다. 병사들은 속으로 생각했다. '그렇다면 나
역시 죽을 수도 있어. 날 친절하게 맞아주고, 날 보고 웃어
주고, 날 위해 식탁에 자리를 마련해주고, 내 무릎에 아이들
을 앉히게 허락해주는 사람의 손에 말이야. 그래도 날 불쌍
히 여기는 목소리는 없을 거야. 다들 최선을 다해 그 살인자
를 감춰주려 할 거야!' 도무지 속을 알 수 없는 표정을 짓고
있는 저 말 없는 농부들, 어제는 자신들에게 미소 지으며 말
을 걸었지만, 오늘은 거북한 표정으로 병사들 앞을 지나가
며 애써 눈길을 피하는 저 여자들, 그 사람들 모두가 적이었
다! 이제 병사들은 그들을 신뢰할 수 없었다. 하지만 다들
선량한 사람들이었는데…. 지난주 딸이 시험에 합격해 자

격증을 따자 기쁨을 주체하지 못하고 독일군에게 백포도주 한 병을 선물했던 나막신 가게 주인 라콩브, "각자 자기 집에서 평화롭게 지내는 것! 우린 그거면 돼"라고 말했던, 참전 용사인 목수 조르주, 늘 웃고, 노래하고, 몰래 안길 준비가 되어 있던 젊은 여자들, 그랬던 사람들이 영원한 우리의 적이란 말인가?

반면, 프랑스 사람들은 이렇게 생각했다. '바이에른에 내 딸아이와 비슷한 또래의 딸이 있다며 아이를 한번 안아봐도 되겠냐고 물었던 빌리, 병든 남편을 돌보도록 날 도와주었던 프리츠, 프랑스가 너무나 아름답다고 말한 에르발트, 지난 전쟁 때 돌아가신 우리 아버지 초상 사진 앞에서 모자를 벗었던 병사가 내일이라도 명령이 떨어지면 날 체포하고, 아무 거리낌 없이 나를 죽이지 않을까? 전쟁…. 그래, 우린 그게 뭔지 잘 알고 있어. 하지만 한편으로는 점령이 더 끔찍해. 그들에게 익숙해지니까. 사람들은 "알고 보니 그들도 우리와 똑같아"라고 말하지. 천만에, 그건 사실이 아니야. 우린 화해가 불가능한 별개의 두 종족, 영원한 적이야.'

앙젤리에 부인은 표정만 봐도 생각을 읽을 수 있을 정도로 저 사람들을, 농부들을 잘 알고 있었다. 혹은 그렇게 믿고 있었다. 앙젤리에 부인은 농부들을 비웃었다. 그녀는 절대 속지 않았다! 앙젤리에 부인은 결코 뭐든지 사고자 하는 그들의 수작에 넘어가지 않았다! 프랑스의 나머지 지역과

마찬가지로 작은 뷔시 읍에서도 모든 게 팔려나갔다. 독일
군은 이런저런 사람(독일군 병사에게 샤블리 백포도주 한 병
값으로 백 프랑을 내게 한 술장수들, 달걀 한 알을 5프랑에 판
농부들)과 젊은이들, 여자들에게 돈과 쾌락을 제공했다. 독
일군이 진주한 이후로 사람들은 더는 따분해하지 않았다.
드디어 말을 건넬 사람이 생겼으니까. 맙소사…. 앙젤리에
부인의 며느리마저도! 앙젤리에 부인은 눈을 반쯤 감은 채
희고 투명한 손으로 내리깐 눈꺼풀을 가렸다. 마치 벌거벗
은 몸을 보고 싶지 않다는 듯. 그랬다! 독일군들은 그런 식
으로 관용과 망각을 살 수 있다고 믿었다. 그리고 그들은 그
것을 얻어냈다. 앙젤리에 부인은 착잡한 심정으로 마을의
명사들을 하나씩 떠올려보았다. 모두가 하나같이 그들에게
허리를 굽혔고 그들의 유혹에 넘어갔다. 몽모르 가문…. 그
들 역시 독일군을 받아들였다. 들리는 말로는, 자작의 정원
이나 연못가에서 독일군이 파티를 벌인다고 했다. 몽모르
자작 부인은 도무지 화가 나서 참을 수가 없다고, 음악 소
리 때문에, 그들이 피울 모닥불을 보지 않기 위해 창문을 모
조리 닫아버리겠다고, 그나마 자기 말에 귀를 기울이는 사
람들에게 말했다. 하지만 폰 팔크 중위와 통역관 보네가 의
자와 잔, 식탁보를 빌리려고 방문했을 때, 자작 부인은 거의
두 시간을 그들과 함께 보냈다. 그 집 관리인과 친하게 지
내는 마르트에게 전해 들은 얘기였다. 게다가 저명인사들

을 잘 살펴보면 그들부터가 반은 이방인이었다. 그들의 핏
줄 속에는 바이에른, 프로이센(끔찍해라!) 혹은 라인의 피
가 흐르고 있지 않은가? 가만히 생각해보면 부르주아들도
나을 게 없었다. 사람들은 리옹의 말테트 가문, 코르뱅 은행
등등, 독일인들과 거래를 하는 부르주아 가문의 이름을 들
먹였다…. 하지만 앙젤리에 부인은 거의 별종에 가까운 인
물이었으며, 프랑스에서 꿋꿋하게 버티고 있는 유일한 요
새였다. 돌이나 살과 피가 아니라 세상에서 가장 비물질적
인 동시에 가장 꺾기 힘든 것, 즉 사랑과 증오로 지어져 있
기에 무엇으로도 무너뜨릴 수 없는 요새.

앙젤리에 부인이 조용하고 빠른 걸음으로 방 안을 오락
가락했다. 그녀가 중얼거렸다. "눈을 감고 있는 게 능사는
아냐. 뤼실이 그 독일군의 품에 안기기 직전이야." 그렇다
면 앙젤리에 부인이 무엇을 할 수 있을까? 남자들은 무기
를 가지고 싸울 줄 안다. 앙젤리에 부인이 할 수 있는 일이
라곤 염탐하고, 살피고, 밤의 고요 속에서 발소리, 한숨 소
리에 귀를 기울이는 게 고작이었다. 적어도 그 짓거리가 용
서되거나 잊히지 않게. 가스통이 돌아오면…. 앙젤리에 부
인은 잔인한 희열에 몸을 떨었다. 오! 그녀는 뤼실이 죽이고
싶도록 미웠다! 마침내 모두가 잠들어 집 안에 적막이 감돌
면 늙은 부인은 스스로 집 안 순찰이라 부르는 것을 행했다.
그 무엇도 앙젤리에 부인의 눈을 벗어날 수 없었다. 앙젤리

에 부인은 재떨이를 뒤져 립스틱 자국이 묻은 담배꽁초의 수를 셌고, 바닥에 떨어져 있는 구겨진 손수건, 시든 꽃송이, 펼쳐진 책을 슬그머니 주웠다. 앙젤리에 부인은 피아노 소리나, 악보의 한 소절을 흥얼거리는 독일군의 낮고 부드러운 목소리를 자주 들었다. 피아노라니? 저 인간이 어떻게 음악을 사랑할 수 있지? 음 하나하나가 팽팽하게 당겨진 그녀의 신경을 건드려 신음을 토해내게 했다. 그들은 아름다운 여름밤을 즐기기 위해 서재의 창문을 활짝 열어두었고, 앙젤리에 부인은 바로 위의 창문으로 몸을 내밀어서 그들이 나누는 긴 대화가 희미하게 메아리치는 소리를 들었다. 그 소리가 차라리 나았다. 그들 사이에 흐르는 침묵이나 뤼실의 웃음소리(웃다니! 남편이 포로로 잡혀갔는데 웃다니! 음탕한 것, 짐승 같은 것, 천박한 영혼!)가 차라리 나았다. 무엇이든 음악보다는 나았다. 음악은 언어나 풍습의 차이를 넘어 두 존재의 내면에 있는 파괴할 수 없는 어떤 것에 가닿기 때문이었다. 간혹, 앙젤리에 부인은 독일군의 침실로 다가갔다. 그리고 애연가인 장교의 거친 숨소리와 가벼운 기침 소리에 귀를 기울였다. 그러고는 박제한 사슴 머리 아래 장교의 커다란 망토가 걸려 있는 현관으로 가서 망토 주머니 속에 불행을 불러온다는 히스 뿌리 몇 오라기를 몰래 집어넣었다. 앙젤리에 부인은 그런 헛된 속설을 믿지 않았다. 하지만 믿져야 본전 아닌가….

며칠 전부터, 정확하게는 이틀 전부터, 집 안에 뭔가 더 위협적인 기운이 흐르는 것처럼 느껴졌다. 우선 피아노 소리가 들려오지 않았다. 앙젤리에 부인은 뤼실과 가정부가 오랫동안 낮은 목소리로 이야기를 주고받는 것을 들었다. (마르트마저 날 배반하는 건가?) 종소리가 울려 퍼지기 시작했다. (아! 살해당한 장교의 장례식이 시작되는 모양이군.) 완전무장을 한 병사들, 관, 붉은 꽃 화관…. 성당이 징발되었고, 프랑스인에게는 출입이 허락되지 않았다. 박자에 맞춰 성가를 합창하는 멋진 목소리들이 들렸다. 성모 예배당으로부터 들려왔다. 지난겨울 교리를 배우는 아이들이 유리창 하나를 깨먹었는데, 아직 새로 끼워 넣지 못한 상태였다. 광장의 거대한 참나무에 가려 어두컴컴한, 성모 제단 뒤편에 있는 작은 창문을 통해 노랫소리가 흘러나왔다. 새들은 또 왜 그토록 즐거이 지저귀는지! 새들의 날카로운 지저귐이 때때로 독일군의 찬가를 뒤덮었다. 앙젤리에 부인은 살해당한 장교의 이름도 나이도 몰랐다. 사령관은 '한 독일군 장교'라고만 했다. 그것만으로 충분했다. 그는 분명 젊었을 것이다. 그들은 모두 젊은 청년이었다. "이제 너에게는 모든 게 끝났구나. 어쩌겠니? 전쟁인걸. 저 아이의 어미도 이제 그것이 어떤 일인지 깨닫게 될 거야." 남편이 죽은 이후로 늘 목에 걸고 다니는, 흑옥과 흑단으로 만든 목걸이를 신경질적으로 만지작거리며 앙젤리에 부인이 중얼거렸다.

앙젤리에 부인은 날이 어둑해질 때까지 그 자리에 꼼짝하지 않고 서서 길을 지나가는 사람들을 바라보았다. 저녁…. 고요했다. 앙젤리에 부인은 생각했다. '뤼실이 방에서 나와 정원으로 내려가는 걸 알려주는, 층계 세 번째 계단의 작은 삐걱거림이 들리지 않네. 문들이 마치 공모라도 하듯 전혀 소리를 내지 않아도 그 낡은 계단만은 늘 충실하게 그들의 밀회를 알려줬는데…. 아냐, 아무 소리도 안 나. 그것들이 이미 만난 걸까? 아니면 아직 시간이 안 된 걸까?'

밤이 흘러갔다. 앙젤리에 부인은 걷잡을 수 없는 호기심에 사로잡혔다. 그녀는 슬그머니 방에서 빠져나왔다. 그녀는 식당으로 가서 문에 귀를 대고 엿들었다. 침묵. 장교의 방에서도 전혀 소리가 나지 않았다. 아까 저녁 무렵 집 안에서 남자 발소리를 듣지 않았다면, 앙젤리에 부인은 장교가 아직 돌아오지 않은 모양이라고 생각했을 것이다. 아무도 그녀를 속일 수 없었다. 이 집에 아들 아닌 다른 남자가 있다는 것 자체가 앙젤리에 부인에겐 크나큰 모욕이었다. 그녀는 낯선 담배 냄새를 맡고는 마치 금방이라도 혼절할 사람처럼 손으로 창백하게 변한 이마를 짚었다. 독일군이 도대체 어디 있는 거지? 담배 연기가 열린 십자 창을 통해 들어왔기 때문에 평소보다 훨씬 더 가까이 있는 게 분명했다. 집 안을 돌아다니고 있는 걸까? 앙젤리에 부인은 곧 다른 곳으로 떠난다는 정보를 접한 그가 가구들을 둘러보며 자기 몫의 전리품을 고르고 있다고 상상했다. 프로이센-프랑스 전쟁 때는 프로이센인들이 괘종시계를 훔쳐 가지 않았던가? 지금의 프로이센인들도 크게 달라지진 않았을 거야! 앙젤리에 부인은 다락방, 식료품 창고 그리고 지하 창고를 뒤지는 그 불경한 손을 떠올렸다! 앙젤리에 부인이 가장 염려하는 것은 지하 창고였다. 그녀는 포도주를 절대 입에 대지 않았다. 가스통의 첫 영성체와 결혼식 때 샴페인 한 모금 마신 게 고작이었다. 하지만 포도주는 유산의 일부였다. 따라서 앙젤리에 부인이 죽은 후에 자손들에게 대대로 전해질 모든 것과 마찬가지로 신성한 것이었다. 샤토 디켐을 비롯해 남편이 남긴 포도주들은 장차 아들에게 물려줘야 할 유산이었다. 최고 품질의 포도주들은 모래 속에 감춰두었다. 하지만 그 독일군이…. 누가 알겠는가? 혹시 뤼실이 귀띔해줘서…. 아무래도 가봐야겠어. 요새처럼 철갑문으로 단단하게 막아놓은 지하 창고, 오로지 그녀만 알아볼 수 있게 벽에 십자 표시를 해둔 비밀 창고. 아냐, 여기도 손댄 흔적이 전혀 없어. 하지만 앙젤리에 부인의 심장이 세차게 요동쳤다. 뤼실의 향수 냄새! 익숙한 그 향기가 아직도 허공을 떠다니는 것으로 보아 뤼실이 조금 전에 지하 창고로 내려온 게 틀림없었다. 앙젤리에 부인은 그 향기를 좇아 부엌과 식당을 가로질렀고, 마침 음식과 포도주가 들어 있었던 게 분명한 접시와 잔 그리고 빈 병을 손에 들고 내려오는 뤼실과 마주쳤다. 바로 이것이 앙젤리에 부인이 발소리를 들었다고 생각했던 창고와 식료품 창고에 간 이유였다.

"사랑의 야찬이냐?" 나지막하지만 채찍처럼 날카로운 목소리로 앙젤리에 부인이 말했다.

"어머니, 제발 목소리 좀 낮추세요! 모르고 계시지만…"

"독일군하고! 내 집 지붕 아래에서! 네 남편의 집에서! 가증스러운 것…"

"조용히 좀 하시라니까요! 장교는 아직 안 들어왔어요. 하지만 곧 올 거예요. 이것들을 어서 제자리에 갖다놓게 좀 비켜주세요. 그사이에 장난감 방에 올라가셔서 누가 있는지 살펴보세요. 그런 다음에 식당으로 내려오셔서 어머님 뜻을 말씀해주세요. 제가 잘못했어요. 어머님 몰래 행동한 건 큰 실수였어요. 제가 어머님 목숨을 위험에 빠뜨려서는 안 되니까요…"

"혹시… 그 농부를 내 집에 숨겼느냐? 독일군 장교를 살해했다는 그…"

그 순간, 그들은 집 앞을 지나가는 부대의 소란을, 독일어로 명령을 내리는 걸걸한 목소리들을, 그리고 거의 동시에 현관 계단을 올라오는 독일군 장교의 발소리를 들었다. 그 발소리는 망치로 두드리는 듯한 군화와 박차 소리 때문에, 그리고 무엇보다 그 움직임이 정복한 땅을 당당하게 활보하는, 자신을 자랑스럽게 여기는 정복자의 것이 분명했기 때문에 프랑스인의 발소리와 결코 헷갈릴 수 없었다.

앙젤리에 부인은 황급히 자기 방의 문을 열어 뤼실을 밀어 넣고는 따라 들어가 문을 잠갔다. 앙젤리에 부인은 뤼실의 손에서 접시와 잔을 빼앗아 화장실에서 씻은 다음 정성껏 닦았고, 포도주병은 라벨을 슬쩍 본 다음에야 한쪽에 치워두었다. 싸구려잖아? 그렇다면 다행이군! '총살형을 당할 위험을 무릅쓰고 독일군을 살해한 남자를 숨겨줄지언정 결코 그 사람을 위해 오래 묵은 부르고뉴 포도주를 내놓지는 않을 분이야. 지하실이 캄캄해 아무것도 안 보이는 바람에 내 손이 우연히 일 리터에 삼 프랑 하는 싸구려 포도주를 집어서 정말 다행이야.' 뤼실은 생각했다. 앙젤리에 부인이 어떻게 나올지 궁금해하며 뤼실은 입을 다물고 있었다. 어쨌거나 앙젤리에 부인에게 외부인의 존재를 오랫동안 숨길 수는 없었을 것이다. 노부인은 벽을 꿰뚫어 보는 듯한 시선을 가지고 있었다.

"내가 그 사람을 사령부에 밀고라도 할 거라고 생각했니?" 마침내 앙젤리에 부인이 물었다. 집게로 집어놓은 듯한 콧구멍이 벌름거렸고, 두 눈에서 묘한 광채가 번뜩였다. 앙젤리에 부인은 한때 두각을 드러냈던 배역을, 억양과 몸짓이 너무나 몸에 익어 제2의 천성이 되어버린 역할을 다시 맡은 늙은 배우처럼 행복한 기대에 들떠, 약간은 미친 사람처럼 보이기까지 했다.

"그 사람이 여기 온 지 오래되었니?"

"사흘 됐어요."

"왜 나한테는 아무 말도 하지 않았지?"

뤼실은 대답하지 않았다.

"그 사람을 푸른 방에 숨기다니, 네가 정신이 나갔구나. 그 사람이 있어야 할 곳은 바로 여기야. 내 식사를 늘 이 방으로 가지고 올라오니 들킬 염려도 없고 안성맞춤 아니냐. 잠은 곁방에 있는 소파에서 재우면 돼."

"하지만 어머니, 잘 생각해보세요! 발각이라도 되는 날에는 목숨을 부지하기 어려울 거예요. 지금 상태에서 발각되면 제가 어머님 몰래 행동했다고 말하고, 모든 책임을 지면 돼요. 그게 사실이니까요. 하지만 어머님 방에서 발각되면…."

"말해봐라." 벌써 오래전부터 보여준 적이 없는 활기찬 모습으로 앙젤리에 부인이 말했다. "정확하게 어떻게 된 거라든? 난 사령부에서 발표한 것 외에는 아무것도 몰라. 누굴 죽였다고 하더냐? 한 명만 죽였다더냐? 다른 군인들에게는 부상을 입히지 않았고? 죽은 이가 장교라던데, 최소한 고급 장교겠지?"

'신이 나셨군. 살인과 피의 부름에 저토록 즉각적으로 반응하다니…. 엄마이거나 사랑에 빠진 여자들은 모두 표독스러운 암컷들이야. 엄마도 아니고 사랑에 빠지지도 않은

(브루노? 안 돼. 이 순간에 그 사람을 생각해선 안 돼. 그래선 안 돼…) 나는 이 사건을 도저히 저런 식으로 받아들일 수 없어. 나는 보다 초연하고, 냉철하고, 차분하고, 교육받은 여자야. 난 그렇게 믿고 싶어. 게다가… 우리 세 사람이 진짜 목숨을 건 모험을 벌이고 있다는 사실을 믿을 수가 없어…. 마치 소설에나 나오는 얘기 같아. 하지만 보네가 죽었어. 한쪽에서는 범죄자로, 다른 쪽에서는 영웅으로 취급할 그 농부의 손에…. 그럼 나는? 나도 입장을 정해야만 해. 나는 이미 입장을 정했어. 어쩔 수 없이. 난 내가 자유롭다고 믿었는데….'

"제가 가서 브누아 사바리를 데리고 올 테니 직접 물어보세요, 어머니. 담배는 피우지 못하게 하세요. 집 안에서 자기 것이 아닌 담배 냄새가 나면 중위가 수상하게 여길 수도 있으니까요. 제 생각엔 그게 유일한 위험 요소예요. 그들이 집을 뒤지지는 않을 거예요. 감히 마을에 범인을 숨겼으리라고는 상상도 하지 못할 테니까요. 그들은 인근 농장들을 뒤질 거예요. 하지만 밀고를 당할 수도 있으니 조심하셔야 해요."

"프랑스 사람들은 서로 밀고하지 않아. 독일군과 가깝게 지내더니 그런 것도 잊은 모양이구나." 노부인이 도도한 표정을 지으며 말했다.

뤼실은 폰 팔크 중위가 자신에게만 털어놓은 사실을 떠

올렸다. "저희가 도착한 바로 그날, 사령부에 익명의 편지들이 가득 든 상자 하나가 저희를 기다리고 있었어요. 영국군과 드골주의자들의 선전물을 갖고 있다느니, 금지된 물품들을 감춰뒀다느니, 연합군의 스파이라느니 하는, 주민들이 서로를 밀고하는 편지였죠. 그것들을 모두 심각하게 받아들였다가는 이 마을 사람 모두를 감옥에 가둬야 할 지경이었어요! 그래서 전 그것들을 모두 태워버리게 했죠. 사람들의 심지라는 게 별것이 아니에요. 패배가 그들 내면에 있는 가장 저열한 것을 일깨운 거죠. 예전에 독일에서도 사정은 마찬가지였어요." 하지만 뤼실은 입을 다문 채 갑자기 20년은 족히 젊어진 것처럼 보이는 시어머니가 기쁨과 흥분에 들떠 곁방 소파에 잠자리를 마련하는 것을 지켜보았다. 앙젤리에 부인은 자신의 매트리스, 베개, 가장 질 좋은 시트로 애정을 담아 브누아 사바리의 침구를 준비했다.

20

　독일군은 6월 21일 밤 몽모르 자작의 성에서 파티를 여는 데 필요한 조치들을 이미 오래전에 해놓았다. 그날은 2년 전 그 부대가 파리에 입성한 날이었다. 허구하게 많은 날을 다 제쳐두고 하필이면 그날 파티를 여는 정확한 이유를 프랑스인에게는 일절 함구하라는 지시가 떨어졌다. 프랑스인의 국가적 자존심을 공연히 자극할 필요는 없었다. 프랑스인은 그들 자신의 결점을 아주 잘 알고 있었다. 악의를 품고 결점을 찾는 외부의 관찰자보다 오히려 더 잘 알고 있었다. 최근에 브루노 폰 팔크 중위와 기탄없이 대화를 나누던 중에 한 프랑스 젊은이는 이렇게 털어놓았다.

　"우린 뭐든지 금방 잊어버려요. 그게 우리의 약점인 동시에 강점이죠! 1918년 이후 우린 우리가 승리자였다는 사실을 잊었어요. 그래서 이 전쟁에서 무참하게 패했지요. 이 전쟁이 끝나면 우리가 패배자였다는 사실도 금방 잊을 겁니다. 아마 이번에는 우리의 약점이 우릴 구원해줄 거예요.”

“우리 독일인들의 경우, 국가적 결점인 동시에 가장 큰 장점은 요령이 부족하다는 겁니다. 달리 말하자면, 상상력이 없다는 거죠. 우리에겐 타인의 관점에서 상황을 바라보는 능력이 없어요. 그래서 쓸데없이 상처를 입혀 미움을 사곤 하지요. 하지만 그것이 앞만 보고 탱크처럼 밀어붙이는 우리 힘의 원천이기도 합니다.”

이 요령의 결여를 의식한 독일군은 프랑스인과 대화를 나눌 때 실언하지 않도록 각별하게 신경을 썼다. 프랑스인이 그들을 위선자로 여기는 이유가 바로 거기에 있었다. “오늘 저녁 파티는 뭘 축하하는 거죠?”라고 묻는 뤼실에게조차, 브루노는 그들에겐 한 해 중 밤이 가장 짧은 6월 24일경에 함께 모여 즐기는 풍습이 있는데, 24일에는 대대적인 훈련이 예정되어 있어서 그 모임을 며칠 앞당긴 것이라고 얼버무렸다.

모든 준비가 끝났다. 자작의 성에 있는 정원에 상이 차려질 예정이었다. 마을 주민들은 가장 아름다운 식탁보를 몇 시간만 빌려달라는 부탁을 받았다. 브루노의 지휘 아래 병사들이 장롱 깊숙한 곳에서 꺼낸, 무늬를 넣어 짠 천들을 극

도로 조심스럽게 들춰보며 마음에 드는 것을 골랐다. 부르
주아 부인들은 눈을 들어 하늘을 올려다보고는 한시도 눈
을 떼지 않았다. 마치 하늘에서 성 주느비에브가 직접 내려
와 섬세한 천과 휘갑 장식, 꽃과 새 모양으로 모노그램을 수
놓은 가보에 불경한 손을 댄 독일군들에게 벼락이라도 내
리기를 기대하는 것처럼. 그러고는 그들 앞에서 수건의 수
를 꼼꼼하게 셌다. "열두 장씩 네 세트, 총 마흔여덟 장이 있
어야 하는데 마흔일곱 장밖에 없네요. 중위님."

"제가 한 번 세어보죠. 제 부하가 주머니에 슬쩍 집어넣
는 짓거리는 하지 않았을 거라고 확신합니다만. 아마 흥분
하신 탓에 착각하신 것 같습니다. 아, 거기, 부인 발치에 한
장이 떨어져 있군요. 실례가 안 된다면 제가 주워드려도 될
까요?"

"어머나! 그러네요, 죄송해요, 중위님. 하지만…." 부르
주아 부인이 쓰디쓴 미소를 지으며 대답했다. "이렇게 어수
선할 때는 잠시만 주의를 소홀히 해도 물건들이 없어지거
든요."

하지만 브루노는 그들을 구슬리는 방법을 알고 있었다.
브루노는 정중하게 인사를 하며 이렇게 말했다. "물론 저
희에겐 부인께 이것들을 빌려달라고 요구할 권리가 없습니
다. 아시다시피 전쟁에 필요한 징발과는 전혀 상관이 없는
문제니까요…."

　브루노는 이렇게 암시하기까지 했다. "만약 장군님께서 아시게 되면 워낙 엄격하신 분이라 민폐를 끼쳤다고 해서 저희를 호되게 꾸짖을지도 모릅니다. 하지만 저희의 일상이 너무 따분하다 보니 멋진 파티라도 열어 기분이나 달래 볼까 하는 거죠. 그래서 부인께 협조를 부탁드리는 것이니 마음이 내키지 않으시면 거절하셔도 괜찮습니다." 마술적인 말! 잔뜩 찌푸려 있던 얼굴이 곧 가식적인 미소로 환하게 밝아졌다. (브루노는 고색창연한 집에 비치는 창백하고 인색한 겨울 햇살을 떠올렸다.)

　"그럼요, 여러분도 즐기셔야죠. 제가 혼수로 가져온 이 식탁보들을 중위님께서 잘 관리해주실 거죠?"

　"아무 염려 마십시오, 부인. 비누로 깨끗이 세탁하고 말끔하게 다려서 원래 상태로 돌려드릴 것을 약속드립니다."

　"아뇨, 아뇨! 그냥 그대로 돌려주세요! 내 식탁보를 비누로 빨다니! 중위님, 저희는 그것들을 결코 세탁부에게 맡기지 않아요! 제가 보는 앞에서 하녀가 조심스럽게 세탁한답니다! 저희는 아주 섬세한 재를 사용하거든요." 바로 이쯤에서 부드러운 미소를 지으며 이렇게만 말하면 됐다.

　"이런, 제 어머니도 그렇게 하시는데…."

　"그래요? 중위님 모친께서도? 신기하네요… 혹시 냅킨은 필요하지 않으세요?"

　"폐가 될까 봐 감히 부탁드리지 못하고 있었습니다, 부인."

"열두 장씩, 둘, 셋, 네 세트를 빌려드릴게요. 식기도 필요
하세요?"

그들은 양팔에는 신선한 향기가 물씬 풍기는 천을 잔뜩
들고, 주머니에는 디저트용 나이프를 가득 채운 다음, 성체
행렬을 할 때처럼 손에는 펀치* 주발이나 손잡이가 나뭇잎
모양으로 장식된 나폴레옹 시대의 커피 주전자를 들고 그
집을 나섰다. 모든 것은 파티 준비가 한창인 자작의 성 부엌
으로 옮겨졌다.

젊은 여자들이 미소를 띠며 병사들에게 물었다.

"여자들도 없는데 춤은 어떻게 춰요?"

"어쩔 수 없죠. 전시인걸요."

악사들이 온실에서 연주할 예정이었다. 정원 입구에 세
워놓은 화환으로 뒤덮인 기둥들에는 깃발들이 ― 폴란드,
벨기에, 프랑스에서 승리를 거두고 세 나라의 수도를 행진
한 부대의 깃발과 전 유럽의 피로 붉게 물들인, 나치 문장이
새겨진 깃발 ― 내걸릴 것이다. 그랬다, 그것은 독일을 포함
해 전 유럽의 피로 물든 것이었다. 가장 고귀하고, 가장 젊
고, 가장 뜨거운 피가 모두 흐르고 남은 피로 세상을 다시
살려야 하니 전쟁의 내일이 그토록 힘든 것이었다….

샬롱쉬르사온, 물랭, 느베르, 파리 그리고 에페르네로부

---

* 럼이나 브랜디에 과즙을 섞어 만든 달콤한 술.

터 샴페인 상자를 실은 군용트럭들이 속속 도착했다. 여자들은 없지만, 포도주와 음악 그리고 연못에서의 불꽃놀이를 즐길 수 있을 것이다.

"우리도 구경하러 갈 거예요. 등화관제 때문에 아무리 깜깜해도 가고 말 거야. 알아들어요? 당신들이 재미 보는데 우리도 약간은 즐겨야죠. 정원 근처에 있는 길에 가서 당신들이 춤추는 거 구경할 거예요." 젊은 여자들이 말했다.

여자들은 웃으며 코티용*을 출 때 쓰는 모자, 은색 레이스가 달린 카브리올레**, 가면, 종이꽃으로 장식된 머리쓰개를 써보았다. 그것들은 어떤 파티를 위한 것이었을까? 모두 약간 색이 바랜 중고품으로 예전에 사용했던 것이거나, 어떤 나이트클럽 주인이 1939년 9월 이전에 앞날에 대비해 칸이나 도빌에 비축해둔 재고품의 일부였다.

"당신들이 이걸 쓰고 춤을 추면 얼마나 웃길까?" 여자들이 깔깔대며 말했다.

병사들은 인상을 쓰긴 했지만 우쭐대는 걸음걸이로 지나갔다.

샴페인, 음악, 춤, 쾌락…. 전쟁과 흐르는 시간을 잠시 잊을 수 있었다. 한 가지 염려스러운 것은 그날 저녁 폭풍우가

---

* 네 사람 혹은 여덟 사람이 한 조가 되어서 추는 프랑스 궁정 무용.
** 앞 챙이 둥그런 여성용 모자.

불어닥칠지도 모른다는 점이었다. 하지만 매일 밤 날씨가
너무나 평온했다. 그런데 갑자기 그 큰 불행이! 동료 하나
가 술 취한 농부 손에 허망하게 살해된 것이다. 그들은 파티
를 취소할까도 생각해보았다. 그럴 순 없었다! 전사의 정신
이 이곳을 지배했다. 당신이 시체가 되어 막사 한구석에 누
워 있는 동안에도 동료들이 당신의 셔츠를 입고, 당신의 군
화를 신은 채 카드놀이 하는 걸 암묵적으로 받아들이는 정
신, 동료의 죽음을 자연스러운 것으로, 병사의 일반적인 운
명으로 여기고 그를 위해 아무리 사소한 기분 전환도 삼가
기를 거부하는 정신이었다. 게다가 장교들로서는 부하들
이 미래의 위험이나 삶의 무상하다는 몽상에 빠져 군의 사
기가 떨어지는 걸 어떻게든 막아야 했다. 그러니 안 될 일이
다! 보네는 큰 고통 없이 죽었다. 그리고 그를 위해 훌륭한
장례를 치러주었다. 보네 역시 동료들이 자기 때문에 즐기
지 못하는 걸 원치는 않을 것이다. 따라서 파티는 예정된 날
열릴 터였다.

　브루노는 전투가 일시적으로 소강상태에 빠졌을 때, 일
상의 권태를 달래줄 무언가 기분 좋은 것에 대한 욕구가 일
때, 군인을 사로잡는 약간 정신 나가면서도 거의 절망적인,
그런 아이 같은 흥분에 빠져 있었다. 브루노는 보네를 떠올
리고 싶지 않았고, 음침하고 차갑고 적대적인 집에서 사람
들이 수군대는 말을 상상하고 싶지도 않았다. 서커스를 구

경 가기로 약속한 날을 손꼽아 기다려왔는데, 막상 그날 연
로한 먼 친척이 위독한 바람에 집을 지켜야 할 처지가 된 아
이처럼 브루노는 이렇게 외치고 싶었다. "하지만 그건 아무
상관도 없어요. 그건 아빠, 엄마 일이에요. 그게 저랑 무슨
상관이에요?" 그 일이 브루노 폰 팔크, 그 자신과 상관이 있
었을까? 브루노는 오로지 독일제국의 병사인 것만은 아니
었다. 그는 부대와 조국의 이익만을 위해 행동하지는 않았
다. 브루노는 인간 중에서도 가장 인간적인 사람이었다. 브
루노는 자신이 다른 모든 존재들처럼 행복을, 자기 능력을
자유롭게 발휘하고 싶다고, 하지만 그 정당한 바람이 (불행
하게도 이 시대를 살아가는 모든 존재처럼) 전쟁, 공공의 안
전, 승승장구하는 군대의 위신을 지켜야 한다는 일종의 국
익 우선주의에 끊임없이 방해받고 있다고 생각했다. 왕의
뜻을 받들기 위해 존재하는 왕가의 아이들처럼, 뷔시의 거
리를 지나갈 때, 말을 타고 마을을 가로지를 때, 프랑스 가
정의 문턱에 자신의 박차 소리를 울려 퍼지게 할 때, 브루노
는 이러한 왕권을, 위대한 독일제국의 후광을 느꼈다. 하지
만 프랑스인들이 이해할 수 없었을 것은 브루노가 전혀 오
만하지 않고 진심으로 겸손하며 자기 임무의 위대함을 불
안해 하고 있다는 사실이었다.

　하지만 그날, 브루노는 그런 것들은 생각하고 싶지 않았
다. 브루노는 파티를 생각하거나 실현할 수 없는 것들을 꿈

꾸고 싶었다. 예를 들면, 뤼실이 곁에 있거나, 자신과 함께 뤼실이 파티에 참석하는…. 내가 정신이 나갔지, 브루노가 미소를 지으며 웅얼거렸다. 아무렴 어때! 내 영혼은 자유로워. 브루노는 마음속으로 뤼실의 드레스를, 그 시대의 것이 아니라 낭만적인 판화에 나오는 것과 비슷한 드레스를 그려보았다. 뤼실을 품에 안고 춤을 추면서 때때로 레이스 자락이 자기 다리를 스치는 것을 느낄 수 있도록, 꽃부리처럼 끝이 벌어진 커다란 모슬린 밑단으로 장식한 하얀 드레스를…. 브루노가 창백해진 얼굴로 입술을 깨물었다. 뤼실은 너무나 아름다웠다…. 그날처럼 맑은 어느 날 밤에, 멀리서 팡파르가 울려 퍼지고 화려한 불꽃놀이가 벌어지는 가운데 몽모르 자작의 성 정원에서 그 여인과 함께한다면… 무엇보다 고독과 어둠에서 생겨난 전율을, 그가 세상을 부유하는 끔찍한 군집들(멀리 있는 부대와 병사들)이나 먼 곳에서 악전고투하는 군대와 여러 도시에 주둔하고 있는 부대들을 생각하며 느끼는 거의 종교적인 영혼의 전율을 이해하고 공유할 그 여인과 함께한다면….

'그 여인과 함께라면 내 속에 잠들어 있는 천재가 깨어날 텐데.' 브루노는 생각했다. 브루노는 많은 작업을 했으며 끊임없이 떠오르는 영감 속에서 생활했다. 음악에 미쳤었지, 브루노가 미소 지으며 웅얼거렸다. 그랬다, 그 여인과 약간의 자유, 약간의 평화만 있다면, 브루노는 위대한 작품을 창조해낼 수 있을지도 몰랐다. '아쉬워, 정말 아쉬워… 머지않아 출발 명령이 떨어질 테고, 또다시 전쟁, 다른 사람, 다른 나라, 내가 군인으로 살아가는 한 절대 해소되지 않을 육체적 피로가 이어지겠지. 뤼실은 날 원하고 있어…. 그 집 문턱만 들어서면 악절들이, 감미로운 화음들이, 절묘한 불협화음들이… 군대의 소란에 질겁하는 날개 달린 야생의 피조물들이 마구 떠올라. 보네에게도 전투 말고 좋아하는 게 있었을까? 나로선 알 도리가 없는 일이지. 한 존재를 완전히 아는 건 불가능해. 하지만 어떻게 보면… 아직 살아 있는 나보다 열아홉의 나이에 죽은 보네가 더 과감하게 자아를 실현한 건지도 몰라.'

브루노는 앙젤리에 부인들의 집 앞에 멈춰 섰다. 그곳은 그의 집이었다. 지난 석 달 동안 브루로는 습관적으로 철갑이 쳐진 그 문, 감옥 같은 자물쇠, 지하 창고의 곰팡내가 풍기는 현관, 달빛에 젖은 정원 그리고 눈 앞에 펼쳐진 숲을 자신의 것으로 여겼다. 더없이 부드러운 6월의 저녁이었다. 장미들이 활짝 피어 있었지만, 그 향기는 전날부터 그 고장을 떠돌아다니는 농번기를 맞은 건초와 딸기 향기보다 옅었다. 브루노는 길에서 징발된 말을 대신하여 황소들이 끄는, 신선한 건초를 가득 실은 수레들과 마주쳤다. 그는 향기로운 짐을 싣고 느리고 당당하게 나아가는 황소의 걸음걸이를 찬탄의 눈길로 바라보았다. 브루노를 발견한 농부들이 고개를 돌렸다. 브루노도 그런 농부의 모습을 분명히 봤지만… 그의 기분은 여전히 쾌활하고 가벼웠다. 브루노는 부엌으로 가 마르트에게 먹을 것을 청했다. 마르트는 평소와는 다르게 허둥거렸고 브루노가 던지는 농담에도 반응하지 않았다.

"부인은 어디 계시죠?" 마침내 브루노가 말했다.

"저, 여기 있어요." 뤼실이 말했다.

브루노가 신선하고 큼지막한 빵 조각에 익히지 않은 햄 한 조각을 얹어 먹는 사이, 뤼실이 아무 소리도 내지 않고 들어와 있었다. 브루노가 뤼실을 향해 고개를 들었다.

"아니, 왜 그렇게 창백하세요? 무슨 일 있으세요?" 브루노가 걱정스럽다는 표정으로 물었다.

"창백하다고요? 아니에요. 오늘 종일 더웠잖아요."

"앙젤리에 부인은 어디 계시죠?" 브루노가 웃으며 물었다. "바깥으로 나가 산책이나 하시죠. 정원에 나가 있을 테니 오세요."

잠시 후, 과실수들 사이를 천천히 거닐던 브루노는 뤼실이 고개를 숙인 채 다가오는 것을 보았다. 뤼실은 몇 발자국 떨어진 곳에서 잠시 망설이다가 커다란 참나무에 가려 사람들 눈에 띄지 않게 되자 평소처럼 브루노에게 팔짱을 끼었다. 그들은 한동안 말없이 걸었다.

"농부들이 추수로 바빠요." 마침내 뤼실이 입을 열었다.

　브루노가 눈을 감은 채 향기를 들이마셨다. 가벼운 구름이 유유히 흘러가는 우윳빛 하늘에서 달은 꿀색을 띠고 있었다. 아직은 낮이었다.

　"내일 파티 땐 날씨가 좋을 겁니다."

　"내일인가요? 전 미뤄진 줄⋯."

　뤼실이 중간에 말을 멈췄다.

　"무엇 때문에요?" 브루노가 이마를 찌푸리며 말했다.

　"아뇨, 전 단지⋯."

　브루노가 들고 있던 가느다란 막대로 꽃들을 신경질적으로 후려쳤다.

　"사람들은 뭐라고 하나요?"

　"무엇에 관해서요?"

　"잘 아시잖습니까. 범죄에 관해서요."

　"전 잘 몰라요. 아무도 안 만나니까요."

　"부인은 어떻게 생각하세요?"

　"물론, 끔찍한 일이죠."

　"끔찍하고 이해할 수 없는 일이죠. 저희가 인간으로서 그들에게 대체 무슨 짓을 했습니까? 가끔 불편을 끼치기는 하지만 그건 저희 잘못이 아닙니다. 저희는 명령을 집행할 뿐이죠. 저희는 군인입니다. 그리고 저는 부대가 예의 바르고 인간적으로 처신하기 위해 할 수 있는 모든 것을 했다고 생각합니다. 안 그렇습니까?"

"물론이죠." 뤼실이 말했다.

"부인이 아니었다면… 제가 이런 말을 하지도 않았을 겁니다. 살해당한 동료의 운명을 불쌍히 여기지 말아야 한다는 게 저희 사이의 묵계입니다. 오로지 전체의 관점에서만 각 구성원을 바라보도록 요구하는 군인 정신에 반하기 때문이죠. 부대만 살아남는다면 병사들 개개인의 죽음은 조금도 중요하지 않아요! 저희가 내일 파티를 연기하지 않은 것도 바로 그 때문입니다. 하지만 뤼실, 당신께는 말할 수 있습니다. 열아홉의 나이에 살해당한 그 청년을 생각하면 제 가슴에 피가 흐릅니다. 그 사람은 저의 먼 친척이기도 하죠. 집안끼리 서로 잘 알고 지냈어요… 그리고 도무지 이해할 수 없는 일이 또 한 가지 있습니다. 그 개는, 우리의 마스코트, 우리의 불쌍한 부비는 왜 죽었을까요? 만약 제가 범인을 찾아낸다면, 그자를 제 손으로 처형하는 게 큰 기쁨이 될 겁니다."

"아마 오래전부터 스스로 이렇게 다짐했을 테죠! 반드시 독일군 중 하나를 없애겠다고, 그게 안 되면 그들의 개 한 마리라도 죽인다면 큰 기쁨일 거라고." 뤼실이 낮은 목소리로 말했다.

그들은 깜짝 놀란 얼굴로 서로를 바라보았다. 거의 자신들도 모르게 입에서 말이 튀어나왔다. 침묵은 상황을 악화시키기만 했다.

"사실 그건 해묵은 이야기예요." 가벼운 어조를 취하려 하며 브루노가 말했다. "에스 이스트 디 알테 게지시테*, 승리자는 사람들이 왜 자신을 따돌리는지 이해하지 못한다. 1918년 이후, 우리가 침몰당한 우리의 함대, 잃어버린 우리의 식민지, 파괴된 우리의 제국을 잊지 못하자 당신들은 우리 독일인이 원래 성격이 안 좋다고 설득하려 헛되이 애썼습니다. 하지만 한 민족의 원한과 한 농부가 맹목적으로 증오를 쏟아낸 일을 어떻게 비교할 수 있겠습니까?"

뤼실은 물푸레나무 이파리 몇 개를 따서 향기를 맡아보고는 손으로 구겼다.

"범인을 아직 못 잡았나요?" 뤼실이 물었다.

"예, 아마 지금쯤 멀리 달아났을 겁니다. 선량한 마을 사람 중 누구도 감히 그를 감춰주지는 못했을 거예요. 아주 위험한 일이란 걸 너무나 잘 알고 있을 테니까요. 그들은 목숨을 소중하게 여기죠, 안 그렇습니까? 돈만큼이나…"

브루노가 가볍게 미소를 지으며 정원을 에워싼 채 황혼 속에 잠들어 있는 낮고 비밀스러운 집들을 바라보았다. 브루노는 그곳에 수다스럽고 감상적인 노인들과 신중하고 좀스럽고 탐욕스러운 부인들이, 그 너머 전원에는 짐승 같은 농부들이 살고 있다고 생각하는 것처럼 보였다. 거의 진실

---

* es ist die alte Gesichte '그것은 오래된 이야기입니다'를 뜻하는 독일어.

에 가까웠다. 진실의 일부였다. 하지만 그곳에도 감히 표현할 수 없는 어둠과 미스터리가 존재했다. 뤼실은 갑자기 어릴 적에 읽었던 책의 한 구절을 떠올리며 생각했다. '오만한 폭군은 결코 제국을 가지지 못할 것이다.'

"저쪽으로 갑시다." 브루노가 말했다.

오솔길 양쪽에 백합이 활짝 피어 있었다. 길고 반들반들한 꽃봉오리들이 마지막 햇빛에 만개해서, 지금은 거만하고 뻣뻣하고 향기로운 모습으로 저녁 바람에 하늘거렸다. 뤼실과 브루노는 석 달 전부터 여러 차례 함께 산책했지만, 사랑을 속삭이기에 알맞은, 이렇게 날씨가 좋은 날은 처음이었다. 그들은 둘 다 자신들의 모습이 아닌 것을 잊으려 애썼다. '그건 우리와는 관계가 없어. 우리 잘못이 아니야. 남자와 여자의 마음속에는 죽음도 전쟁도 없는, 야수와 암사슴들이 어울려 평화롭게 뛰노는 일종의 에덴동산이 남아 있어. 천국을 되찾으려는 것뿐이야. 그것이 아닌 모든 것에 눈을 감는 것뿐이야. 우린 한 남자, 그리고 한 여자야. 우린 서로 사랑해.'

그들은 이성, 심지어 마음까지도 서로를 적으로 만들어놓을 수 있지만, 그 무엇도 깨뜨릴 수 없는 감각들의 일치가, 사랑에 빠진 남자와 그 사랑에 응하는 여자를 공통된 욕망으로 묶어주는 말 없는 동조가 있다고 생각했다. 두꺼비들이 애타는 목소리로 울어대는 작은 샘터의 가장자리에

서, 버찌가 잔뜩 열린 벚나무 그늘에서 브루노는 주체할 수
없는 욕망에 사로잡혀 뤼실을 거칠게 껴안고는 그녀의 옷
을 찢고 가슴을 더듬었다. 뤼실이 비명을 질렀다. "안 돼요!
안 돼!" 뤼실은 결코 그에게 몸을 허락하지 않을 것이다. 뤼
실은 브루노가 두려웠다. 뤼실은 브루노의 애무를 갈망하
지 않았다. 뤼실은 그 두려움 자체에서 관능적 쾌감을 느낄
정도로 타락해 있지는 않았다. (아마도 아직은 너무나 젊어
서!) 뤼실이 너무나 호의적으로 맞아들여 단 한 번도 불륜이
라 생각해본 적이 없었던 그 사랑이 갑자기 수치스러운 미
친 짓으로 여겨졌다. 뤼실은 브루노에게 거짓말을 했다. 뤼
실은 브루노를 배반했다. 그걸 사랑이라 부를 수 있을까? 그
게 아니라면? 단지 한때의 쾌락? 하지만 뤼실은 쾌락을 느
낄 수가 없었다. 두 사람을 적으로 만든 것은 이성이나 마음
이 아니라 그들을 결합해줄 거라 기대했던, 그들의 힘으로
는 제어할 수 없는 피의 모호한 움직임들이었다. 브루노는
섬세하고 아름다운 손으로 뤼실을 더듬었다. 하지만 뤼실은
간절히 원했던 그 애무의 손길을 느끼지 못했다. 반면, 뤼실
의 가슴을 누르는 허리띠 버클의 차가움은 그녀를 가슴까
지 얼어붙게 했다. 브루노가 독일어로 뭐라고 속삭였다. 이
방인! 이방인! 녹색 제복, 이곳에선 볼 수 없는 아름다운 금
발 그리고 알아들을 수 없는 밀어를 속삭이는 입, 그는 이
방인, 영원한 적이었다. 갑자기 브루노가 뤼실을 밀쳤다.

"당신을 강제로 다루지는 않겠어요. 나는 술 취한 용병이
아니니까. 가세요."

하지만 뤼실이 입고 있던 드레스의 모슬린 허리띠가 장
교의 금속 단추에 걸려 떨어지지 않았다. 브루노가 떨리는
손으로 천천히 단추를 풀었다. 그 사이, 뤼실은 불안한 눈길
로 집 쪽을 바라보았다. 등들이 켜지고 있었다. 도망자의 그
림자가 유리창에 비치지 않게 하려면 이중 커튼을 쳐야 한
다는 걸 시어머니는 염두에 두고 계실까? 사람들은 아름다
운 6월의 황혼을 충분히 경계하지 않았다! 황혼은 아무 방
비 없이 열려 있는 방들을 훤히 밝혀, 무례한 시선에 비밀들
을 노출했다. 사람들은 아무것도 경계하지 않았다. 이웃집
에서는 영국 방송이 뚜렷하게 들려왔다. 집 앞을 지나가는
수레에는 밀매한 물건들이 가득 실려 있었다. 그리고 집집
마다 무기들이 감춰져 있었다. 브루노는 고개를 숙인 채 펄
럭이는 허리띠의 긴 자락을 손에 쥐고 있었다. 그는 감히 움
직이지도 입을 열지도 못했다. 마침내 브루노가 슬픔이 밴
어조로 말했다.

"난…."

브루노가 잠시 망설이다가 말을 이었다.

"당신이 나에게… 약간의 애정을 품고 있다고…."

"저도 그런 줄 알았어요."

"그런데 아닙니까?"

"예, 그건 불가능해요."

뤼실은 뒤로 물러나 브루노에게서 몇 발짝 떨어진 곳에서 있었다. 그들은 잠시 서로를 바라보았다. 가슴을 찢는 듯한 트럼펫 소리가 울려 퍼졌다. 등화관제를 알리는 소리였다. 독일군 병사들이 광장에 나와 있는 사람들 사이를 지나가며 예의를 갖춰 말했다. "이제 가서 잠자리에 들어요!" 여자들이 깔깔거리며 항의했다. 또다시 트럼펫 소리가 울려 퍼졌다. 독일군만이 마을에 남았다. 주민들이 각자 집으로 돌아가고 독일군이 순찰하는 단조로운 소리만이 주민들의 잠을 방해했다.

"등화관제예요." 건조한 목소리로 뤼실이 말했다. "돌아가야겠어요. 창문들을 모두 닫아야 하거든요. 어제 사령부에서 나온 사람이 거실에서 불빛이 새어 나온다고 주의를 줬어요."

"내가 여기 있는 한, 염려하지 않아도 됩니다. 당신을 불편하게 하지 않을 겁니다."

뤼실은 대답하지 않았다. 뤼실이 손을 내밀자 브루노가 입을 맞췄다. 그리고 뤼실은 집으로 돌아갔다. 브루노는 자정이 훨씬 지날 때까지 혼자 정원을 거닐었다. 뤼실은 거리를 지나가는 보초들의 단조롭고 짧은 외침과 창문 아래를 거니는 간수의 느리고 규칙적인 발소리를 들었다. 뤼실은 때로는 '그 사람은 날 사랑하고 있어, 조금도 의심치 않고 있어'라고 생각했고, 때로는 '그 사람은 의심하고, 염탐하고, 기다리고 있어'라고 생각했다.

　그러다 문득 솔직한 심정을 드러내며 이렇게 생각했다. '아쉬워, 정말 아쉬워… 아름다운 밤이었는데… 사랑을 나누기에 더없이 좋은… 그렇게 망치지 말았어야 했는데… 나머지는 조금도 중요하지 않아.' 하지만 뤼실은 침대에서 일어나 창문으로 다가가려고 하지는 않았다. 뤼실은 초조해서 낮은 한숨을 쉬며 꿈을 꾸는 포로가 된 이 지역과 함께라는 — 결박되어 포로가 된 — 느낌을 받았다. 그녀는 덧없는 밤이 흘러가게 두었다.

21

오후가 시작될 무렵부터 마을은 활기찬 모습을 띠었다. 병사들이 광장에 세워진 기둥을 꽃과 나뭇잎으로 장식했고, 읍사무소의 발코니에는 나치 문장이 새겨진 깃발 아래로 고딕체의 글자들이 쓰여 있는 붉은색과 검은색의 삼각종이 깃발들이 나부꼈다. 날씨는 더없이 좋았다. 깃발과 리본들이 신선하고 가벼운 바람에 휘날렸다. 얼굴이 붉은 젊은 병사 둘이 장미가 가득 든 수레를 끌고 왔다.

"식탁을 장식할 것들인가요?" 여자들이 궁금한 듯 물었다.

"예." 병사들이 자랑스럽게 대답했다. 그중 하나가 아직 활짝 피지 않은 꽃봉오리를 골라 얼굴을 붉히는 한 젊은 여자에게 내밀며 우아하게 인사를 했다.

"멋진 파티가 될 거예요."

"비어 호펜 조*. 우리도 그러길 바란다. 준비하느라 고생 많이 했다." 병사들이 대답했다. 취사병들이 야외에서 파티 중에 먹을 음식을 준비하고 있었다. 그들은 먼지를 피하려고 성당을 에워싸고 있는 거대한 참나무 아래에서 작업했다. 제복 차림의 취사장은 기다란 요리사 모자와 군복을 보호하는 앞치마 차림으로 케이크에 마지막 손질을 하고 있었다. 그는 케이크에 크림을 아라베스크 모양으로 장식하고 설탕에 절인 과일들을 꽂았다. 설탕 냄새가 사방으로 퍼져갔다. 아이들이 환성을 내질렀다. 자만에 빠져, 그런 모습을 내색하고 싶지 않았던 취사장이 인상을 쓰며 아이들에게 소리쳤다. "어이, 거기 물러서. 너희들 자꾸 그러면 일을 못 한다." 여자들은 케이크에 무관심한 척했다. "피! 흉물스럽겠네. 저런 밀가루로는…." 하지만 그들은 처음에는 머뭇거리며, 이어 대담하게, 나중에는 어디 좀 보자는 듯이 다가와 의견을 내놓았다.

"여봐요, 군인 아저씨, 이쪽 장식이 덜 됐잖아요. 이런 케이크에는 안젤리카가 딱 어울리는데…."

여자들은 결국 소매를 걷어붙이고 작업에 끼어들었다.

---

* Wir hoffen so. '우리도 그러길 바라'라는 뜻의 독일어.

그들은 넋이 빠져 있는 아이들을 밀치고 독일군들과 함께
식탁 주위에서 분주히 움직였다. 그들 중 하나는 아몬드를
잘게 부쉈고, 또 하나는 설탕을 빻았다.

"장교들을 위한 건가요? 아니면 사병들도 먹을 건가요?"
여자들이 물었다.

"다 함께, 다 함께 먹을 거다."

여자들이 투덜거렸다.

"우리만 쏙 빼놓고!"

취사장이 거대한 케이크가 당당하게 서 있는 자기 접시
를 양팔로 들어 보여주자 군중이 웃으며 손뼉을 쳤다. 그는
그것을 두 병사가 들고 있는 널빤지 위에 아주 조심스럽게
올려놓았다. 그러고는 그들을 따라 성으로 향했다. 그사이,
파티에 초대받은 인근 주둔 부대의 장교들이 속속 도착했
다. 그들 뒤로 긴 녹색 망토들이 휘날렸다. 상인들이 문간에
나와 미소를 지으며 그들을 기다리고 있었다. 그들은 아침
부터 서둘러 지하 창고에서 마지막 남은 재고품을 꺼내왔
다. 독일군들은 살 수 있는 모든 것을 샀다. 그것도 아주 비
싼 값에. 한 장교는 몇 병 안 남은 베네딕틴주(酒)를 싹쓸이
했고, 또 한 장교는 아내에게 주려고 천 2백 프랑이나 하는
여자용 속옷을 샀다. 사병들이 진열창 앞에 모여 분홍색과
푸른색 유아용 턱받이를 애틋한 눈길로 쳐다보았다. 장교
가 자리를 뜨자, 사병 하나가 결국 참지 못하고 여점원을 불

러 아기용품들을 가리켰다. 푸른색 눈을 가진 아주 젊은 병
사였다.

"아들이에요, 딸이에요?" 점원이 물었다.

"나 모른다. 아내 편지 썼는데, 한 달 전 휴가 때 생겼단
다." 병사가 순진하게 대답했다.

주변에 있던 병사들이 웃음을 터뜨렸다. 그는 얼굴을 붉
혔지만 기분이 아주 좋아 보였다. 여점원은 그에게 딸랑이
와 작은 원피스를 권했다. 그는 개선장군처럼 의기양양하
게 길을 가로질러 갔다.

군악대가 광장에서 예행연습을 하고 있었다. 북, 트럼펫
그리고 피리로 형성된 원 옆에 또 다른 원이 악대장인 우편
담당 부사관을 에워싸고 있었다. 프랑스인들은 입을 헤벌
린 채 희망으로 눈을 반짝이며 구경했다. 그들은 감상에 젖
은 표정으로 고개를 끄덕이며 생각했다. '이게 뭔지 알지…
다른 나라에서 들어오는 소식을 기다릴 때… 우리도 다 저
랬지.' 그사이, 바지가 금방이라도 찢어질 듯 허벅지가 굵고
엉덩이가 커다란 거구의 젊은 독일군이 벌써 세 번째로 브
와야죄르 호텔로 들어와 청우계가 어떤 날씨를 가리키는지
물었다. 청우계는 매번 날씨 좋음에 고정되어 있었다. 독일
군이 환한 미소를 지으며 말했다.

"아무 걱정 없다. 오늘 저녁 소나기 없다. 가트 밑 운스."

"그럼요, 물론이죠." 호텔 종업원이 맞장구를 쳤다.

이 천진난만한 만족감이 호텔 지배인(그는 친영주의자였다)과 손님들에게도 퍼져나갔다. 그들은 모두 일어나 청우계가 걸린 곳으로 다가갔다. "염려 없어! 전혀. 잘됐다. 멋진 축제 될 거다." 독일군이 더 잘 알아듣게 그들 식으로 엉터리 프랑스어를 하려고 애쓰며 사람들이 말했다. 독일군이 무척이나 기쁜 표정으로 모두의 어깨를 두드리며 다시 반복했다.

"가트 밋 운스."

"그래, 그래, 가트 미우, 독일군이 좀 마셨어" 호텔 종업원과 손님들은 그의 등 뒤에서 호의적인 말투로 어설픈 독일어를 따라하며 수군거렸다. "저 녀석, 파티한다고 어제부터 들떠서… 아무튼 멋진 녀석이야…. 암, 저들이라고 늘 따분하게 보내야 할 이유가 어디 있어? 저들도 어쨌거나 사람들인데!"

독일군은 표정과 말로 들뜬 분위기를 전파하고 맥주 세병을 연거푸 비운 후에야 물러갔다. 시간이 흐르면서 마을 주민들은 마치 자신들도 파티에 참석할 것처럼 조금씩 들뜨기 시작했다. 부엌마다 설거지하던 마을 젊은 여자들이 수시로 창밖으로 고개를 내밀고 무리 지어 성으로 향하는 독일군들을 바라보았다.

"신부님댁에 묵고 있는 소위 봤어? 말끔하게 면도하니까 정말 멋있네! 저기, 사령부 새 통역관이다! 몇 살이나 먹었

을 것 같아? 내가 보기엔, 스무 살도 채 안 됐을 것 같아! 다
들 정말 젊어. 오, 저기, 앙젤리에 부인 댁 중위다. 저런 남자
가 눈길을 주면 난 아마 돌아버리고 말 거야. 훌륭하게 자랐
다는 게 훤히 보여. 와, 저 말 정말 멋지다! 말도 정말 멋진
것들만 갖고 있어." 젊은 여자들이 한숨을 내쉬며 말했다.

그러자 난로 곁에서 졸고 있던 어떤 노인네의 날카로운
목소리가 울려 퍼졌다.

"빌어먹을, 저것들 다 우리한테서 빼앗은 거야!"

노인이 재떨이에 침을 뱉으며 욕설을 구시렁거렸지만,
젊은 여자들은 알아듣지 못했다. 그들에게는 오로지 한 가
지 생각, 어서 설거지를 끝내고 성으로 파티를 구경하러 갈
생각뿐이었다. 성 정원 울타리를 따라 아카시아, 참나무 그
리고 무성한 잎들이 끊임없이 흔들리는 아름다운 사시나무
들이 줄지어 서 있는 길이 나 있었다. 사람들은 가지들 사이
로 호수, 식탁들이 차려진 잔디밭, 그리고 저 위로 문과 창
문들을 모두 열어젖힌 성을 볼 수 있었다. 부대의 악대가 그
곳에서 연주할 예정이었다. 저녁 8시, 마을 사람들 모두 그
곳에 모여 있었다. 젊은 여자들은 부모를 억지로 끌고 왔고,
젊은 부인들은 아이들을 데리고 나왔다. 엄마 품에서 잠든
아이들도 있었고, 소리를 지르며 뛰어다니거나 돌멩이를
가지고 노는 아이들도 있었다. 어떤 아이들은 호기심 어린
눈길로 아카시아의 부드러운 가지를 벌리고 테라스에 자리

잡은 악대를, 풀 위에 드러누운 병사들을 바라봤다. 혹은 나무, 눈부신 식탁보로 덮인 식탁, 마지막 햇빛에 번뜩이는 은식기 그리고 각 의자 뒤에 열병식 때처럼 꼼짝하지 않고 서있는 병사들(그들은 시중을 맡은 당번병들이었다) 사이를 천천히 산책하는 장교들을 바라보기도 했다. 마침내, 악대가 활기찬 곡을 연주하기 시작했다. 장교들이 각자 자기 자리로 돌아갔다. 자리에 앉기 전에 상석을 차지하고 있던 사람("저 사람이… 사령관이야." 프랑스인들이 속삭였다)과 장교들 모두가 부동자세로 잔을 높이 치켜든 채 큰 소리로 "하일 히틀러"를 외쳤다. 야성적이고 순수한, 금속성의 울림을 가진 그 소리는 오랫동안 길게 울려 퍼졌다. 그러고 나서 사람들은 시끌벅적한 대화, 식기 부딪히는 소리, 때늦은 새들의 노랫소리를 들었다.

프랑스인들은 멀리서 아는 얼굴이라도 있나 찾아보려고 애썼다. 날카로운 얼굴, 매부리코, 백발의 장군을 중심으로 사령부의 장교들이 나란히 앉아 있었다.

"저기 왼쪽에 앉아 있는 저 녀석 보이지? 바로 내 차를 빼앗아 간 놈이야. 나쁜 놈! 그 옆에 있는 작은 금발 녀석은 그나마 착해. 우리말을 잘하지. 앙젤리에 부인 댁 장교는 어디 있지? 이름이 브루노래. 예쁜 이름이지…. 곧 날이 어두워지면 아무것도 안 보일 텐데…. 참, 나막신 가게 독일군 말이 횃불을 환히 밝힐 거라고 했어! 오! 엄마, 정말 멋질 거예요! 우리 그때까지 여기 있어요. 성에 사는 사람들은 뭐라고 해요? 그 사람들 잠도 못 자겠네! 남는 음식은 누가 먹죠? 예, 엄마? 읍장님이 먹나요? 입 좀 다물어, 멍청한 녀석. 음식이 남는 일은 없을 테니 걱정마. 저 사람들 식욕이 얼마나 좋은데?"

어둠이 조금씩 잔디밭을 점령했다. 제복에 달린 금빛 훈장, 독일군들의 금발, 테라스를 차지한 악대의 금관악기들이 여전히 빛을 반사했지만, 광채는 이제 한풀 꺾여 있었다. 낮의 모든 빛이 지상에서 달아나 사라지기 전에 잠시 하늘에 머무는 듯 보였다. 조가비 모양의 분홍색 구름이 아주 묘하게도 피스타치오 소르베처럼 창백한 녹색과 얼음의 차가운 투명함을 띤 보름달을 에워싸고 있었다. 풀잎, 신선한 건초 그리고 산딸기의 향긋한 냄새가 허공을 가득 채웠다. 연주도 계속되고 있었다. 그러다 갑자기 횃불이 켜졌다. 병사들이 든 횃불들이 어질러진 식탁, 빈 잔들을 훤히 밝혔다. 장교들은 이미 호숫가로 몰려가 웃으며 노래를 불러대고 있었다. 샴페인 병을 따는 맑고 쾌활한 소리가 들려왔다.

"아! 더러운 놈들, 저게 다 우리 술인데⋯." 증오를 녹이는 쾌활한 분위기에 전염된 탓에 별로 앙심이 느껴지지 않는 어조로 프랑스인들이 말했다.

게다가 독일군들이 그 샴페인을(아주 비싼 값을 치르고 산 것이었다) 너무나 맛있어하는 기색을 보이자 프랑스인들은 희미하게나마 뿌듯한 자부심을 느끼기까지 했다.

 "재미있게들 노네. 늘 전쟁이 아니라 다행이야. 실컷 놀아. 아직도 숱하게 싸워야 할 테니···. 그들 말로는 올해 전쟁이 끝날 거라던데? 물론 그들이 승리하는 건 마음에 안 들지만 어쩌겠어. 어쨌거나 이놈의 전쟁이 어서 끝나야 할텐데. 도시에서는 사는 게 사는 게 아닌가 봐···. 그리고 포로들도 어서 돌아와야지."

 맑고 쾌활한 곡이 연주되는 동안, 마을 여자들은 길에서 서로 허리를 붙잡고 춤을 췄다. 북과 금관악기는 가슴을 두근거리게 만드는 동시에 왈츠와 오페레타 가락에 쩌렁쩌렁한 울림을, 승리를 찬양하는 쾌활하고 영웅적이고 발랄한 뭔가를 부여했다. 가끔 길게 이어지는 힘차고 낮은 숨결이 먼 곳의 폭풍이 메아리치듯 가벼운 음들 사이에서 갑자기 솟아올랐다.

 날이 완전히 어두워지자 합창 소리가 울려 퍼졌다. 군인들이 입을 모아 부르는 노랫소리가 테라스에서 정원으로, 호숫가에서 꽃으로 장식된 배들이 미끄러지는 호수 위로 이어졌다. 프랑스인들조차 자기도 모르는 사이에 매료되어 귀를 기울이고 있었다. 자정이 다 되었지만 키 큰 풀잎, 무성한 가지들 사이에서 자리를 뜨려는 사람은 아무도 없었다.

 횃불과 모닥불이 수풀을 밝혔다. 그 우렁찬 목소리들이

밤하늘을 가득 채웠다. 갑자기 사방이 쥐 죽은 듯 고요해졌
다. 사람들은 독일군들이 녹색 불꽃과 보름달을 배경으로
유령처럼 뛰어다니는 것을 보았다.

"불꽃놀이를 하려는 거야! 불꽃놀이가 분명해! 난 알아.
보슈들이 그런댔어." 꼬마 하나가 소리쳤다. 꼬마의 날카로
운 목소리가 호수를 가로질렀다.

엄마가 꾸짖었다. "입 다물어. 보슈라고 부르면 안 된다
고 했잖아. 절대로! 그들이 싫어해. 입 다물고 구경이나 해."

하지만 그림자들이 바쁘게 오락가락하는 것 외에는 아무
것도 보이지 않았다. 테라스 위에서 누군가가 뭐라고 소리
를 질렀지만 잘 들리지 않았다. 길고 낮은 웅성거림이 천둥
이 울리는 소리처럼 대답했다.

"뭐라는 거야? 들었어요? 아마 '하일 히틀러, 하일 괴링!
하일 제3 제국!' 뭐 그런 거겠지. 이제 아무 소리도 안 들려,
그들이 아무 말 않고 있어. 저기 봐, 악대가 돌아가네! 무슨
소식을 들은 걸까? 혹시 영국으로 쳐들어간 건 아닐까? 내
생각엔 밖이 추우니까 성으로 들어가서 파티를 계속하려고
그러는 것 같아." 류머티즘 때문에 밤의 차가운 습기를 두
려워하는 약사가 간사한 표정으로 말했다.

약사는 젊은 아내의 팔을 잡으며 말했다.

"이제 우리도 돌아가는 게 어떨까요, 리네트?"

하지만 아내는 그의 말을 들으려 하지 않았다.

"조금만 더 기다려봐요. 그들이 다시 노래를 부를 거예요. 참 아름다운 노래였는데….."

프랑스인들은 기다렸다. 하지만 노랫소리는 더 들려오지 않았다. 횃불을 들고 있던 병사들이 명령을 전하는 것처럼 성에서 정원으로 바삐 달려갔다. 때때로 짧은 부름이 들려왔다. 호수 위에는 텅 빈 배들이 밝은 달빛을 받으며 떠다니고 있었다. 장교들은 모두 땅으로 올라와 있었다. 그들은 호숫가를 거닐며 큰소리로 열띤 토론을 벌였다. 마을 사람들에게도 그들이 나누는 얘기가 들렸지만, 그것을 알아듣는 사람은 아무도 없었다. 모닥불이 하나씩 꺼졌다. 구경꾼들도 하품하기 시작했다. "늦었네. 돌아들 갑시다. 파티를 파한 게 확실해요."

서로 팔짱을 낀 채 앞장선 젊은 여자들, 그 뒤를 따르는 부모들, 꾸벅꾸벅 졸며 다리를 끄는 아이들, 사람들이 삼삼오오 무리 지어 마을로 향했다. 첫 번째 집 앞에서 한 노인이 길가에 내놓은 밀짚 의자에 앉아 파이프 담배를 피우고 있었다.

"뭐야? 파티가 끝난 거야?" 노인이 물었다.

"예, 끝났어요. 얼마나 재밌게들 놀던지!"

"아마 앞으론 즐길 여유가 없을 거야." 노인이 느긋한 어조로 말했다. "금방 라디오에서 그들이 러시아와 전쟁을 시작했다는 소식이 나왔거든."

　　노인이 의자 나무에 대고 파이프를 여러 번 쳐서 재를 떨
고는 하늘을 바라보며 웅얼거렸다.
　　"내일도 비가 오긴 글렀군, 계속 이러면 채소가 제대로
못 자랄 텐데!"

22

　그들이 떠난다!

　마을 사람들은 며칠 전부터 독일군의 출발을 기다렸다. 부대가 러시아 전선으로 떠난다는 소식을 알린 것은 그들 자신이었다. 그 소식에 프랑스인들은 묘한 눈길로 그들을 관찰했다. ("떠나게 되어 기쁜 걸까, 아니면 불안한 걸까? 그들이 패배할까, 승리할까?") 독일군도 주민들이 어떻게 생각하는지 짐작해보려고 애썼다. 저 사람들은 우리가 떠나는 걸 기뻐하고 있을까? 마음속으로는 우리가 모두 죽기를 바라고 있을까? 그중 몇몇은 그래도 우리를 가엾게 여겨줄까? 우리가 떠나는 걸 아쉬워하는 사람도 있을까? 독일군이나 점령군으로서가 아니라(독일군들은 그런 질문을 할 정도로 단순하지는 않았다), 지난 석 달 동안 같은 지붕 아래에서 생활했고, 아내 혹은 어머니의 사진을 보여주었으며, 함께 술잔을 기울인 파울, 지그프리트, 오스발트를 마을 사람들은 그리워할까? 하지만 프랑스인들과 독일인들은 좀처럼 속내를 드러내지 않았다. 그저 정중하고 절제된 인사말을 교환했다. "전쟁인 걸 어쩌겠어요… 안 그래요? 오래 계속되진 않을 거예요. 그러길 바라야죠!" 그들은 막 기항지에 도착한 선객들처럼 작별 인사를 나누었다. 편지나 주고받읍시다. 언젠가 다시 보게 되겠죠. 함께 보낸 몇 주간의 아름다운 추억을 영원히 간직합시다. 으슥한 곳에서 생각에 잠겨 있는 마을 처녀에게 이렇게 속삭이는 병사도 한둘이 아니었다. "전쟁이 끝나면 돌아올게요." 전쟁이 끝난 후라…. 그것은 요원한 일이었다!

그들은 1941년 7월 1일, 오늘 떠나기로 되어 있었다. 프랑스인들의 최대 관심사는 마을에 다른 점령군이 들어올지 말지 하는 것이었다. 그렇다면 차라리 익숙해진 그들이 계속 있는 편이 나았기 때문이었다. 공연히 점령군이 바뀌는 바람에 상황만 더 나빠질지 누가 알겠는가?

뤼실은 앙젤리에 부인의 방으로 슬그머니 들어가 출발이 결정됐다고, 그들이 명령을 받았다고, 독일군이 그날 밤 떠날 거라고 알려주었다. 새로운 부대가 들어온다고 해도 그들이 도착할 때까지 적어도 몇 시간의 여유가 있을 테니 그

틈을 이용해 브누아를 탈출시켜야 했다. 전쟁이 끝날 때까지 브누아를 숨겨주는 것도, 그 마을이 점령된 이상 브누아를 집으로 돌려보내는 것도 불가능했다. 남은 희망은 단 하나, 브누아가 점령지의 경계를 넘는 것뿐이었는데, 본래 경비가 삼엄한 데다 부대 이동이 있을 때는 더욱 삼엄해질 것이 분명했다.

"아주 위험해요, 아주." 뤼실이 속삭였다. 뤼실은 창백했고 몹시 피곤해 보였다. 뤼실은 며칠 전부터 거의 잠을 이루지 못하고 있었다. 뤼실이 맞은편에 서 있는 브누아를 쳐다보았다. 뤼실은 브누아에 대해 두려움과 이해할 수 없음, 그리고 부러움이 뒤섞인 묘한 감정을 느꼈다. 도무지 속내를 알 수 없는, 냉혹하리만치 준엄한 브누아의 표정이 뤼실을 주눅 들게 했다. 브누아는 얼굴이 검게 그을리고 키가 큰, 근육질의 남자였다. 짙은 눈썹 아래 자리 잡은 눈에는 때때로 마주 보기조차 두려운 섬뜩한 데가 있었다. 검게 그을리고 쩍쩍 갈라진 손은 땅이든 피든 무작정 휘젓는 농부의 손이자 병사의 손이었다. 뤼실은 확신했다. 회한도 불안도 브누아의 잠을 방해하지는 못할 거라고, 이 남자에게는 모든 것이 너무나 단순할 거라고.

"저도 곰곰이 생각해봤습니다, 뤼실 부인." 브누아가 낮은 목소리로 말했다.

요 며칠은 두꺼운 벽에, 문이란 문은 꼭꼭 걸어 잠가도 셋

이 함께 모였을 때는 염탐을 당하는 듯한 느낌 때문에 그들
은 아주 빨리 그리고 속삭이듯 조용하게 말했다.

"지금은 아무도 경계를 넘게 도와주지 않을 겁니다. 너무
위험하니까요. 어쩔 수 없이 떠나야 한다면 파리로 가고 싶
습니다."

"파리요?"

"군에 있을 때 사귄 친구들이 있습니다…."

브누아가 잠시 망설였다.

"함께 포로로 잡혀 있다 탈출한 동료들입니다. 파리에서
일하고 있죠. 만날 수만 있다면 그들이 절 도와줄 겁니다.
제 덕분에 가까스로 목숨을 건진 친구도 있으니까요. 제가
만약 이 손으로…."

브누아가 자기 손을 바라보고는 입을 다물었다.

"중요한 것은 무엇보다 도중에 체포되지 않고 파리에 도
착하는 것이고, 그리고 제가 친구들을 찾을 때까지 하루나
이틀 정도 절 숨겨줄 확실한 누군가를 찾는 것입니다."

"파리에는 아는 사람이 아무도 없어요." 뤼실이 소곤거
렸다. "하지만 어쨌거나 신분증이 있어야 할 거예요."

"신분증은 친구들을 만나는 즉시 얻을 수 있을 겁니다,
뤼실 부인."

"어떻게요? 친구들이 뭐 하는 분들인데요?"

"정치요." 브누아가 짧게 말했다.

"아! 공산주의자들." 브누아의 생각과 행동 방식에 대해 그 고장에 떠도는 소문을 떠올리며 뤼실이 속삭였다. "지금은 공산주의자들도 쫓기고 있을 거예요. 당신 목숨이 위험해요."

"이번이 처음도 아니고 마지막도 아닐 겁니다, 뤼실 부인. 사람은 무엇에든 익숙해지죠."

"그런데 파리에는 어떻게 가죠? 기차 편으로는 불가능해요. 당신의 인상착의가 곳곳에 배포되어 있을 거예요."

"걷거나 자전거를 이용하면 됩니다. 포로수용소를 탈출했을 때도 걸어서 왔죠. 그건 조금도 두렵지 않아요."

"곳곳에 헌병들이 있을 텐데⋯."

"이 년 전에 절 재워준 사람들이 절 알아볼 거예요. 그 사람들은 절 헌병대에 밀고하는 짓 따윈 하지 않을 겁니다. 절 싫어하는 사람들이 많은 이곳보다 안전할 거예요. 가장 위험한 곳은 바로 여기예요. 다른 고장 사람들은 절 좋아하지도 미워하지도 않으니까요. 그래서 운신하기가 훨씬 수월하죠."

"그 먼 길을 혼자 걸어서⋯."

그때까지 잠자코 창가에 서서 창백한 눈길로 광장을 오가는 독일군을 바라보던 앙젤리에 부인은 경고의 표시로 손을 들었다.

"그들이 올라와."

셋 다 입을 다물었다. 뤼실은 두근거리는 가슴이 부끄러

웠다. 심장이 너무 격하고 급하게 뛰어서 곁에 있는 두 사람
에게 들릴 것만 같았다. 노부인과 농부는 굳은 표정으로 꼼
짝하지 않고 있었다. 아래층에서 브루노의 목소리가 들려
왔다. 브루노는 뤼실을 찾고 있었다. 그가 문 여러 개를 열
어보고는 마르트에게 물었다.

"젊은 부인께서 어디 있는지 아세요?"

"나가셨어요." 마르트가 말했다.

뤼실은 한숨을 내쉬었다.

"내려가야겠어요." 뤼실이 말했다. "아마 작별 인사를 하
려고 절 찾는 모양이에요."

"잘됐다. 인사하는 틈을 이용해 휘발유 배급권이랑 통행
허가증을 부탁해봐." 앙젤리에 부인이 불쑥 말했다. "징발
되지 않은 내 낡은 자동차로 병든 소작인을 도시로 데려가
야 한다고 말해. 사령부의 통행증이 있으면 아무도 건드리
지 않을 테니 파리까지 무사히 갈 수 있을 거야."

"오! 어떻게 거짓말을…" 뤼실이 질색하며 말했다.

"지난 열흘 동안은 잘도 하지 않았느냐."

"파리에 도착하면 브누아가 친구들을 찾을 때까지 어디
에 묵게 하죠? 독일군에게 쫓기는 사람을 숨겨줄 만큼 용감
하고 헌신적인 사람들을… 아, 그래…"

문득 어떤 기억이 뤼실의 뇌리를 스치고 지나갔다.

"그래, 그들이라면 가능할지도…. 어쨌거나 시도해볼 만

은 해. 어머니, 1940년 6월에 우리 집에 잠시 묵었던 피란민들 기억하세요? 나이는 꽤 들었지만 인내와 용기로 가득한 은행 직원 부부 말이에요. 그 사람들이 최근에 저에게 편지를 보냈어요. 그들의 주소가 저에게 있어요. 성이 미쇼지, 아마? 맞아요, 잔과 모리스 미쇼. 그들이라면 아마 숨겨줄 거예요. 분명히 숨겨줄 거예요. 하지만 편지를 쓰고 답장이 올 때까지 기다려야 해요. 아니면 거절당할 위험을 무릅쓰고 무작정 가보든지…. 저도 모르겠어요…."

"어쨌거나 우선은 통행 허가증부터 부탁해봐라. 내 생각엔 그리 까다롭게 굴지는 않을 것 같으니." 창백하고 신랄한 미소를 지으며 노부인이 말했다.

"한번 해볼게요." 뤼실이 웅얼거렸다.

뤼실은 브루노와 단둘이 있는 순간이 두려웠다. 하지만 뤼실은 서둘러 아래층으로 내려갔다. 어차피 한 번은 거쳐야 할 일이었다. 브루노가 뭔가를 의심한다면? 어쩔 수 없지, 전쟁인 걸 어떡하겠어! 뤼실은 전쟁의 법칙을 따를 것이다. 뤼실은 아무것도 두렵지 않았다. 텅 비고 지친 뤼실의 영혼은 아찔한 위험을 어렴풋이 바라고 있었다.

뤼실이 브루노의 방문을 두드렸다. 방 안으로 들어선 뤼실은 브루노가 혼자가 아니란 걸 알고는 당황했다. 우락부락한 얼굴, 금빛 눈썹, 붉은색 머리에 비쩍 마른 새 통역관과 눈매와 미소가 아이 같은, 붉은 얼굴에 키가 작고 통통한 아주 젊은 장교가 브루노와 함께 있었다. 세 사람은 함께 편지를 쓰고 소포를 꾸리고 있었다. 군인들이 같은 장소에 한동안 머무르게 될 때면 자신들도 그곳 사람이라는 환상을 맛보기 위해 꼭 사곤 하지만, 다시 전장으로 떠나게 되는 즉시 거추장스러워지는 재떨이, 소형 추시계, 판화, 특히 서적 같은 골동품을 집으로 부치려고 포장하는 중이었다. 뤼실은 다시 나가려 했지만, 그들이 그냥 있으라고 청했다. 뤼실은 브루노가 옮겨준 의자에 앉아, 양해를 구하고 하던 일을 계속하는 독일인 세 사람을 바라보았다. "다섯 시 우편으로 이것들을 다 부쳐야 하거든요." 그들이 말했다.

뤼실은 바이올린, 작은 램프, 프랑스어 독일어 사전, 프랑스와 독일과 영국의 책들, 그리고 바다에 떠 있는 돛단배를 표현한 낭만적인 판화를 보았다.

"오팅의 한 고물상에서 찾아낸 겁니다." 브루노가 말했다.

브루노가 잠시 망설였다.

"아니, 이건 안 보낼래. 포장할 만한 판지가 없어서 도중에 훼손되고 말 거야. 이 판화를 제 선물로 받아주시겠습니까, 부인? 약간 어두운 이 방의 벽에 잘 어울릴 것 같은데요. 주제도 잘 어울리고. 한번 보세요. 먹구름이 밀려드는 위협적인 날씨에 배 한 척이 먼 바다로 나갑니다. 그리고 멀리 수평선에 선명한 선 하나가… 파도예요, 아주 가느다란 희망이죠…. 이제 떠나서 당신을 두 번 다시 보지 못할 병사의 선물로 받아주십시오.”

“수평선에 보이는 그 하얀 선 때문에라도 소중히 간직할 게요, 마인 헤르.” 뤼실이 낮은 목소리로 말했다.

브루노가 고개 숙여 인사를 하고는 하던 일을 계속했다. 탁자 위에 초가 하나 켜져 있었다. 브루노는 그 불꽃에 봉인용 밀랍을 달궈 끈으로 묶은 소포 위에 날인하고는 손가락에서 반지를 빼 뜨거운 밀랍에 대고 힘껏 눌렀다. 그것을 보고 있던 뤼실은 브루노가 자신을 위해 피아노를 연주했던 날, 온기가 남은 반지를 손에 쥐고 있던 순간을 떠올렸다.

“그래요, 이제 행복은 끝났습니다.” 브루노가 갑자기 고개를 들며 말했다.

“새로운 전쟁이 오래 지속될 거라고 생각하세요?” 뤼실은 이렇게 묻고는 곧바로 그런 어리석은 질문을 던진 것을 후회했다. 그것은 어떤 사람에게 자신이 장수할 거라고 생각하느냐고 묻는 것이나 다름없었다! 새로운 전쟁은 무엇을 예고하는 것일까? 승승장구, 패퇴, 아니면 지루하고 긴 전투? 누가 알 수 있겠는가? 누가 감히 미래를 예측할 수 있겠는가? 모두가 그것 말고는 하는 일이 없긴 하지만… 하지만 예측은 늘 빗나갔다….

브루노는 뤼실의 생각을 읽고 있는 듯했다.

“어쨌거나 많은 고통과 상처가 따르고 피도 많이 흐르겠죠.” 브루노가 말했다.

브루노의 동료 두 사람도 그처럼 소지품을 정리하고 있었다. 키가 작은 장교는 세심한 정성을 기울여 테니스 라켓을 포장했고, 통역관은 노란색 가죽으로 장정된 크고 아름다운 책들을 포장했다. "고전 조경에 관한 책들입니다." 통역관이 뤼실에게 설명했다. 그러고는 약간 으스대는 듯한 말투로 덧붙였다. "군에 오기 전에 루이 14세 시대에 탄생한 조경 분야의 전문가로 일했거든요."

지금 마을 전체에서, 카페에서, 묵고 있는 집에서, 얼마나 많은 독일군이 마치 죽기 전날처럼 그들의 아내, 약혼녀에게 편지를 쓰고, 지상에서 소유했던 물건들과 이별하고 있을까? 뤼실은 깊은 연민을 느꼈다. 그녀는 출발을 위해 말굽과 안장을 새로 하고 돌아오는 말들을 보았다. 프랑스에서 농사일을 돕던 말들이 세상 반대편으로 보내질 거라고 생각하니 기분이 묘했다. 그녀의 눈길을 좇던 통역관이 무거운 어조로 말했다.

"저희가 가는 곳은 말들에겐 아주 아름다운 곳입니다."

키 작은 중위가 인상을 쓰며 덧붙였다.

"사람들에겐 약간 덜 아름답죠…."

뤼실은 새로운 전쟁에 대한 상념이 그들을 슬픔으로 가득 채우고 있다고 생각했지만 그들의 감정을 너무 깊이 파고드는 것은 삼갔다. 특별한 정황을 이용해 '전사의 사기'라 불릴 법한 단면을 엿보고 싶지는 않았다. 그것은 스파이들이나 하는 짓이었다. 그런 짓을 저지른다면 뤼실은 스스로가 심히 부끄러웠을 것이다. 게다가 뤼실은 이제 그들이 어쨌거나 죽음을 각오하고 싸우리라는 것을 능히 짐작할 수 있었다! '오늘 내 눈앞의 젊은 청년과 내일의 전사 사이에는 깊은 심연이 놓여 있어. 인간 존재란 복잡다단하고, 분열되어 있으며, 누구나 뜻밖의 면모를 가지고 있다는 것은 다들 잘 알지. 하지만 그것들이 드러나려면 전쟁 같은 대변란이 필요해. 가장 흥미롭고 끔찍한 광경일 거야. 더 진실한 만큼 더욱 끔찍하겠지. 고요할 때와 폭풍우가 몰아칠 때를 모두 보지 않고 바다를 안다고 감히 자부할 수 없어. 이런 전시에 세심하게 관찰해본 사람만이 인간의 참모습을 알 수 있어. 그런 사람만이 자기 자신을 알 수 있어.' 뤼실은 이렇게 생각했다. 아닌 게 아니라, 자신이 솔직함을 가장한 천연덕스러운 어조로 브루노에게 이렇게 말할 수 있으리라고, 예전의 그녀가 어떻게 알 수 있을까?

"어려운 부탁을 하나 드리려고 왔어요."

"말씀해보세요, 부인. 뭘 도와드릴까요?"

"통행 허가증과 휘발유 배급권이 급히 필요한데, 사령부에 아시는 분에게 부탁해서 좀 구할 수 없을까요?"

이렇게 말하며 그녀는 생각했다. '소작인이 아프다고 말하면 이상하게 생각할 거야. 크뢰조, 파레 혹은 오텡 같은 인근 도시에도 좋은 병원이 많으니까.'

"저희 소작인 하나를 파리까지 데려다줘야 해서요. 딸이 파리에 사는데, 많이 아픈지 부친을 찾고 있답니다. 기차 편으로 가도 되지만, 그러면 그 가엾은 양반이 시간을 너무 많이 허비하게 될 거예요. 아시다시피 농번기라 한창 바쁘거든요. 부탁드린 걸 얻게 된다면 하루 만에 다녀올 수 있을 거예요."

"사령부에 요청할 필요조차 없습니다. 부인." 찬탄의 눈길로 멀리서 뤼실을 훔쳐보던 키 작은 장교가 신이 난 목소리로 말했다. "그게 제가 맡은 일이라 바로 해드릴 수 있거든요. 언제 출발하십니까?"

"내일요."

"다행이군요!" 브루노가 중얼거렸다. "내일이면… 오늘 저희가 떠나는 걸 볼 수 있겠군요."

"몇 시로 정해졌죠?"

"밤 열한 시요. 저희는 폭격 때문에 주로 밤에 이동한답니다. 보름달이 대낮처럼 밝아서 아무 소용도 없겠지만, 군인은 전통에 따라 움직이거든요."

"저는 그만 가볼게요." 독일군 장교가 휘갈겨 써준 종이쪽지 두 장, 한 사람의 목숨과 자유가 달린 그 쪽지 두 장을 받아 조급한 마음이 드러나지 않도록 천천히 접어 허리띠 속에 집어넣고는 뤼실이 말했다.

"떠나시는 거 보러 올게요."

브루노가 뤼실을 바라보았다. 뤼실은 그의 말 없는 간청
을 알아차렸다.

"저한테 작별 인사하러 와주실 거죠, 중위님? 저는 잠시
외출했다가 여섯 시쯤 돌아올 거예요."

세 젊은이가 일어나 발뒤꿈치로 바닥을 차며 인사를 했
다. 뤼실은 한때 독일제국 병사들의 약간 과장된 듯한 그 고
리타분한 인사법이 우스꽝스럽다고 생각한 적이 있었다.
이제 뤼실은 그 가벼운 박차 소리가, 손에 하는 입맞춤이,
가족도, 여자도(품행이 단정치 못한 천박한 여자들을 제외하
면) 없는 병사들이 자기도 모르는 사이에 그녀에게 던지던
경외의 눈길이 그리워질 거라고 생각했다. 뤼실에 대한 그
들의 존중 속에는 애틋하고 우울한 뉘앙스가 서려 있었다.
마치 뤼실 덕분에 친절, 훌륭한 교육, 여자들에 대한 예의
가 미덕이었던, 그런 것들이 남보다 술을 많이 마시고 적의
진지를 공략하는 것보다 더 높게 평가받던 예전의 삶을 약
간이라도 되찾을 수 있다는 듯이. 뤼실을 대하는 그들의 태
도에는 아쉬움과 향수 역시 어려 있었다. 뤼실은 그것을 알
아차렸고, 그로 인해 큰 감동을 받았다. 뤼실은 깊은 불안에
시달리며 8시를 기다렸다. 브루노가 무슨 말을 할까? 그들
은 어떻게 헤어질까? 그들 사이에는 표현하지 못한 혼란스
러운 뉘앙스의 세계가, 말 한마디로도 금이 가는 수정처럼
깨지기 쉬운 뭔가가 있었다. 브루노도 분명 그것을 느끼고

있었다. 그래서 브루노는 둘만의 시간을 아주 짧게 끝내려
했다. 브루노는 모자를 벗고(아마 그 사람이 마지막으로 보
여주는 민간인의 모습일 거야, 가슴이 찢어지는 아픔을 느끼
며 뤼실은 생각했다) 뤼실의 손을 잡았다. 뤼실의 손에 입을
맞추기 전에 브루노는 잠시 그 손을 뺨에 가져다 댔다. 부드
러우면서도 거역할 수 없는 몸짓이었다. 소유의 의식이었
을까? 뤼실의 손에 마치 소인처럼 추억의 낙인을 찍으려는
시도였을까?

"안녕히, 부디 안녕히. 전 결코 당신을 잊지 못할 겁니다."

뤼실은 아무 대답도 하지 않았다. 고개를 든 브루노는 눈
물로 가득한 뤼실의 눈을 보았다. 그가 고개를 돌렸다. 잠시
후, 브루노가 말을 이었다.

"부인께 제 숙부 한 분의 주소를 드리고 싶습니다. 그분
은 화려한 경력을 쌓아 지금은 파리에서 한 유력 인사를 보
좌하고 있는데…"

브루노가 아주 긴 독일 이름을 발음했다.

"전쟁이 끝날 때까지 그 유력 인사가 파리를 다스립니다.
말하자면 일종의 총독이죠. 그리고 그 사람은 모든 문제를
제 숙부와 의논해 결정합니다. 제가 숙부께 부인 얘기를 했
고, 만약 부인이 어려운 상황에 놓이면 힘닿는 대로 도와달
라고 부탁드렸습니다. (우린 전시를 살고 있습니다. 우리에
게 또 무슨 일이 생길지 누가 알겠습니까?)"

"고마워요, 브루노." 뤼실이 낮은 목소리로 말했다.

그 순간, 뤼실은 브루노를 사랑하는 것이 부끄럽지 않았다. 욕망이 사라졌기 때문에, 이제 그에 대해 깊은 연민을, 모성애에 가까운 감정만을 느꼈기 때문에. 뤼실은 웃어 보이려 애썼다.

"자식을 전쟁터로 보내며 '전쟁터는 위험하기 짝이 없으니' 부디 조심해서 행동하라고 당부하는 중국 어머니처럼, 저 역시 가능한 한 목숨을 아껴달라고 부탁드리고 싶어요. 저를 위해서라도."

"내 목숨이 당신에게 가치 있습니까?" 브루노가 불안한 말투로 물었다.

"그럼요, 당신의 목숨은 제게 큰 가치가 있어요."

두 사람은 천천히 악수했다. 뤼실은 현관 계단까지 브루노를 배웅했다. 당번병이 브루노의 말고삐를 잡은 채 기다리고 있었다. 밤늦은 시각이었지만 잠잘 생각을 하는 사람은 아무도 없었다. 모두 독일군의 출발을 보고 싶어했다. 마지막 순간, 어떤 서글픈 마음과 인간적인 끈끈한 정이 그들을, 승리자와 패배자를 이어주고 있었다. 술고래에 무척 웃기고 건장했던, 허벅지가 믿을 수 없을 정도로 굵었던 에르발트, 프랑스 노래를 열심히 배웠던(들리는 말로는 그는 군에 오기 전에 광대였다고 했다) 민첩하고 쾌활한 키 작은 빌리, 폭격으로 모든 가족을 잃은—"장모만 빼고요. 참, 억

세계 재수도 없다니까!" 그는 슬픈 목소리로 이렇게 말하
곤 했다—가엾은 요한, 이제 그들 모두는 불과 총탄, 죽음
을 향해 나아갈 것이다. 얼마나 많은 병사가 러시아의 광야
에 묻힐까? 전쟁이 일찍 끝난다 해도, 축복받은 종전(終戰)
의 날을, 부활의 날을 보지 못할 사람은 또 얼마나 많을까?
바람 한 점 없는, 보름달이 휘영청 밝은 아름다운 밤이었
다. 참나무에 가지치기를 해줘야 하는 계절이었다. 남자 어
른들과 남자아이들이 잎이 무성한 아름다운 나무 위에 올
라가 가지들을 쳐냈고, 여자 어른들과 여자아이들은 그 발
치에서 꽃을 한 아름씩 꺾어서 모았다. 그 꽃들은 여름 내
내 곳간에서 말린 다음 겨울에 차를 끓이는 데 사용될 것이
었다. 취할 듯한 향기가 허공을 떠다녔다. 모든 것이 너무나
아름답고 평화로웠다! 아이들은 뛰어다니며 장난을 쳤다.
아이들이 오래된 예수 수난상 계단 위에 올라가 도로 쪽을
바라보았다.

"독일군들이 보이니?" 엄마들이 물었다.

"아직 안 보여요."

집결지는 성 앞으로 정해졌고, 출발 명령을 받은 부대는
마을을 가로질러 행진할 예정이었다. 여기저기 문에 가려
진 어둠 속에서 나지막한 속삭임과 키스 소리가, 여느 작별
보다 더 애틋한 작별 인사들이 들려왔다. 병사들은 전투복
과 전투모 차림에 가슴에는 방독면을 차고 있었다. 마침내

사람들은 짧은 북소리를 들었다. 병사들이 8열 종대로 행진하기 시작했다. 마지막 작별 인사를 나누느라 지체한 병사들이 입술 끝으로 키스를 날리며 정해진 자리로, 운명이 그들을 데리러 올 자리로 서둘러 돌아갔다. 아직은 여기저기서 웃음소리가 터져 나왔고, 병사와 군중이 농담을 주고받았다. 하지만 곧 모두 입을 다물었다. 장군이 모습을 드러낸 것이다. 장군은 말을 타고 부대를 사열했다. 장군은 병사들을 향해 가볍게 경례를 했다. 그리고 돌아서서 프랑스인들을 향해 인사를 하고는 출발했다. 이어서 장교들과 사령관이 탄 회색 자동차를 호위하는 오토바이들이 그 뒤를 따랐다. 이어, 포대가 지나갔다. 구르는 포좌마다 병사 하나가 포가 높이에 얼굴을 고정한 채 엎으려 있었다. 다음으로 경기관총들과 하늘을 겨눈 대공포들이 지나갔다. 훈련 때마다 봐오며 익숙해진 터라 사람들은 아무런 두려움 없이 무심히 그것들을 보았었다. 하지만 지금은 그 모든 광경이 그들을 몸서리치게 했다. 구수한 냄새를 풍기는 갓 구운 검은 빵을 가득 실은 트럭들과 아직은 텅 비어 있는 적십자 차량이 그 뒤를 따랐다. 마지막으로 취사 차량이 개 꼬리에 매달린 냄비처럼 덜컹거리며 지나갔다. 병사들은 군가를, 어둠 속에 긴 여운을 남기는 장중하고 느린 군가를 부르기 시작했다. 이제 곧 도로에는 독일군 부대 대신 먼지만 조금 남을 것이다.

옮긴이 이상해

한국외국어대학교와 동 대학원 불어과를 졸업하고 프랑스 스트라스부르 대학교, 릴 대학교에서 박사 과정을 수료했다. 현재 한국외국어대학교에서 프랑스 문학과 번역을 가르치고 있다. 『측천무후』로 제2회 한국 출판 문화 대상 번역상을, 『베스트셀러의 역사』로 한국 출판 평론 학술상을 수상했다. 옮긴 책으로 미셸 우엘벡의 『어느 섬의 가능성』, 아멜리 노통브의 『너의 심장을 쳐라』, 『추남, 미녀』『느빌 백작의 범죄』, 『샴페인 친구』, 『푸른 수염』, 『머큐리』, 에드몽 로스탕의 『시라노』, 델핀 쿨랭의 『웰컴 삼바』, 파울로 코엘료의 『11분』, 『베로니카, 죽기로 결심하다』, 크리스토프 바타유의 『지옥 만세』, 조르주 심농의 『라 프로비당스호의 마부』, 『교차로의 밤』, 『선원의 약속』, 『창가의 그림자』, 『베르주라크의 광인』, 『제1호 수문』, 피에레트 플뢰티오의 『여왕의 변신』, 이렌 네미롭스키의 『무도회』, 『뜨거운 피』 등이 있다.

이렌 네미롭스키 선집 3

프랑스풍 조곡 2 — 돌체

초판 1쇄 발행   2023년 6월 21일

지은이	이렌 네미롭스키
옮긴이	이상해
펴낸이	윤석헌
편집	장서원 이승회
제작처	세걸음
펴낸곳	레모
출판등록	2017년 7월 19일 제 2017-000151 호
주소	서울시 서초구 서초대로 33길 99, 201호
이메일	editions.lesmots@gmail.com
인스타그램	@ed_lesmots
ISBN	979-11-91861-24-2 04860
	979-11-91861-27-3 04860 (세트)